KB162991

Re:제로

Re: Life in a different world from zero

부터 시작하는 이세계 생활

Characters

Re: Life in a different world
from zero
The only ability I got in a different world "Returns by Death"
I die again and again to save her.

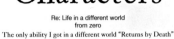

카츄아
Catiua

볼라키아의 하급백인
오렐리 가문의 여식이자 자말의 여동생.
오빠와 눈매 및 뻗친 머리가 닮았지만,
그녀 쪽은 호감이 가는 애교가 있다.

자말
Jamal

볼라키아 제국의 군인.
하급 귀족 출신으로, 삼장으로 승격하는 것도
꿈이 아니라는 말을 듣는 무력의 소유자.

타리타
Tarita

슈드라크의 새 족장.
활을 잘 다루는 사냥꾼.

벨스테츠
Belstets

언행이 부드러운, 볼라키아 제국의
미래를 우려하는 유능한 재상.
진의를 알아볼 수 없는 인상의 소유자.

「천명에 따를지, 거역할지……. 나는, 나는……」

「등을 노릴 거라면 마음대로 해라. 하지만 명심하도록.
──천명에 따를지 말지,
결국 너 스스로 선택할 수밖에 없음을」

「그만해.」

「아주 서두르긴 해도, 못 본 척할 순 없어.」

「나ー엄ー청 화났거든.」

하늘에서 흘린 차가운 것,

그것이 천천히 쌓이는 땅에 울려 퍼지는 목소리.

「아니.

「눈이 내리다니 있을 수 없는 일이지.」

Re: Life in a different world from zero

The only ability I got in a different world "Returns by Death"
I die again and again to save her.

CONTENTS

제1장 『마도 광소곡』
003

제2장 『영리하게 살지는 못한다』
046

제3장 『타리타 슈드라크』
092

제4장 『성곽도시 광소곡』
157

제5장 『바보 멍청이 소리를 들어도 상관없어』
206

제6장 『플롭 오코넬』
274

막간 『제국 광소곡 : 서곡』
336

Re:제로

Re: Life in a different world from zero

부터 시작하는 이세계 생활

30

나가츠키 탓페이 지음

오츠카 신이치로 일러스트

표지 · 본문 일러스트
오츠카 신이치로

제1장 『마도 광소곡』

1

마도(魔都) 『카오스프레임』의 중심, 홍유리성(紅瑠璃城)의 붕괴와 그림자의 범람.

그것이 도시를 뒤흔드는 굉음의 정체이며, 그 자리에 있던 자들이 목격한 악몽이다.

하나의 돌 안에 적색과 청색이 춤추듯이 섞인 『홍유리』, 그 아름다운 돌을 쌓아 만들어진 아리따운 성이, 마치 모래성처럼 허무하게 무너진다.

있어서는 안 될 일이 일어났다고, 마도의 주민에게 하늘이 무너지는 것이나 다름없는 충격이 퍼진다. 물론 마도와 관계가 적은 이들도 평상심을 유지할 수는 없다.

"_____."

마도 안, 밖에서 온 방문자용으로 세워진 여인숙의 한 방에도 격진이 퍼졌다.

누구는 눈을 부릅뜨고, 누구는 강한 경계로 온몸을 굳히며, 누구는 비명을 지르며 엉덩방아를 찧고, 누구는 혼란에 동조하여 자신을 유지하려고 든다.

하지만 반응이야 다를지언정 그들을 엄습한 것의 정체는 다 똑같은 '위협'이다.

그에 사로잡혀 본능적인 공포에 붙들린 사이에도 돌이킬 여지가 없는 사태는——.

""——전원, 정숙하라!!""

그 순간, 실내의 공기를 '포개진' 날카로운 목소리가 갈랐다.

울려 퍼진 두 목소리—— 완전히 질이 동일한 목소리를 터트린 것은 흑발의 두 인물. 한쪽은 민낯, 한쪽은 귀면(鬼面)을 쓴 두 남자는 압도적인 붕괴가 일어나는 창밖의 경치를 향해 동시에 팔을 뻗으며 말했다.

"멈추지 마라! 저것에 대한 조치가 늦어지면 전원이 목숨을 잃는다."

"성을 집어삼키고도 멈출 낌새가 없다. 여기서 우리가 움직이지 않으면, 삽시간에 희생이 늘 것이야!"

물 흐르듯이 주위에 사태 파악을 촉구하면서, 같은 사고를 따라가는 두 인물이 그 자리에서 돌아섰다.

""카프마 일루쿠스!""

그 주시를 받으며 이름이 불린 갈색 피부의 남자—— 제국 이장(二將), 카프마 일루쿠스는 날카로운 눈을 휘둥그렇게 뜨며 어느 쪽을 봐야 할지 혼란에 빠진 반응을 드러냈다.

그러나 그 혼란도 오래가지 않는다. 왜냐하면——.

""저 그림자의 발을 묶어라! 네가 머뭇거린 시간을 제국민의

생명이 대신함을 알라!'"

"옙!"

해야 할 행동, 이루어야 할 명쾌한 목적이 제시된 순간, 카프마의 눈에 서린 망설임이 개였다.

"각하 곁을 떠나겠습니다. 부디, 양검(陽劍)의 가호가 있기를!"

"너의 활동이 짐의 가호가 된다. 사력을 다하라."

"각하의 뜻에 따르겠습니다──!"

굳게 대답한 카프마가 곧장 방의 창문을 향해 달려갔다.

그대로 도약하여 뻗은 팔로 창문을 가르는 카프마의 등이 크게 부풀었다. 벗어 던진 외투에서 튀어나온 것은 날벌레가 연상되는 여섯 장의 투명한 날개였다.

그 날개를 홰친 카프마의 모습이 마도의 하늘을 쏜살같은 속도로 날아갔다.

진로는 일직선, 흘러넘치는 그림자에 무너지는 홍유리성을 향해서.

"몇 명 데려왔지?"

카프마의 비상을 흘긋거리며 귀면을 쓴 남자── 아벨이 날카로운 물음을 던졌다. 그 질문이 겨눈 것은 카프마의 등을 마지막으로 떠민 흑발의 미장부, 빈센트다.

볼라키아 제국의 황제 자리에 있는 남자는 아벨의 물음에 살짝 눈을 가늘게 좁혔다.

"수행원은 보는 바와 같다. 카프마 일루쿠스와 부재중인 오르바르트 덩클켄. 한 명 더 있지만 그자는 있어 봤자 별 도움이 되지 않지."

"숨긴 패는 없나. 홀가분한 처신이 역효과를 낳았군."

"그 책임을 짐에게 묻는 것은 지나치게 부조리할 텐데."

망설임 없이 패를 공개한 빈센트도, 아벨의 매몰찬 한마디에는 쓸쓸한 말로 받아쳤다. 하지만 아벨은 그에 개의치 않으며 생각에 잠긴 눈초리를 실내의 다른 이들에게 돌렸다.

그 시선에 반응했던 것은 어린 용모를 한 두 소녀—— 오르바르트의 술법으로 몸이 줄어든 상태인 미디엄과 기모노 차림으로 동그란 눈을 뜨고 있는 녹인족(鹿人族) 탄자다.

두 사람은 이 상황을 당차게 받아들이려 하지만, 공교롭게도 상황을 타개할 결정타는 되지 못한다. 유일하게 어떠한 패가 될 만한 가능성이 있는 것은——.

"어째, 서……어째서, 야. 어째서 이럴, 이럴 때……."

"알찡……."

투철한 아벨의 시선도 깨닫지 못한 채 겁먹은 기색으로 웅크린 작은 인영.

넝마로 얼굴을 가린 소년은 오른팔 하나로 머리를 감싸 쥐고 창밖의 광경을 겁내며 움츠리고 있었다. 아벨의 동행자 중에서 가장 속을 내비치지 않은 인물이지만, 이 겁먹은 모습은 연기 같지가 않았다.

작전에 끼워 넣는다고 의도대로 기능할 거라고는 도저히 생각할 수 없는 몰골이었다.

"그렇다면, 취할 수 있는 수단이 많지는 않겠지."

사색하는 아벨의 옆얼굴에, 옆에 서 있는 빈센트의 말이 꽂혔다.

나란히 서서 창밖을 바라보는 두 남자―― 아니, 두 황제라고 해야 할까.

한순간 떠오른 그 감상을 시답잖다고 잘라낸 아벨은 숨을 내뱉었다.

빈센트의 말마따나 취할 수 있는 수단은 많지 않다.

그리고 같은 결론에 이르렀을 빈센트에게 맞받아치듯 한마디를 내뱉는다――.

"――요르나 미시구레와 합류하겠다. 그 힘이 필요해."

2

――표변하는 추적자와 상대하던 타리타는 메마른 입술을 혀로 축였다.

아벨 일행을 숙소에서 피신시키고자 추적자를 유인하는 미끼역을 맡은 타리타.

그러나 도망치는 타리타의 활에 맞은 이들은 그 한쪽 눈에 불꽃을 켜고 잇따라 일어나 비정상적인 생명력을 발휘하여 타리타를 궁지에 몰고자 했다.

화살 수는 부족하고 빈약한 무장으로 어디까지 할 수 있을까.

타리타는 수렵자의 본능으로 사고를 회전시키다가――.

"화살이 없으면, 그쪽에 맞추어 사냥할 뿐."

타리타는 깊게 고민하지 않고 1초도 되기 전에 생각하기를 그만두었다.

원래부터 머리가 똑똑하지 않다는 것은 스스로 알고 있었다. 언니 미젤다라면 똑같이 학식이 없어도 직감으로 정답을 맞히리라. 하지만 타리타에게는 언니와 같은 후각도 재치도 없다.

시간을 들여 골라도, 그것이 정답인지 아닌지로 결국 하염없이 헤매는 꼴이 된다.

그러니까 망설이지 않기로 했다. 결과가 나온 뒤에 그 옳고 그름을 하염없이 고민하면 그만이다.

따라서 타리타는 추적자의 변화를 알아채도 대처를 바꾸지 않았다.

"어, 윽……."

"빗맞히지 않습니다. 아무리 힘이 있어도, 손가락 힘줄이 끊어지면."

타리타의 웃옷에 기도가 막혀서 눈에 핏발을 세운 남자가 필사적으로 버둥거렸다.

그 오른쪽 눈에 불꽃을 드리운 우인족(牛人族) 남자다. 추적자 중 한 명인 남자의 목을 벗은 웃옷으로 조르다가 퍼진 것을 확인하자 타리타는 쓰러진 남자의 몸을 길옆에 눕혔다.

조르기로 실신시켜 무력화한 남자의 숨이 붙어 있음을 확인한 타리타는 한숨을 쉬었다. 그 등 뒤에는 똑같이 실신시킨 다른 추적자가 벽을 따라 나란히 굴러다니고 있었다.

"쉽게 죽일 수는 없다는 아벨의 말이 맞았군요."

화살이나 단검, 무기를 사용한 공격의 효과가 약해 보이자 타리타는 즉시 추적자에 대한 공격 수단을 조르기로 전환했다. 다행히 적은 예사롭지 않은 완력 및 체력을 가지고 있었지만, 그것을 활용할 기술은 미숙했기에 타리타라도 대처 가능했다.

사전에 '죽일 수 없다'고 충고한 아벨은 이 사실을 알고 있었던 거겠지. 그러나 그렇다면 대체 그 눈에는 얼마나 많은 세상이 보이고 있다는 말인가――.

"――아이구구, 이건 또 제법 장관이네요."

"――."

웃옷을 다시 걸친 타리타, 그 의식이 갑자기 바로 뒤에서 들린 목소리에 얻어맞았다.

순간, 타리타는 반사적으로 단검을 뽑아 상대의 기척을 향해 찍으려 했다. 하지만 그 날카로운 칼끝이 상대의 목을 쑤시기 직전에 "와악―!" 하고 비명이 터졌다.

"잠깐잠깐! 기다려 봅시다! 그건 조―금 지레짐작이라고요!"

"당신은……?"

"머, 멈췄어요……? 진정했어요? 아아, 수명이 다 줄었습니다, 저."

가까스로 손을 멈춘 타리타, 그 눈앞에서 호들갑스럽게 가슴을 쓸어내린 것은 후드가 달린 파란 로브를 입은 단정한 이목구비의 남자였다. 창졸간에 손이 멈춘 것은 남자의 가냘픈 비명이 너무나 한심스럽고 박진감이 있었기 때문이리라.

쩔쩔매는 남자의 눈에 불꽃은 없다. 단, 타리타의 등 뒤에 선 사실은 사라지지 않는다.

추적자가 아니어도 무해하다 판단할 수는 없기에, 곱상한 남자를 보는 타리타의 시선은 여전히 매서웠다.

"어라라, 꽤 불신감을 산 모양이네요. 저는 우연히 여기를 지나가던 일반인일 뿐인데요……."

"일반인은, 이것을 보고도 태연히 있을 수 없다고 생각합니다."

벽에 좌악 늘어선 추적자의 주검—— 적어도 생사를 확인하지 않는 한 시체라고 오해해도 이상하지 않을 광경을 가리킨 타리타는 곱상한 남자에 대한 경계를 한 단계 더 높였다.

그런 타리타의 매서운 시선에 곱상한 남자는 멋쩍은 웃음을 지으며 머리를 긁었다.

순간, 그 웃는 얼굴에 혹할 뻔했지만 미형에 대한 유혹보다 정체 모를 상대에 대한 경계가 앞섰다. 예쁘장하게 생긴 미남이라면 플롭 하나로 충분하다. ——그런 식의 문제가 아니긴 해도.

"아—니, 아니, 두 손 들겠네요. 확실히, 고향에서 자주 본 광경이란 소리는 못하죠. 제법 장관이라고 말씀드린 바와 같습니다. 그래요, 타리타 씨."

"음."

"아, 찌르지 마요, 찌르지 말라고요! 저는 수상하지만 적이 아니니까요!"

태연하게, 마치 오랫동안 알고 지낸 사이처럼 이름을 부르자 타리타는 상대의 목에 나이프를 들이댔다. 코앞에서 들여다보는 남자의 얼굴은 타리타가 본 적이 없다.

타리타와 헤어진 뒤에 아벨 일행이 이 남자에게 정보를 주었을 가능성은 있지만──.

"당신은, 어디서 제 이름을? 제 식구에게 들었습니까?"

"음? 가족끼리 오셨나요? 흐──음, 슈드라크 분들은 좀처럼 숲에서 나오시지 않는다고 들었는데요, 족장의 방침 전환인가요?"

"어떻게, 내가 슈드라크인 줄……!"

"얼라라, 말하면 말할수록 꼬이는 느낌이네. 나는 맨날 이렇다니깐."

곱상한 남자의 태도는 실실 웃으며 타리타에 대한 친밀감을 높여가는 듯하지만, 그것과는 대조적으로 타리타의 이 남자에 대한 경계와 불길함에 대한 혐오감은 강해질 뿐이다.

적의를 드러내는 것은 아니다. 하지만 정체 모를 불안을 심화시키는 그의 태도는 타리타의 목에 갈증을 느끼게 했다.

그리고 그 갈증의 고통이 팽팽해진 순간──.

"──슈드라크의 흉살."

"아."

"혹시 그렇게 부르는 편이 온건하게 말씀을 나눌 수 있을까요?"

한쪽 눈을 찡긋한 남자의 기습에 타리타의 의식이 하얗게 물들었다.

어떻게 이 남자가 그 말을 입에 올릴 수 있는가. 아니, 그것을 어떻게 알고 있는가.

경악하는 타리타, 그 반응에 남자는 한쪽 눈을 찡긋한 채로 말을 이었다.

"별이 내려 주신 말씀이죠. 슈드라크의 흉살이 된, 타리타 슈드라크 씨."

"별의…… 설마……!"

"별의 운행이나 숙명, 그걸 읽어내는 게 제 직업이라서요. 아니지——."

곱상한 남자는 거기서 말을 멈추고 느릿느릿 고개를 가로저었다. 그리고 자기 가슴에 손을 짚고 둘 다 뜬 눈으로 곧게 타리타를 꿰뚫었다.

"——우리, 『별점쟁이』의 천명이라고 해야겠지요."

"_____."

그 지독하게 연극조인 남자의 발언에 타리타는 목울대를 울리며 숨을 집어삼켰다.

그 소리의 크기는 마치 세상이 통째로 떨리는 듯한 착각을 수반했다. ——아니, 타리타가 삼킨 숨은 세상을 흔들지 않았다. 그러나 세상은 떨리고 있었다.

그것은——.

"어—이쿠, 세상에."

느긋하게, 어딘가 태평한 인상마저 주는 곱상한 남자의 한숨.

하지만 일어난 사태는 그런 그의 태도로는 표현하지 못할 극대의 괴변이었다.

——먼 곳, 타리타와 곱상한 남자와는 동떨어진 마도의 중앙, 거기에 자리 잡은 홍유리성, 그 아름다운 성이 무시무시한 기세로 붕괴하고 적색과 청색의 빛이 검은 어둠에 뒤덮였다.

비유적인 표현이 아니라 정말로 검은 어둠이 홍유리성을 뒤덮고 집어삼키고 있다.

"어라라, 이게 또 무슨…… 이건 조금, 읽지 않은 부분일지도 모르겠네요."

"당신은——."

"천명 운운하는 얘기를 한 직후라서 겸연쩍은데, 저것하고 저는 관계가 없어요. 애초에 저것은 루그니카 왕국의 문제잖아요. 제 담당이 아닙니다."

"담당이 아니라고? 루그니카 왕국……?"

"혹시 저 아이, 『별점쟁이』라는 자각이 없는 걸까요? 그렇다면 각하도 대담한 도박에 나서시네. 손에 든 패의 문제상 어쩔 수 없을지도 모르지만요…… 와악?!"

남자는 손차양을 만들고 성을 바라보며 타리타는 이해하지 못할 논리를 늘어놓는다. 그 언행에 조바심이 난 타리타가 남자를 벽에다 밀어붙이고 목에 단도를 들이댔다.

날카로운 칼날이 하얀 피부를 얇게 벤다. 알고 있는 모든 정보를 빼내려 마음먹었다. 이런 상황에도 냉정한 이 남자는 역시 저 그림자와 관계가——.

"——저를 죽여 봤자 사태는 호전되지 않아요. 전에도 그랬잖습니까?"

——그 한마디에 타리타는 더 이상 이 남자를 상대하지 못할 만큼 한계에 치달았다.

"어이쿠!"

"사라지십시오! 당장……!"

잡고 있던 남자의 몸을 길 위에 내던진 타리타가 이를 악물고 뒤돌았다. 타리타의 행동에 남자는 "괜찮겠습니까?" 하고 자기 목을 어루만지면서 확인했다.

"말 그대로 자기 목을 죄는 꼴 같지만…… 당신이 이렇게 『별점쟁이』와 마주칠 기회는 앞으로 더 없을지도 모르는데요."

"그렇다면 그게 최선입니다. 당신 얼굴을 보고 있으면, 마치…… 마치, 몇 번이고 꾸던 악몽 앞으로 끌려 나오는 기분이니까요……!"

저주하는 심경으로 타리타는 곱상한 남자를 내쫓기 위해 땅을 걷어찼다.

타리타의 거절에 한숨을 지은 남자는 굉음과 함께 무너지는 성쪽을 응시하며 말했다.

"아무래도 저와 다르게 당신에게는 할 일이 있는 모양입니다. 운이 좋다면 그게 저 그림자를 가라앉히기 위한 비장의 수가 될지도 몰라요."

"내가……? 나에게 그런 힘은……."

"천명은 이미 내려왔습니다. 다 알고 있겠지요? 슈드라크의 흉살."

"_____."

"완수하든 말든 당신의 자유입니다. 오래도록 천명이 내려오지 않은 입장에서 보자면, 이정표를 따라갈 수 있는 당신이 부럽기 그지없지만 말이죠."

그렇게 말을 남긴 남자는 머리부터 후드를 쓰더니 타리타에게 등을 돌리고 달리기 시작했다.

빠르다고는 할 수 없는 속도다. 따라잡으려 마음먹으면 금방이라도 따라잡을 수 있지만, 타리타에게는 남자를 쫓으려는 기분이 솟지 않았다.

더 이상 얽히고 싶지 않다고, 진심으로 생각한 것도 그 이유다.

하지만 무엇보다 가장 큰 이유는, 저 남자가 마지막에 남긴 말

──.

"──천명은, 내려왔다."

짚이는 것이 없었다면 좋았으리라. 하지만 짚이는 것이 있었다.

그리고 그건 요 며칠 동안 계속해서, 타리타를 줄기차게 고민토록 한 것이었다.

꾸물꾸물 답이 나오지 않는 고뇌를, 품고 싶지, 않은데.

"타리타!!"

"어── 미디엄?"

자기 어깨를 꽉 껴안고 고개 숙이던 타리타를 귀에 익은 목소리가 불렀다.

당황하며 뒤돌아보니 타리타가 있는 곳으로 손을 흔들며 달려오는 소녀── 장신이 줄어든 미디엄이 오는 중이었다.

"다행이다─! 금방 찾아냈고, 타리타가 무사해서!"

"그쪽이야말로, 무사해서 다행입니다. ……아벨과 스바루는 무사합니까? 그리고 저건 대체……."

타리타는 정면으로 달려오는 미디엄에게 쏜살같이 질문을 퍼부었다.

미디엄이 혼자 있는 것도, 이렇게 타리타를 찾던 것도 예상 밖이다. 물론 홍유리성이 무너지는 와중에 오르바르트와의 '숨바꼭질'이 속행 중이라는 것도 이상한 이야기이기는 했지만, 중단을 합의했다고도 생각할 수 없다.

　그런 타리타의 의문에 미디엄은 살짝 숨을 헐떡이면서 말했다.

　"아벨찡이랑 알찡은 무사해! 스바루찡이랑 루이는 떨어졌어! 그리고, 저 성에서 나온 그림자를 어떻게든 해야 해서, 타리타도 와 줘!"

　"스바루와 루이가? 그리고, 저는 어디로……."

　"지금부터 요르나랑 같이 저 그림자를 막을 거야! 타리타의 힘도 필요하다고 아벨찡이 그랬거든!"

　"＿＿＿＿＿."

　눈을 크게 뜬 타리타는 들은 말에 놀람을 금치 못했다.

　시야 끝자락, 곱상한 남자와의 대화에 동요했던 타리타조차도 현실을 의식할 수밖에 없을 만큼 비상식적인 피해를 확대하려는 검은 그림자.

　그걸 막든 덤비든 둘 다 타리타에게는 없는 발상이라서.

　더구나 지금 아벨이 부르고 있다는 말을 듣다니＿＿.

　"타리타, 다친 데 없어?! 아직 할 수 있어? 나도 힘낼 테니까 같이 힘내 줄래?!"

　타리타의 당혹감을 미디엄의 망설임 없는 말이 쓸어냈다.

　설령 키가 줄어들어도 미디엄이 가진 곧은 심성은 줄어들거나 쪼그라들지 않았다. 거기에 손이 잡혀 끌려가듯 타리타는 조용히 끄덕였다.

"알, 겠습니다. 바로 가지요."

"응! 고마워!"

고개를 크게 끄덕인 미디엄의 안도에 타리타는 가슴속에 통증을 느꼈다.

줄기차게, 질기게, 타리타를 괴롭히는 고뇌. 싸움에 몰두함으로써 잊을 수 있던 그것이 큰 싸움을 앞두고 존재를 주장하며 결단의 순간을 다그친다.

"천명――."

사라진 곱상한 남자가 던진 말을, 타리타 또한 입 속으로만 중얼거렸다.

마치 이름을 불린 것을 기뻐하듯 가슴속에서 고뇌가 펄떡거린 느낌이 들었다.

3

――시간은, 홍유리성의 천수각 붕괴 순간으로 되돌아간다.

"동자――."

"우아우!!"

간발의 차이, 튀어나가려던 소녀의 몸을 가슴 속으로 끌어당겼다.

통굽으로 지붕의 기와를 터트리며 기모노 옷자락을 펄럭인 요르나가 바로 뒤로 뛰었다. 그 도약을 뒤쫓듯이 넘쳐 나온 칠흑의 그림자가 성의 꼭대기를 집어삼킨다.

──아니, 꼭대기만이 아니다. 요르나의 눈은 성의 상층과 중층을 불문하고 천수각 전부가 탁류처럼 범람하는 검정에 삼켜져 끄트머리부터 허무로 사라지는 것을 포착했다.

삼켜져서는 안 될 검디검은 어둠. 돌아올 수 없는 종언으로 통하는 심연의 구멍.

본능이 요르나에게 이해를 선사했다. ──저것은 있어서는 안 될 존재라고.

"우──!"

가슴 속, 바동대는 소녀를 껴안으면서 요르나는 어둠 속에 시력을 집중했다.

이 검은 그림자가 넘쳐 나온 순간, 그 중심에는 검은 머리 소년과 소년을 건드리려던 오르바르트가 있었다. 하지만 어둠 속에 두 사람의 모습은 보이지 않았다.

그 찰나, 오르바르트가 반사적으로 뺀 팔이 소멸하는 것이 보였다.

사는 데 탐욕적이어서 비정상적인 위기 감지 능력을 지닌 오르바르트조차 자기 팔의 희생을 피할 수 없을 만큼, 저 어둠은 이질적이고 압도적인 존재다.

그 직후에 품속의 루이라 불리던 소녀와 함께 몸을 피하는 것을 우선했기에 오르바르트의 생사는 불명. 죽을 리 없다고 생각하는 한편, 저 그림자 상대로 낙관하지 못하는 기분도 있다.

다만 오르바르트의 생사 이상으로 요르나가 걱정한 것이──.

"동자……."

오르바르트의 팔을 삼킨 검은 그림자, 그 중심에 있었으리라 짐작되는 소년의 안부였다.

요르나의 눈에는 평범한 어린이로 보이던 아이. 특별한 점은 없고, 굳이 말하자면 오르바르트의 허를 찌르는 결단력과 판단력은 쓰다듬으며 칭찬할 만하지만, 그게 다다.

만약 그림자에 삼켜지면 도망칠 방도가 있을 턱이 없다. 단──.

"──이것이, 그 아이 소행이 아니라면, 말이지만요."

요르나는 최악의 가능성을 고려하며 필사적으로 손을 뻗은 루이의 뒷목을 내려다보았다. 해방하면 당장에라도 저 그림자 속으로 소년을 찾으러 가리라.

그런 무모한 짓은 간과할 수 없다. 팔에 힘을 주며 요르나는 스스로에게 어찌해야 할지를 물었다.

접촉한 시간이 짧은 소년에 대한 정과, 마도의 여주인으로서의 책무를 저울에 달고.

"아."

그것을 생각한 순간, 요르나 눈앞의 어둠에 변화가 발생했다.

두 사람을 따라붙는 그림자는 성 위 절반을 모두 뒤덮고, 남은 아래 절반과 성벽에도 피해를 확대하며 더욱 탐욕스럽게 미쳐 날뛰고자 먹잇감에게 '손' 을 뻗친 것이다.

"_____."

펼쳐져서 밀어닥치는 그것은 말 그대로 검고 큰 '손' 이었다.

요르나의 몸통을 인형처럼 잡을 수 있을 만큼 거대한 팔, 그것이 두 사람을 덮친다. 그것도 한두 개가 아니라, 다 합쳐서 열 개, 스무 개씩 뻗어오는 광경은 압권이었다.

말도 의사 표시도 없는 그림자 팔, 거기서 전해지는 것은 강렬한 '굶주림'. 온갖 존재를 흡수하고자 욕망하는, 끝 모를 '굶주림'이 밀어닥친다.

그 방대한 '굶주림'이 요르나와 루이 두 사람에게 닿으려던 찰나——.

"혀를 깨물지 않게 조심하시어요!"

"우, 아우——."

오르바르트의 팔이 날아간 이상, 그림자에 닿는 것은 치명적이라 판단. 요르나는 루이를 안은 팔에 힘을 주고 자신이 밟아 부수어 조각 난 기와에 발판이 되라 명령했다.

과연 요르나의 '사랑'에 호응한 기와가 바로 허공에 날아올라 마도의 하늘로 피신한 요르나의 몸을 고공으로 날랐다. 그림자 팔을 피하여 높디높은 하늘 위로.

이대로 그림자가 닿지 않을 높이로 피할 수 있으면 횡재. 그게 불가능해도 그림자의 사정거리를 파악할 수 있으면 대책을 세울 정보를 얻을 수 있다. 그렇다고는 해도——.

"당하고만 있는 것도, 참 성이 나지요."

쫓겨 다니는 상황을 말하는 게 아니다.

물론 그것도 굴욕이기는 하지만, 가장 큰 이유는 뭐라 해도 홍유리성이다.

마도의 상징인 아름다운 홍유리의 성은, 그 희소성으로 유명한 귀석을 푸짐하게 쓰고 어처구니없을 정도의 노력을 투자해 세운 건물이다. 이를 두고 재력이나 권력을 과시하려는 의도라며 야유하는 이도 있지만, 진상은 다르다.

　　붉고 파란 빛이 노니는 아리따운 성, 홍유리성은 마도의 주민들이 자발적으로 지었다.

　　그들은 마도의 지배자인 요르나를 흠모하여 그 거성이 볼품없어서는 안 된다며 저마다 대화를 나누고 귀한 돌을 모아 저 아름다운 성을 쌓았다.

　　홍유리는 귀중하며 다루기도 까다로워서 성을 세울 때 얼마나 많은 고난이 있었는지 남들은 상상도 못하리라. 그것은 요르나도 마찬가지로, 그 고난을 상상해 본 적도 없다.

　　상상할 필요도 없이, 요르나는 성을 세우는 과정을 처음부터 끝까지 보았기 때문이다.

　　그렇기에——.

　　"내 사랑을 집어삼켰구나, 이 불한당——!!"

　　성을 삼킨 그림자를 향해 요르나의 하얀 손가락이 뻗었다.

　　——찰나, 홍유리성을 덮은 거대한 그림자가 내부에서 강렬한 충격에 관통당했다.

　　그림자에 실체가 있는 것인지, 하물며 의지가 있는 것인지는 요르나도 알 도리가 없다.

　　그러나 요르나는 확실히 뼈아픈 타격이 되었을 것이라 확신할 만한 손맛을 느꼈다.

그림자가 흡수한 홍유리성은 그 성벽을 형성하는 돌 하나에 이르기까지 모든 것에 주민들의 요르나에 대한 사랑이 담겨 있다. 그것을, 어떻게 사랑하지 않을 수 있으랴.

　"＿＿＿＿＿．"

　사랑의 총량이 충격파로 변해 그것을 안에서 맞은 그림자의 기세가 뚜렷하게 꺾였다. 밀려오는 검은 팔이 모조리 안개처럼 흩어지고, 그 광경에 루이도 눈을 동그랗게 떴다.

　그러나 칭찬이라고도 할 수 있는 소녀의 반응을 요르나는 기뻐하지 않았다.

　그것은 그림자의 피해에 끔찍한 상태로 변한 홍유리성을 내려다보고 있기 때문이기도 하며──.

　"저의 하얀 살결이, 저것의 위협은 사라지지 않았다고 말하고 있어요."

　성을 통째로 부딪친 것만 같은 위력, 그 작렬에 감쇠했어도 그림자의 근본이 사라진 것은 아니다. 저 방대한 어둠이 지닌 기이한 압박감은 건재하다.

　위협은 줄지 않는다. 그렇다면 저 칠흑의 원천을 끊을 방법을 찾아내야 한다.

　"요르나 니임!"

　그렇게 신경을 곤두세우는 요르나의 고막을, 머나먼 지상에서 터진 목소리가 두드렸다.

　바라보니 요르나를 부르는 것은 이변의 중심에 모이려 하는 마도의 주민들이었다. 바로 전에 오르바르트와 싸운 일도 있어 이미 주목을 지나치게 받았다. 그런 상황에서 성의 붕괴와 흘러넘치는 칠흑. 저들이 요르나를 염려해 오는 것도 무리는 아니다.

그 오합지중은, 타격을 받은 직후의 검은 그림자에게는 군침이 흐를 먹잇감으로 보였으리라.

"그대들, 도망쳐요──!"

끓어오르는 위험 신호에 재촉받은 요르나가 눈 아래의 주민들에게 피난하라 외쳤다.

그러나 저들에게로 뛰어들기에는 지나치게 높은 하늘로 올라왔다. 멀다. 손이 닿지 않는다. 그리고 요르나가 알아차린 위기감을 저들 전원더러 품으라는 것도 무리한 이야기.

그 결과, 요르나를 염려해 모인 주민들을 구해낼 수단은 없이──.

"──쉽게 할 수 있을 줄 생각하지 마라!!"

밀어닥치는 그림자에 무방비한 주민들. 그들이 영원한 허공으로 끌려가기 직전, 옆에서 뻗어온 심녹색 '가시넝쿨'이 주민들을 한꺼번에 낚아챘다.

요르나도 본 적이 있는 가시넝쿨, 가까스로 주민들을 그림자로부터 구해낸 그것은 기기괴괴한 생태를 가진 이들이 모인 마도에서도 희귀한 '벌레'의 힘.

"카프마 일루쿠스, 황제 각하의 명으로 조력하겠다!"

그 두 팔에 가시넝쿨이 나고, 등에 돋은 투명한 날개를 홰치는 남자── 카프마 일루쿠스의 갑작스러운 조력에 요르나는 놀라서 눈을 크게 떴다.

과거, 요르나가 일으킨 모반을 제압하고자, 빈센트의 명령으로 카오스프레임에 군이 파견된 적이 있다. 그때, 카프마는 군을 통솔하는 『장(將)』 중 한 명이었다.

그런 그가 요르나가 사랑하는 주민을 지키기 위해서 움직인다는 것은——.

"설령 누구를 섬긴다 하더라도 똑같이 제국 신민이라면!"

"————."

"요르나 일장! 귀공과 생각은 양립할 수 없음을 알고 있지만, 이것을 방치하는 일은 있어서는 안 된다! 협력하도록 하겠다!"

요르나의 주시에 그렇게 대답한 카프마가 홰치고 고속으로 공중을 날아다녔다.

날개의 기동력과 가시넝쿨의 제압력으로 그림자의 주의를 끌어 시간을 벌어 주는 카프마. 확보한 시간 안에 주민의 피난과 그림자에 대한 대항책을 찾아내야 하지만.

"우! 아— 우—!"

"애?"

생각에 잠긴 요르나의 품속에서 루이가 또다시 바동바동 날뛰었다. 하지만 아무렇게나 날뛰는 것은 아니며, 반복적으로 요르나에게 무언가를 호소하는 몸짓이었다.

요르나가 이해하자 루이는 "우!" 하고 끄덕이고 지상의 한 곳을 손가락으로 가리켰다. 루이가 가리킨 방향에 눈길을 준 요르나는 무엇을 말하려고 하는지 그 의도를 알아차렸다.

"카프마 이장, 잠시 당신에게 자리를 맡기겠습니다."

"그것이 필요하다면, 알겠다!"

"그리고…… 방금, 제 아이들을 지켜 준 것, 감사합니다."

"『장』으로서 당연한 일을 했을 뿐이다!"

요르나의 감사에 살짝 머뭇대었으나, 카프마는 힘차게 대답했다.

견실하고 융통성이 없는, 양립할 수 없는 상대. 요르나는 그런 카프마에 대한 평가를 고쳤다. 고집스러운 외곬도 끝까지 관철하면 미덕이다. 상황과 사정이 허용하면, 그도 사랑하는 한 명이 되었으리라.

물론, 그래도 요르나의 으뜸은 영원히 뒤집히지 않지만——.

"밑으로 내려갑니다. 꼭 잡고 있어요."

꼬옥 매달리는 루이의 악력을 대답으로 간주한 요르나는 공중에 뜬 성의 잔해, 벗겨진 지면, 종국에는 흙덩이마저도 발판 삼아 목적지로.

중간에 상황을 알고 싶어 하는 주민들에게 좌우지간 홍유리성 —— 아니, 성의 흔적에서 멀어지라고 지시를 내리면서 그 발길을 향한 곳은 성을 멀리서 조망하는 가옥의 지붕이었다.

거기서 유유히 요르나의 도착을 기다리던 것은——.

"틀림없이 '황제 각하'가 오실 줄 알았는데요."

팔짱을 끼고 요르나의 말에 "흥." 하고 콧방귀를 뀌는, 흑발에 귀면을 쓴 남자였다.

그 눈앞에 내려서자 기다리고 있었다는 양 품속에서 벗어난 루이가 그리로 달려갔다. 그리고 소녀는 남자의 팔을 잡고 짧은 금발을 찰랑이면서 성 쪽을 손가락으로 가리켰다.

"우아우!"

"끝까지 말하지 않아도 안다. 애초에 너의 처우를 둘러싸고 그 자와는 의견이 갈라졌지. 용케 내 앞에 넉살 좋게 얼굴을 들이미는구나."

"우—! 우!"

"나를 따를 생각이 있으면, 손패에 포함하는 것도 주저하진 않는다."

팔을 잡아당기는 루이의 호소에 남자는 담담히 응수했다. 그의 답변에 루이는 답답하다는 표정을 지었지만 이윽고 체념한 듯이 그의 팔을 놓았다.

그럼에도 달려 나가지 않은 것은 소녀 딴에 생각이 있기 때문이리라.

——저 검은 그림자 안에 있을 소년, 그것을 어떻게든 되찾기 위해서.

"요르나 미시구레, 사정은 알고 있겠지. 저것은 방치할 수 없는 재앙이다."

"동감, 합니다. 닿은 것 전부를 무(無)로 되돌리는 재앙, 마도의 주인으로서 내버려 둔다는 선택지는 없지요. ——당신은, 이 사태를 예측하였습니까?"

"무슨 일이 있으리라곤 생각했었다. 무슨 일이 있을지까지는, 내 추측에서 벗어난 문제다."

"_____."

눈을 가늘게 뜬 요르나가 눈앞에 선 남자의 진의를 가늠하려 했다.

하지만 남자의 마음속은 귀면 뒤에 가려져 내다보려 해도 볼 수가 없다. 물론 가령 가면이 없었다고 해도 그 속내를 꿰뚫어 볼 수는 없었으리라.

누구에게도 자신의 생각을, 마음속을, 의도를 알아채지 못하게 하는 고고한 존재. ——그것이야말로 이 남자, 신성 볼라키아 제국 제77대 황제의 자세.

다시 말해——.

"——각하."

"부주의하게 나를 그리 부르지 마라. 친서의 희망이 파기되고 싶지 않으면."

"그거 실례를. ……대체, 어디서 제 희망을 아셨지요."

"확증은 없었다. 네가, 내가 보낸 사자를 무사히 돌려보낼 때까지는."

그 답변을 듣자 요르나는 남자의 사고방식에 감독하고, 동시에 경멸했다.

어제 사자와의 접견, 거기에서 사자가 무사히 돌아갈지 말지로 자신의 생각이 옳은지 틀린지도 재 볼 작정이었다는 뜻이다.

그 점에서 감쪽같이 그의 손바닥 위에서 놀아났다고, 요르나도 씁쓸한 기분이었다.

하지만 그 이상으로——.

"각하는 한번 사자 아이들에게 혼나 봐야겠군요."

"그것도 다 일을 수습한 다음이다. 요르나 미시구레, 내 지시에 따라라."

"그것이 최선이라면, 저도 따를 수밖에 없지요."

남자의 말은 고압적이지만 망설임과 저항은 찰나뿐이었다.

요르나에게는 지켜야 할 대상이 있다. 마도 카오스프레임과 그 주민들이다. 그것을 지키는 데 필요한 것은 이 사태를 바르게 수습할 능력을 가진 자.

싸우는 힘이라는 의미가 아니라, 다스리는 힘이라 해야 할 능력이다.

요르나도 그 힘이 있다는 자부심은 있다. 하지만 비교 대상이 좋지 않다.

이 세상에서 가장 넓은 국토를 자랑하는 대제국을 지배하고 다스리는 남자와 누가 빗댈 수 있을까.

"그래서, 어쩌실 셈이신가요."

마도를 지키기 위해서라면 어떤 작전도 감수하고자 하는 각오로 요르나는 물었다.

어느 틈에 옆에 선 루이도 요르나의 의사에 찬동하듯이 눈을 빛내고 있었다.

그런 요르나와 루이, 두 사람의 시선을 받은 남자―― 아니, 제국의 지배자는 끄덕였다.

그리고――.

"――도시를 포기하고, 퇴각전에 들어간다. 마도는, 저 그림자에게 먹일 수밖에 없다."

4

"_____."

귀면을 쓴 남자의 비정한 선언을 들은 요르나는 뺨을 굳히고 시선에 날을 세웠다.

지금 막 남자의 의견을 존중하려 마음먹은 것은, 그것이 요르나가 다스리는 카오스프레임을 지키기 위한 최선이라고 믿었기 때문이다.

하지만 그런 요르나의 결의를 등지고 남자가 입에 담은 것은 도시의 포기──.

"그런 의견, 도저히 수긍할 수 있을 리 없군요."

"호오. 왜지."

"왜고 자시고 있겠습니까. 여기는 마도 카오스프레임, 거처에서 쫓겨나 갈 곳도 기댈 곳도 잃은 이들의 마지막 땅…… 그것을 버리라니."

"승복하지 못하겠다 이 말인가. 하찮은 감상이군."

"큭, 빈센트 볼라키아……!"

냉철한 말에 요르나의 목소리가 뜨거워졌다. 하지만 제국의 지배자는 대조적으로 차가운 시선을 요르나에게 보내고, 귀면을 손으로 만지면서 말을 이었다.

"지금은 아벨이라 이름 대고 있는 나에게 그 호칭은 적당치 않군. 애초에 황제를 상대로 자비를 구걸할 작정이라면 너무나 생각이 짧은 행동이지 않나.”

“제국민은 정강하여라—— 말입니까.”

“그렇다.”

황제—— 아니, 아벨이라 이름 밝힌 남자는 그것이야말로 제국의 방식이라고 호언한다.

볼라키아 제국의 정점인 황제는 제국민이 믿고 숭앙하는 철혈의 규정을 체현해야 할 필요가 있다. 그것이 사실이든 아니든 황제는 그렇게 장담해야 한다.

그런 아벨의 단언에 요르나는 청원하는 방식이 틀렸다고 자책했다.

그렇게 자신의 선택을 반성하는 요르나 옆에서 아벨은 귀면 테두리를 만지며 말했다.

“『대재앙』——.”

“대, 재앙……?”

“제국의 존망을 위태롭게 하며, 햇빛조차 닿지 않는 멸망을 초래하는 것. ……『별점쟁이』는 그렇게 말하더군. 들었던 당초에는 허튼소리라 여겼지만.”

“————.”

“저것을 보면, 조금의 과장도 없었다는 걸 알겠군.”

현현한 칠흑의 그림자——『대재앙』을 턱짓하며 멸망이라 지칭하는 아벨.

확신에 찬 그의 음성과, 그 입에서 나온 『별점쟁이』라는 단어에 요르나도 속으로 씁쓸한 기분을 느낄 수밖에 없다. 『별점쟁이』의 존재는 볼라키아의 악습 중 하나.

적어도 요르나에게는 그렇다고밖에 말할 도리가 없는 관습이었다.

요르나가 강하게 애태우는 소원의 발단, 그것과 『별점쟁이』는 무관하지 않으므로.

어쨌든——.

"그러면, 당신은 『별점쟁이』의 말을 고스란히 믿고 뒤돌아 내뺄 작정인가요. 그렇다면 그거야말로 다름 아닌 나약의 표명. 제국의 방식을 체현하는 자라고는 도저히 여길 수가…… 하고, 저 같은 사람은 생각하겠군요."

"싸구려 도발로 나를 움직일 수 있다고 여긴다면 빨리 착각을 바로잡도록. 애당초, 『별점쟁이』의 말을 고스란히 믿어 폭거를 일으킨 것은 내가 아니다."

"당신도, 『별점쟁이』에게는 감정이 있으신 듯합니다."

"정상적인 판단력을 가진 사람이라면 그자를 바람직하게 여길 리가 있을까 보냐. 하지만 불필요하다고 잘라내도 금세 다음이 나오지. 그것이 그자들의 성가신 점이야. ——음."

"우——!"

대화 도중, 아벨의 말을 가로막은 것은 애타는 루이의 앓는 소리였다.

루이는 요르나와 아벨의 대화가, 저 『대재앙』을 가라앉히는 방법과 직접적으로 관계없음을 나무라는 것 같았다. 그것도 당연하리라. 저 『대재앙』에는——.

"우아우!"

"요르나 미시구레, 한 가지 확인하고 싶다."

"무엇, 이지요?"

굼실대는 『대재앙』을 가리키며 무언가를 강하게 호소하는 루이의 모습에 아벨은 질문 대상을 요르나로 바꿨다. 이어지는 물음의 내용은 상상이 간다.

"이 소녀와 함께 흑발의 어린이가 있었을 텐데. 그자는 어디로 사라졌지?"

"그 동자라면……."

힐끔 움직이는 요르나의 시선, 그것이 말보다 웅변적으로 질문의 답을 설명했다.

루이가 필사적으로 가리키는 『대재앙』, 홍유리성을 삼키는 어둠에 소년은 흡수되었다. ──아니, 오히려 요르나의 눈에는 그 『대재앙』은 소년 안에서 넘친 것 같기까지.

"역시, 그런가."

요르나의 말 없는 대답에 아벨이 마지막 한 조각을 자신의 마음에 갈무리했다.

그것이 최후통첩처럼 들려서, 요르나는 "당신……."이라며 아벨을 보았다. 그러나 그 부름에 아벨은 느릿느릿 고개를 가로저었다.

"의도와는 달라지지만, 도리가 없지. 방책에 구애되어 성과를 얻지 못해서야 의미가 없어."

"그 말씀은, 즉?"

"방침은 바꾸지 않겠다는 얘기다. 마도를 포기하고 퇴각전으로 들어간다. 그래도 피해는 발생하겠지. 그 전부를 털어내기란 불가능하다."

"큭, 그 대답은."

승복할 수 없다고 요르나가 따지려던 순간이었다.

"아— 우!"

"욱……."

신음을 흘린 아벨이 배를 손으로 누르고 그 자리에 무릎을 꿇었다.

그렇게 만든 것은 따지려던 요르나보다 먼저 아벨의 배를 때린 루이였다.

루이는 비정한 결단을 내린 아벨을 노려보고 콧김을 씩씩대며 목울대를 떨었다.

"우아우…… 우아우!"

그렇게 외치고 돌아선 루이의 모습이 순식간에 시야에서 사라졌다.

천수각에서의 공방, 오르바르트와의 싸움 도중에도 보여 주던 순간 전이다. 그다지 장거리를 이동할 수 없는 그 능력을 반복하여, 루이는 다시 『대재앙』이 지배하는 전장으로 돌아갔다.

하지만 돌아간 루이에게 『대재앙』에 대한 대항책이 있다고는 생각할 수 없다. 만약 그런 게 있었으면 아벨에게 의지하지 않고 자기 힘으로 그 소년을 구해 내려 했으리라.

만약, 저 『대재앙』에 대한 대항책이 있다 치면——.

"『양검』의 화염이라면 대항할 수 있는 것이 아닌가요."

"_____."

"당신!"

배를 누른 채로 건물 옥상에 무릎을 꿇은 아벨.

루이의 일격을 당연한 응보라고 여기는 반면, 상황을 타개하기 위한 열쇠를 쥐고 있는 것은 역시 이 아벨밖에 없다고 요르나는 생각했다.

볼라키아 제국의 황제가 지닌 『양검』, 그 화염이라면 『대재앙』조차도──.

"뽑을 생각은 없다."

하지만 아벨의 답변은 요르나가 바란 것일 수가 없었다.

그리고 요르나는 그 말이 정상적인 판단이라고도 생각할 수 없었다. 저 『대재앙』을 위험한 대상으로 간주하고, 제국의 존망을 다투는, 마도의 포기조차 불사할 대이변인 줄 알고 있으면서.

"그래도 『양검』을 뽑지 않겠다니…… 그 말을, 어떻게 받아들일 수 있을까요."

"_____."

"대답하세요, 빈센트 볼라키아! 당신이…… 그대가, 이 제국의 황제라면, 완수할 역할이 있을 것입니다! 그대가, 황제라면……!"

요르나는 그렇게 부르짖으며 무릎 꿇은 아벨의 옷깃을 잡고 일으켜서 정면으로 노려보았다.

이러는 중에도 카오스프레임은 궁지에 내몰리고 있다. 카프마와 루이도, 『대재앙』과 영원히 싸울 수는 없다. 머지않아 사람도 마도도 저 재앙에 삼켜진다.

그렇게 되지 않도록 이 남자의 힘이 꼭, 꼭 필요한데.

"그대가, 볼라키아 제국의 『황제』라면……."

"『양검』은 쓰지 않겠다."

"──큭, 그대는."

여전히 완강하게 의견을 번복하지 않는 아벨을 요르나가 날카로운 송곳니를 드러내며 위압했다.

그러나 그런 협박은 아벨의, 눈앞의 남자에게는 일상다반사다.

평소부터 주위의 끊임없는 살의와 적의를 받는 입장에 있는 존재, 그것이 볼라키아 제국의 황제다. 그렇기 때문에, 그분은.

"언제가 되어야 이해할 거지? 요르나 미시구레."

"아──."

"당대의 황제인 빈센트 볼라키아와, 네가 머리에 그린 황제는 별개다. 내가 네 소원이나 이상대로 움직여야 할 이유는 없다."

그 뚜렷한 단절의 자세에 요르나는 작은 헛숨을 흘렸다.

그리고 잡은 남자의 옷깃에서 손을 떼고 천천히 한 발짝 뒤로 물러났다. 물러나서, 자신의 목을 잡는 아벨을 응시하며 요르나는 이를 깨물었다.

"말하지 않아도, 안답니다……."

귀면의 유무에 상관없이 눈앞의 남자와 요르나가 마음에 그린 남자는 닮아도 닮지 않았다. 설령 그 몸에 요르나가 사랑하는 이의 피가 흐르고 있다 해도.

"그대의 말에 승복할 수는 없어요……."

"마도를 버리지 않으면 그 외의 모든 것을 잃게 될 거다."

"이 마도가, 지금의 제 전부이어요!"

두 팔을 벌리고 그렇게 대답한 요르나가 가슴에 끼운 곰방대를 뽑고 끝부분에 불을 붙였다.

그 직후, 힘차게 곰방대에서 연기를 빨아들이고 허공에 뿜었다.

번지는 담배 연기가 거대한, 거대한 구름이 되어 『대재앙』이 굼실대는 전장의 바깥쪽──저 위협을 목격하고 겁먹었을 마도의 사람들 머리 위로 향했다.

담배 연기로 이루어진 구름은 곧 느릿하게 조각나며 각각이 주민──요르나가 사랑하는 아이들에게로 내려가 한 사람 한 사람의 손아귀에 담배 연기가 들어갔다.

"──저를 사랑하시어요."

요르나의 중얼거림은 같은 곳에 있는 아벨에게만 들릴 희미한 것이었다.

그러나 요르나의 의지는 쏟아지는 담배 연기를 든 모든 사람들이 이해했다. 따라서 목소리가 닿지 않아도 그들은 하나같이 담배 연기를 벌린 입 안에 던져 넣었다.

"──저에게 사랑받으시어요."

요르나의 담배 연기가 닿은 이들이, 그것을 빨아들인 이들이, 천천히, 천천히 고개를 들었다. ──그 한쪽 눈에 저마다 불을 피운다.

요르나에게 사랑받고 요르나를 사랑하는 이들이 『대재앙』을 바라보며 영혼을 태우기 시작했다.

그야말로 영혼으로 맺어진 이들――『혼혼술(魂婚術)』의 힘이 마도를 가득 메운다.

"이 도시는, 카오스프레임은 사라지지 않습니다. ――저와 당신들이, 저 무엄한 손님에게 돌아가라 말씀을 드립시다."

요르나가 곰방대를 흔들면서 정면에 겨누었다.

그 주위, 도시 전역에서 들리는 것은 땅울림이다. 사납게, 무시무시하게 울리는 그것은 무수한 발소리, 무수한 발구름, 무수한 숨소리, 무수한 전의.

마도의 주인의 사랑 어린 부름에 따라 모인, 사랑받은 이들의 전진이다.

요르나는 그것을 바라보며 가볍게 무릎을 굽혔다가 드높이 도약했다.

이 마도를 위협하는 존재, 그 모든 것을 물리치는 자로서――.

"――『극채색』 요르나 미시구레, 상대해드리지요."

5

땅울림 같이 울려 퍼지는 무수한 발소리와, 도시 그 자체가 외치는 것 같은 함성.

마도의 주민을 이끌고 『대재앙』에 도전하는 요르나는 부서진 홍유리성의 잔해나 파괴된 시가지를 무기로 삼아 검은 그림자에게 규격 외의 공격을 갈겼다.

'도시'로 때리는 것만 같은 요르나의 난동을 멀리서 바라보는 아벨은 검은 눈을 가늘게 떴다.

"완전히 무의미하다곤 못하겠군. 하지만 우세라곤 입이 찢어져도 말 못 한다."

요르나의 호소에 감화된 것은 아니지만, 이쪽 공격이 전혀 통하지 않는다고 할 만큼 부조리한 상대가 아님은 『대재앙』의 행동력 감쇠를 보아도 파악할 수 있다.

『대재앙』이 출현과 동시에 집어삼킨 홍유리성, 오래도록 거성으로 쓰이던 성에 대한 애착, 그것 자체를 파괴력으로 전환한 요르나의 공격은 『대재앙』의 기세를 확실하게 꺾었다.

만약 저것이 없었으면 『대재앙』은 처음 기세 그대로 확대하여 이 마도를 단숨에 삼키고서 제국 전토로 심연을 뻗어 나갔으리라.

──물론, 현재 상태로 방치하면 유예를 얻었던 제국의 붕괴는 피할 수 없다.

"그것도, 그자의 가증스러운 점이기는 하지."

이를 악다물며, 아벨은 『대재앙』을 예견한 남자의 갸름한 낯짝을 떠올렸다.

다가올 위험은 예견했으나, 그 이상의 바람은 거부한 팔자 좋은 존재. 혹은 관람자의 끄나풀이라고나 해야 할까. 그쪽을 생각하면 자연히 한 인물이 연상된다.

"나츠키 스바루, 너는……."

아벨은 굼실대는 『대재앙』을 응시하며, 입에 담기를 피하던 이름을 입에 올렸다.

그럴 때였다.

"아벨찡! 돌아왔어!"

온갖 소리가 삼켜지는 소음 속에, 그 카랑카랑한 목소리는 또렷하게 아벨의 귀에 들렸다.

뒤돌아보니 목소리는 아벨 배후의 하늘에서 내려왔다. 가벼운 소리와 함께 지붕에 착지한 것은 손을 흔드는 소녀와 이를 안고 있는 갈색 피부의 여자.

"돌아왔나, 미디엄, 타리타."

"간신히! 하지만 아벨찡이 말하던 상황이랑 다르네? 요르나는?"

"저기다."

타리타의 품속에서 내려와 갸웃한 미디엄의 물음에 아벨이 턱짓했다.

턱짓이 가리킨 방향에 『대재앙』을 상대로 규격 외의 투쟁을 지속하는 요르나의 모습이 있었다. 사방에 깔린 가시넝쿨로 카프마가 그 싸움을 지원한다. 모인 카오스프레임의 주민들도 해체한 건물을 여러 명이서 투척하여 『대재앙』의 발목을 잡는 데 전력을 쏟고 있었다.

그야말로 『도시』 전부를 동원한 총력전이지만——.

"『대재앙』이, 커지고 있어……?"

"저거, 내버려 두면 안 되는 거 맞지?! 아벨찡, 어떡할 거야!"

서서히 확대하는 『대재앙』을 바라보며 미디엄이 아벨의 결단을 물었다.

당초의 상정, 마도를 포기한 퇴각전은 요르나의 도시에 대한 집착 때문에 계획 단계에서 끝났다. 이 경우의 차선책은 빈센트의 행동 여하에 따라 바뀐다. 아니──.

"──혹은 그 전에, 네가 상황을 바꾸어 보겠는가, 타리타."

"어……."

아벨이 지목하며 묻자 타리타가 날카로운 눈매를 부릅뜨고 아연실색했다.

"왜, 왠지 지금 말투, 이상하네? 무슨 뜻이야?"

"무슨 뜻이고 자시고 할 것 없다. 타리타, 너는 저것을 무어라 불렀지?"

"무, 무엇이냐고 그래도……."

"저것을 『대재앙』이라고, 그렇게 불렀었지. 어디서 그 명칭을 알았나?"

몰아붙이는 아벨의 말에 타리타가 숨을 집어삼켰다.

두 사람의 대화에 미디엄은 "대재앙……?" 하고 어리둥절했다. 그 반응이야말로 미지의 질문에 대한 자연스러운 반응이다.

무지한 이라면 저 정체 모를 존재를 『대재앙』이라 부를 이유가 없다.

다시 말해──.

"멸망을 피할 방법을, 별이 가르쳐 주던가?"

"──으! 자, 잠깐만요, 저는……!"

"_____."

"저, 는……."

한 걸음, 앞으로 내디디려던 타리타가 말을 잇지 못했다. 이어서 타리타의 얼굴이 창백해지자 미디엄이 "타리타!" 하고 허둥지둥 부축했다.

그러나 타리타는 미디엄의 배려에 응답할 여유가 없다.

아마도 타리타 자신은 줄곧 잘 숨겼다고 생각했으리라. 어쩌면 끝까지 말하지 않고 있을 수 있을 줄 알았을지도 모른다.

"멍청한 것."

영원히 지킬 수 있는 비밀이나, 드러나지 않는 진실이라는 것은 존재하지 않는다.

모든 것은 언젠가 반드시 드러난다. 가능한 것은, 그 순간을 미루는 것뿐이다.

"타리타, 저 『대재앙』을 네가 알고 있다면, 후회하고 있나."

"후회해? 후회하다니…… 아벨찡! 무슨 얘기 중이야?! 타리타가 뭘……."

"뻔한 얘기다. 숲에서, 나를 그 화살로 미처 처치하지 못한 것을 말이지."

"아──."

아연히, 이번에야말로 타리타의 얼굴에서 색이 빠지고 눈빛이 허약하게 일렁거렸다.

아벨은 그 두 눈을 정면으로 응시하며 한숨 뒤에 말을 이었다.

"아니면 지금부터라도 천명에 부응해 보겠나, 밀림의 사냥꾼. 아니, 이렇게 불러야 할까──."

"────."

"――『대재앙』을 막을 천명을 이어받은, 새로운 『별점쟁이』
여."

6

거센 땅울림이, 울려 퍼지는 포효가, 마치 세계의 종말을 호소
하는 것만 같았다.

"우, 우우, 우우우……!"

머리를 감싸 쥐어 그 전부를 떼어놓으려 해도 팔 하나로는 그
럴 수가 없다.

두 손으로 귀를 막고 세계의 종말로부터 의식을 차단한다. 고
작 그뿐인 일조차 외팔인 자신의 몸으로는 불가능했다.

지면이 흔들린다. 대기가 겁내고 있다. 세계가 죽어간다.

그 전부가, 알을 좀먹으며 온몸에서 힘을 앗아 가는 공포의 상
징이었다.

"어째, 서……어째서, 여기에……."

목소리를 벌벌 떨며 이 순간에 일어난 절망적인 사건을 저주하
고 또 저주했다.

물론 그런 저주에는 아무 의미도 없다. 왜냐면 이런 것은 저주
도 뭣도 아니기에. 단순한 오기, 다 끝난 뒤에 이럴 걸 저럴 걸 하
며 자신을 위로할 뿐인 패배 부정의 어필이다.

이렇게 될 것은 각오한 바라고, 그렇게 생각하지 않았던가.

――아니, 생각하지 않았다. 각오는 굳세지 않았다. 머리에 가

능성이 스쳐도, 그것은 분명히 일어나지 않을 거라 낙관적으로 고려하는 척하며 눈을 돌렸을 뿐이다.

그와, 나츠키 스바루와 함께 행동하다 보면 이렇게 될 위험성은 충분히 있었다. 충분은 무슨, 충분하고도 넘쳐흐를 정도다.

오히려 나츠키 스바루 말고 다른 누구와 행동해도 이런 사태는 나지 않았다.

그래도 어쩔 수 없었다. 왜냐면 내버려 둘 수 없었기에. 내버려 두어서는 안 되었다. 나츠키 스바루는, 거기서 꺾여서는 안 되었으니까.

그 때문에, 필요한 일이라고, 그러니까 나는──.

"──오오, 누가 흐느끼고 있느냐 했더니, 자네였나."

"윽?!"

"카카캇카! 뭐여, 뛰어도 왜 그렇게 뛰어! 마치 애벌레 같았다고, 걸작일세, 걸작이야!"

느닷없이 방 안에 들린 목소리에 허둥지둥 몸을 일으키고 돌아섰다.

그 모습이 너무나 꼴불견이었는지 이를 본 상대가 박수를 치며 ── 아니, 발을 구르는 리액션을 보이며 크게 웃었다.

공교롭게도, 아무래도 상대 역시 다시는 박수를 치지 못할 것 같다.

왜냐하면──.

"나 원, 90년 이상 함께하던 오른손이 먼저 하직해 버렸어. 어쩐다야. 이러면 앞으로 어떻게 병량환(兵糧丸) 만들면 되냐 이

거야. 카카캇카!"

　그렇게 말하고 유쾌하게 웃은 괴노인── 오르바르트 덩클켄
은 손목 앞이 소실된 오른손을 흔들고 있었기 때문이다.

제2장 『영리하게 살지는 못한다』

1

——어두운, 어두운 공간 안에 있다.

출렁이고 있다. 방황하고 있다. 희롱당하고 있다. 유린당하고 있다.

무슨 일이 있었는지, 일어났는지, 기억은 몹시 애매하여 그 이유를, 답을 찾고 있다.

——아무것도, 아무것도 떠오르지 않는다.

이런 곳에 사로잡혀 의식 외의 전부가 부자유로 채색된 이유는 아무것도 없다.

그렇다면 애초에, 이런 곳에 있어야만 할 이유도 없지 않나.

「——사랑해.」

그런 사고가 뇌리에 스칠 때마다 사고를 만류하듯 가냘픈 목소리가 들린다.

쉬어서 그런지, 거리가 먼 것인지, 잘 들리지 않는 목소리. 하지만 귀를 곤두세우며 목을 그리로 뻗어서 들려 달라는 생각이 본능적으로 드는 절실한 목소리.

「──사랑해. 사랑해. 사랑해.」

그 목소리가 들릴 때마다 직전까지 하던 사고가 리셋되어 제로로 돌아간다.

그것을 거추장스럽다고, 어쩔 수 없다고, 그렇게 포기해야 하는지조차도 분명치가 않아진다. 포기하지 않고 저항하는 것을 생각해 봐야 할지도 모른다고 의식은 조급해지고.

「──사랑해. 사랑해. 사랑해. 사랑해. 사랑해.」

그 사고조차도 가로막듯이, 호소하듯 가냘픈 목소리의 수가 늘었다.

하지만 그것은 역효과다. 그 목소리를 듣고 싶기에, 목소리 주인 곁으로 가고 싶기에, 그렇기에 이 사고는 시작되고 제로에서 하나로 도달하려는 것이니까.

그렇기에──.

"누군가를……."

의식 외의 전부가 덧칠되고 할 수 있는 행동 전부가 막힌 자신은 아무것도 할 수 없다.

그렇기에 이 상황이라도 어떻게든 해 줄 법한, 주위의 힘을 의존하고 싶다.

누군가, 누군가가 있었을까.

이런 속절없는 상황이라도 자신에게 힘을 빌려줄지도 모를, 누군가.

친절히 대해 주던 누군가가, 있었을까.

그 누군가가 같이 와 주면, 분명히, 답도.

──그렇기에 멀리서 울리는 목소리에 닿고자, 손을, 뻗어서.

2

"끅."

"오오? 방금 그건 기합깨나 들어간 한 방이었어."

한층 더 세고 커다란 굉음이 울려 퍼지고, 진동이 지면을 타고 여인숙에 있는 두 사람에게까지 닿았다.

창밖에서 날뛰는 거대한 검은 그림자가 마도를 중심부터 천천히 침식하며 자기 안으로 빨아들여 씹고 이 세상에 없었던 것으로 바꿔나간다.

그것은 분명히 이 세상 모든 존재가 두려워하는 최저 최악의 악몽이다.

그리고 그 악몽이 초래하는 공포를, 누구보다 심신으로──아니, 영혼으로 알고 있는 것이 다름 아닌 자신임을 알은 이해하고 있었다.

상황 타개를 위해서 움직이기 시작한 아벨과 미디엄, 가짜 황제 일파.

그들과 함께 움직이기는커녕, 여기서 떨고 있는 머리를 감싸 쥐고 웅크린 꼬락서니. 도대체 무슨 낯짝으로 따라가겠다고, 힘이 되겠다고 말을 했단 말인가.

자신은 무력하다고 통감하기 위해서만 이렇게 따라왔다는 말인가.

"나는…… 나, 는……."

"이거야 원, 아등바등 서둘러 돌아왔는데, 여기 있는 것은 겁에 질려서 웅크린 애송이 한 명이냐. 뭐, 각하가 계시면 계신 대로 또 문제지만 말이다."

"————."

"이리 말해도 카프마가 저것하고 붙고 있는 것을 보면 그거지. 각하가 하라고 명령한 것일 테고, 각하는 도망칠 맘이 없나? 자네, 알고 있어?"

그렇게 말하고 성큼성큼 걸어온 오르바르트가 알의 얼굴을 들여다보았다. 그 물음의 내용을 공포로 마비된 뇌가 가까스로 해석했다.

이 자리에 없는 가짜 황제, 빈센트는 아벨과 모종의 합의에 이르러서——.

"타, 탄자라는 아가씨와 같이……."

"탄자라면, 그 사슴 계집애 말이냐. ……뭔 생각을 하는지, 각하는 말이 부족한 구석이 있어서 원. 최소한 쪽지라도 하나 남겨주면 고맙겠는데."

알의 이야기를 듣고 우거지상을 지은 오르바르트가 일어섰다. 괴노인의 모습에 알은 떨리는 혀와 뇌를 구사하여 "기다려 줘." 하고 말을 걸었다.

돌아보는 오르바르트의 미심쩍어하는 눈에 알은 숨 막히는 듯

허덕이며 물었다.

"댁은, 저거랑 붙을 생각, 이야?"

"이놈아, 되는 소리를 해야지."

"어……."

오르바르트의 덤덤한 대꾸에 알은 무심코 아연실색했다.

그렇게 눈을 부릅뜬 알 앞에서 오르바르트는 창밖을 손가락으로 가리켰다.

"아니, 한눈에 알 거 아니냐. 저거, 꽤 장난 아니잖아. 나도 오른손 해 먹었고, 그렇게 위험한 짓 하기 싫다 이 말씀이야."

"————."

"여기에 돌아온 것도 어쩌다 각하가 있으면 데리고 나가야 해서 그런 거야. 여기에 없으면 찾아야 하는데…… 자네, 각하가 사슴 계집애하고 어디 갔는지 몰라?"

표표한 오르바르트의 물음에 알은 곤혹스러워하는 채로 고개를 가로저었다.

실제로 저 그림자의 범람을 본 이후, 알의 기억은 띄엄띄엄해서 선명치 않다. 가까스로 기억하는 것은 카프마의 비상과, 빈센트와 탄자가 같이 떠난 것. 그리고 아벨이 놓고 간 알을 마지막까지 미디엄이 염려해 주었다는 것뿐.

"그리되면, 본격적으로 골치가 아파졌어. 그 여우 계집애의 호령으로 도시 놈들도 한번 해 볼 생각이고…… 각하 찾고 싶다곤 해도 나도 썩 오래 있고 싶지 않단 말이지, 이 난장판엔."

"어? 그, 그거, 무슨 의미야? 설마, 도망치려고?"

믿기 어려운 결론에 알이 놀라자 오르바르트는 "별수 있남." 하고 어깨를 으쓱였다.

"저거, 어떻게 해서 될 느낌이 안 들고, 무슨 일이든 명줄이 붙고 봐야지. 내 소중한 것은 자기 목숨하고 꿈이거든. 버티고 설 이유가 없지."

"화, 황제가 있잖아! 영감님이 지켜야 할 황제가……."

"각하가 스스로 생각하며 움직이고 있다는 말은, 그것이 각하 딴의 최선이란 거 아니겠냐. 여기서 내가 도울 거라고 생각한다면 각하도 사람을 잘못 본 게지. 그래서야 현제(賢帝)라는 직함도 울걸."

"앗……."

"자네도 좋은 마음에 말하는데 도망치는 편이 나을 게야. 여기서 목숨 바쳐도 딱히 얻을 것 따위는 없어. 영리하게 사는 편이 이기는 거지."

오르바르트의 철학이란 살벌한 볼라키아 제국의 철혈 같은 규정에 그가 살아남아 온 시노비로서의 인생까지 블렌딩한, 피비린내 나는 강고한 무언가다.

──분명, 그 누구도 오르바르트의 생각을 흔들 수 없다.

그렇기 때문에 오르바르트 덩클켄이라는 남자는 최강의 시노비로서 군림하고 있다. 소중한 것도, 마음이 가는 타인도, 아무것도 만들지 않음으로써 완성된 시노비다.

직함도, 입장도, 사명감도, 오르바르트는 일절 무게를 두지 않았다.

자유가 아니다. 무법. ──세계 최고봉의 '무법자', 그것이 괴노인의 정체였다.

"_____."

알이 세게, 세게 어금니를 깨물며 귀에 대고 있던 팔을 내렸다.

들리는 굉음과 땅울림, 검은 그림자에 맞서는 마도 주민들의 함성이 마치 이 세상의 지옥을 연출하는 것처럼 울려 퍼지며 알의 마음을 흔들어 댄다.

마음에 금이 갈 것만 같다. 머리가 산산이 부서질 것만 같다. 영혼이 낱낱이 흩어질 것만 같다.

하지만 그러지 않았다. 아직 그러지 않았다. 그러지 않았다면.

"영감님, 하나만 가르쳐 줘."

"뭔가?"

"저, 저 검은 그림자의 덩어리는, 형제와 관계가 있는 거지?"

피맛이 날 만큼 이를 악문 알의 목소리가 한순간만 떨림을 숨기고 말을 엮었다.

알의 결사적인 표정── 복면에 가려져 확실하게 보이지는 않는 표정을 눈매와 어조로 짐작했는지 오르바르트는 왼손으로 수염을 만지며 대답했다.

"그래, 맞으이. 저 그림자, 내 눈에는 꼬마 안에서 나온 것처럼 보이더만."

"_____."

"그걸 듣고, 자네, 어쩔 것인지 결심은 했느냐."

눈을 꽉 감은 알은 오르바르트가 고한 말을 곱씹었다.

뻔히 알던 일이지만 저 검은 그림자 안에는 나츠키 스바루가 있다. ──아니, 모든 것의 중심에 나츠키 스바루가 있다.

그렇다면, 그렇다면 하고 알은 어금니가 금이 갈 것을 각오하고 고개를 들어야만 한다.

나츠키 스바루가 저기에 있다면, 알데바란은 거기에 가야만 한다.

"영리하게, 살라고 그랬지, 영감님."

"암, 그랬지. 내 생각은 그렇다."

"하지만 내 생각은 달라. 영감님, 댁이 사는 방식은 영리한 게 아니야. 치사한 거지. ──나는, 치사한 어른이 되고 싶지 않아."

쿵, 하고 센 소리가 났다.

알이 주먹을 바닥에 내려찍고 그 기세로 몸을 일으켰다. 벽에 기대어 일어선 무릎은 떨리고, 마음은 떨리고, 싸우지도 않았는데 정신적으로 만신창이, 그럼에도──.

"여기에 앉아 있으면, 부모님 볼 낯이 없잖아……!"

벽에 짚은 손을 움켜쥔 알이 복면 속에서 이를 드러냈다.

그 결사적인 모습과 피를 토하는 듯한 외침을 들은 오르바르트가 길고 풍성한 눈썹을 올렸다. 창밖을 노려보며 부르짖는 알의 등에 한쪽 눈을 감고 말한다.

"기개는 가상하지만, 저거랑 붙어서 이길 가망이 있기는 하냐."

"없어! 아무도 이길 수 있을 리 없잖아! 내가 만 번 도전해도 못 이겨! 저것에 이길 수 있는 건…… 저것에게 이길 수 있는 것은, 나츠키 스바루뿐이야!"

팔을 크게 휘둘러 창틀을 두드린 알이 돌아보았다.

정면으로 괴노인을 응시한 알은 형형히 불타는 두 눈으로 걸음을 내디뎠다.

"영감님!"

"허이고, 활활 달아올랐네. 말해 두겠지만 도와 달라면 거절······."

"필요 없어! 그보다 얼른 나를 되돌려놔, 망할 영감태기야."

"———."

"도망칠 시간이라면 내가 만들어 주마. 그러니까 내 권능을 도로 내놔!!"

알이 짧은 오른손을 곧게 뻗고 오르바르트에게 부르짖었다.

짐승 같은 포효, 한탄 같은 통곡, 그리고 불꽃처럼 활활 타오르는 사명감. 그것들이 얽힌 알의 외침에 오르바르트는 숨을 죽였다.

그리고 괴노인은 천천히 고개를 가로저었다.

"뭐, 굳이 버림돌이 되어 주겠다면 다른 의견은 없지. 애초에 승부는 그 꼬마의 승리였으니 약속은 지켜야지."

"형제의, 승리?"

"오냐. 그 꼬마, 술래잡기로 보기 좋게 나를 잡았지 뭐냐. 대단하다 싶었어."

말하는 동시에 왼쪽 손목을 흔들며 다가오는 오르바르트를 정면으로 맞는다.

오르바르트의 이야기를 들은 알은 폭탄 같은 소리를 내고 있는 박동 너머에, 딱 한 번 안도와 감탄의 소리가 울리는 것을 느꼈다.

알이 바람 소리에도 겁먹으며 움직이지 못하는 동안, 스바루는 초지일관하여 오르바르트와의 정면 대결에 뛰어든 끝에 승리까지 낚아챈 것이다.

분명히, 한 번으로는 불가능할 패배를 쌓아 올린 끝에──.

"이거, 흥미 위주로 묻는 건데 말이다."

갑자기 그 고동 속에 갈라진 목소리가 끼어들어서 알은 말없이 상대를 보았다.

오르바르트는 그 적의 어린 눈초리에 이를 보이며 웃고, 뻗은 손으로 살며시 알을 건드렸다.

그리고──.

"만 번 도전해도 이길 수 없는 상대에게, 무슨 수로 덤빌 게야?"

"시끄러, 망할 영감탱이. ──백만 번이라도 죽고 와 주마."

3

"──『대재앙』을 막을 천명을 이어받은, 새로운 『별점쟁이』여."

그렇게 지적된 순간, 타리타의 세계가 크게 흔들렸다.

날뛰는 칠흑의 위협──『대재앙』이 마도를 흔들고 땅울림 같은 굉음이 전장을 지배한다. 하지만 발밑이 허물어지는 착각은 결코 그것들 때문이 아니다.

눈앞의, 귀면을 쓴 남자── 아벨의 지적이 타리타의 마음속을 관통했기 때문이다.

"별, 점쟁이……?"

휘청거리는 타리타 옆에 다가붙어 살며시 부축한 미디엄이 낯선 단어를 확인하듯이 입 안으로 중얼거렸다.

모르는 사람에게는 인연이 없는, 알 필요도 없는 단어다.

실제로 타리타도 아무 일 없이, 그저 『슈드라크의 민족』으로서 고향 숲에서 살고 있었으면 그것과 관련될 필요는 전혀 없었다.

하지만──.

"나, 는……."

"아벨찡! 나 이제 하나도 모르겠어! 무슨 얘기인데!"

미디엄이 목소리를 떠는 타리타 대신 아벨을 물고 늘어졌다.

몸이 작아졌음에도 오기를 잃지 않은 미디엄은 아벨을 똑바로 노려보며 물었다.

"그 『별점쟁이』라는 게 뭔데? 타리타가 왜 그게 되는데?"

"『별점쟁이』란, 별의 운행이나 인도로 미래를 예견하는 역할을 짊어진 이들을 말한다. 아니, 역할이라기보다 숙업이라는 편이 옳겠군."

"일부러 어렵게 말하고 있지 않아……?"

"그럴 생각은 없다."

얼굴을 찌푸리고 이해하느라 고생하는 미디엄의 반응에 아벨은 한숨을 쉬었다.

"애초에 내가 제도에서 쫓겨난 이유와 『별점쟁이』와는 밀접한 관련이 있다. 그 내용은 타리타, 너도 얼추 알겠지."

"내, 내용이라면……."

"물론, 제국의 멸망을 예견한 것이다. 너는 그것을 알고 있었어. 따라서 바드하임 밀림에서 내 목숨을 노린 것이겠지."

"큭."

팔짱을 끼고 담담히 읊는 아벨의 말에 타리타는 얼굴을 굳히고 고개를 숙였다.

『별점쟁이』라고 불린 충격에 가려질 뻔했지만 그 직전에 아벨이 한 지적도 그냥 넘어갈 것이 아니었다. 그는, 분명하게 말했다. 타리타를, 밀림의 사냥꾼이라고.

자신을 미처 처치하지 못한 것을 후회하고 있느냐고.

다시 말해──.

"언제부터……."

"────."

"언제부터, 눈치채고 있었던 겁니까……?"

"타리타?!"

고개 숙여 아벨의 눈을 보지 못하는 타리타의 말에 미디엄이 눈을 크게 떴다. 당연하리라. 그 대화를 들으면 아벨의 추궁을 부정할 여지가 없음은 명백하다.

타리타가 그 활과 화살로, 아벨의 목숨을 노린 사실을 자백한 거나 마찬가지였다.

"『별점쟁이』의 예견……천명이라는 것은 대략적으로 『별점쟁이』 사이에 공유되고 있지. 그렇다면 제도에서 달아난 나에게, 천명을 아는 추적자가 붙을 것은 예측이 갔다. 더해서."

"더해서?"

"옥좌의 구조를 알고 있으면, 내가 기댈 곳이 『슈드라크의 민족』일 것은 추측할 수 있지. 십중팔구, 슈드라크 안에 자객이 있을 것도."

"_____."

"물론 자객이 존재한다는 확증을 얻은 것은, 네가 나라고 잘못 짚어 나츠키 스바루를 노린 것이 이유였다만."

아벨이 옳은 논리를 들자 타리타는 입은 옷의 소매를 꽉 쥐었다.

사실이다. 타리타가 지니고 있던 것은 표적이 '흑발 흑안'이라는 정보뿐. 그 대상이 볼라키아 황제일 줄은, 제국 변두리에 사는 타리타는 상상도 할 수 없었다.

게다가 그렇게 드문 특징을 가진 사람이 같은 날에 두 명이나 숲에 나타날 줄은.

"촌락의 우리에 사로잡힌 나와 그자 둘을 본 네 반응은 확연하더군. ……넌, 관람자의 끄나풀이 되기에는 심성이 너무 정직해."

"아──."

"그 뒤의 과랄 공략과 마도로 가는 여정, 두 번 모두 동행했지만 너는 일절 천명에 따르려고 하지 않았지. 왜지?"

"_____."

"왜 천명에 따르기를 거부했지? 『별점쟁이』의 숙업은 알아도 저항할 수 있는 것이 아니라고 들었다. 너에게 숙업에 저항할 만한 의지가 있다고는 생각되지 않아."

아벨의 안목은 엄격하지만 옳다. 피가 흐를 만큼 옳다.

그런 강한 의지가, 극기심이 있으면, 애초에 타리타는 이 여행에 동행하지 않았다.

천명에 따르지 않으면 『대재앙』이 제국을 멸망시킨다, 그 말만 듣지 않았으면——.

"아이참! 하나도 모르겠어!"

고뇌하는 타리타와 추궁의 기세를 늦추지 않는 아벨.

두 사람 사이에 끼었음에도 외면당한 미디엄이 폭발했다. 두 팔을 벌려 타리타를 뒤로 감싸고, 아벨을 파란 눈으로 노려보았다.

"난 누가 아벨찡을 노렸다거나, 타리타가 그랬다거나 하는 얘기는 전혀 몰라! 애당초 타리타가 마음만 먹었더라면 아벨찡쯤이야 진작 당했을 거잖아! 그렇지?"

"네 이 녀석, 조금은 말을 돌려서 해라."

"그렇잖아! 아벨찡, 타리타에게서 도망칠 수 있어?"

미디엄이 기세등등하게 말하자 아벨이 씁쓸한 기색을 입가에 새겼다.

같은 의문은 아벨도 타리타에게 던졌었다. 다시 말해 미디엄의 말대로 하려고 마음먹으면 할 수 있던 일을 왜 하지 않았는가.

"그것은, 의미를…… 의미를 찾아낼 수 없었기, 때문입니다."

"제국을 멸망에서 구한다, 그것보다 더한 이유가 너에게 필요한가?"

"저는! 당신이 황제라는 것도, 제도에서 쫓겨난 사정도 몰랐었습니다……! 그도 그럴 게, 저는, 『별점쟁이』인 것은 제가——."

입이 열리며 줄곧 가슴속에 담아 두던 고뇌가 넘쳐 나온다.

다름 아닌 아벨의 추궁에, 줄곧 말로 꺼낼지 망설이던 고뇌가.

그러나 그것이 뚜렷하게 말이 되기보다 먼저——.

"——안 돼애!!"

눈을 부릅뜬 미디엄이 외치고, 반사적으로 타리타와 아벨의 의식이 위쪽으로 쏠렸다.

그 직후에 세 사람이 서 있는 건물 바로 위를 검은 어둠이 뒤덮듯이—— 아니, 그것이 아니다. 그것은 그저 번져나가는 검은 어둠이 아니라 검고 거대한 팔이었다.

다섯 손가락을 갖춘 그것이 세 사람을 때려잡으려 수직으로 건물에 내리꽂힌다.

"윽, 미디엄! 아벨!"

순간, 타리타의 머릿속에서 여분의 사고가 사라진다.

타리타는 직전까지 규탄당하던 압박을 잊고 본능이 호소하는 대로 움직여 눈앞의 미디엄을 안으며 아벨을 어깨에 메고 바로 뒤로 뛰었다.

두 번, 세 번 땅을 박차고 속도와 거리를 벌면서. 뒤로, 뒤로, 또 뒤로——.

"——헉, 빠져나왔다!"

쓰러지듯이 몸을 젖혀 검은 손끝을 피하고 달아난 타리타 일행 대신에 발판이던 건물이 공간째로 저 너머로 끌려갔다. 소리도 없이, 말 그대로 푹 파여 삭제되었다.

가까스로 거대한 팔에서 벗어나 추격을 경계하며 더욱 거리를 벌린다. 발꿈치로 지면을 파헤치며 멈춘 타리타는 온몸의 긴장을 풀고 짊어진 두 사람을 놓았다.

"또 나를 구했군, 타리타."

몰아낸 사고를 되살리듯 아벨의 차가운 목소리가 타리타의 가슴을 뚫었다.

숨을 죽인 타리타는 떨리는 눈으로 아벨을 보았다. 타리타의 어깨에서 땅에 내려온 아벨은 아까 거대한 팔이 일으킨 피해에 눈길도 주지 않고 그저 타리타만을 응시하며 물었다.

"손을 뻗지 않았으면 수고를 들이지 않아도 나는 목숨을 잃었을지 모른다. 그런데도 나를 구한 것은, 자신의 손을 더럽히지 않고서는 천명을 성취할 수 없기 때문인가?"

"아, 아닙니다……!"

"그렇다면 왜지? 네 행동에는 일관성이――."

"그보다 먼저, 도와줘서 고맙다 해야지!"

일관성이 없는 행동을 책망받아 말이 궁해진 타리타를 다시 미디엄이 구원했다.

눈부신 금발을 흐트러뜨린 미디엄은 아벨 눈앞에서 그에게 삿대질했다. 키 차이가 있는 대치, 그럼에도 미디엄은 주장을 굽히지 않는다. 그만두지 않는다.

"나도 아벨찡도, 타리타가 구해 주지 않았으면 죽어 버렸을걸? 우선 감사부터 해야지. 타리타, 고마워~!"

"어, 어……."

"그다음에 방금 한 얘기! 아벨찡은, 타리타가 어떻게 하길 바라는 거야? 말해 봐!"

핵 돌아서서 감사 인사를 하고, 아벨 쪽으로 다시 핵 돌아선 미디엄.

그 추궁은 아벨과 타리타의 대화로부터 몇 바퀴 뒤늦은 것이라, 그 이해력에 아벨은 상대를 못 하겠다고 한숨을 쉬었다.

"이미 그것은 타리타에게 전해 두었다. 너의 이해를 얻을 필요는 없다."

"난 알 수 없으면 알 때까지 방해할 건데? 그래도 괜찮아?!"

"저 『대재앙』을 가라앉히려면 내가 목숨을 잃어야만 한다. 그것이 『별점쟁이』가 점친 미래이며, 타리타에게 내려온 천명이다."

"응──? 들어도 말뜻을 모르겠어. 어째서 아벨찡이 죽으면 저 커다란 검은 그림자가 얌전해져? 그런 건 이상하잖아!"

말에 물고 늘어지는 미디엄의 호소에 타리타는 입안에서 볼살을 꽉 깨물었다.

천명을 완수한 결과로, 제국의 멸망을 피할 수 있다는 것이 별의 예언이다. 하지만 그것이 구체적으로 어떻게 이루어지는지는 타리타도 모른다.

그러나 그런 지적은 미디엄이 아벨의 냉혹함을 더욱 통감하게 할 뿐이고──.

"──이상하다 했나."

하지만 타리타의 추측은 이어진 아벨의 말에 저지되었다.

미디엄이 이를 보이며 "이상해!" 하고 거듭 말한다. 그 앞에서 아벨은 눈썹을 찌푸렸다.

"타리타."

"아, 뭐, 뭔가요?"

"너의 천명은, 제국의 멸망을 피하기 위해서 내 목숨을 빼앗는 것. 틀림없겠지?"

거듭된 물음에 타리타는 망설이면서도 고개를 주억거렸다.

그렇게 들었다. 그것이 필요하다고, 조금도 실행에 옮기지 못한 천명.

그러나 그것을 확인한 뒤에 아벨은 "그렇다면." 하고 말을 거듭했다.

"네가 아는 멸망이란, 저것이 틀림없나?"

"어……."

"제국의 멸망을 부르는 『대재앙』, 그 예언이 있었음은 알고 있다. 그리고 네게는 저것이 그『대재앙』이라는 확신이 있다. 틀림없나?"

그 물음에 무슨 의미가 있느냐고, 타리타의 머리는 혼란과 당혹으로 가득 찼다.

저것을, 마도를, 제국을 멸망시킬 존재를, 『대재앙』으로 부르지 않는다면 뭐라고 하는가.

수없이 수없이, 거듭해서 꾸던 악몽. 매일 밤 잊지 말라고 호소하는 천명. 저 무시무시한 재앙이야말로, 그것의 현현이고, 그러나──.

"저것이, 『대재앙』인지 아닌지는……."

"네가 알 수 있는 사항이 아니란 말인가. 그렇다면 다른 『별점쟁이』라면 어떻지?"

다른 『별점쟁이』라고 물어도 타리타는 눈을 오락가락할 수밖에 없다.

아벨은 『별점쟁이』 사이는 연결고리가 있다고 말했지만, 타리타는 예외다. 아니, 예외라는 말도 틀리다. 애초에 토대가 다르니까.

그렇기에 타리타는 다른 『별점쟁이』를 아는 바가——.

"아……."

그, 아는 『별점쟁이』라면, 바로 얼마 전에 맞닥뜨린 뒤였다.

"————."

표표한 태도를 고수하던 곱상한 남자. 이름도 밝히지 않은 수상한 남자는 묘하게 사정에 정통해서 타리타를 '슈드라크의 흉살' 이라고도 불렀다.

그 남자는 타리타의 죄를 알고 있었다. 아마도 『별점쟁이』 사이의 연결고리로.

『별점쟁이』였던 그 남자는 저 『대재앙』을 보고, 뭐라고 말했던가.

그렇다. 분명히, 그 남자는——.

"저것은, 자신의 담당이 아니라고……."

"『별점쟁이』가, 그렇게 말했었나. 그렇군."

"아벨찡?"

아연히 중얼거린 타리타의 말을 들은 아벨이 끄덕인 다음 뒤돌아섰다.

그 모습에 눈썹을 모은 미디엄이 아벨 앞으로 돌아가 그 얼굴을 들여다보았다. 그리고 미디엄은 화들짝 그 동그란 눈을 크게 떴다.

미디엄이 놀란 이유는 아벨의 다음 반응으로도 알 수 있었다.

아벨은 귀면으로 가린 자신의 얼굴에 손바닥을 짚고서, 마도 중앙에서 날뛰고 있는 『대재앙』── 아니, 모든 것을 집어삼키는 칠흑을 응시하면서.

"제국의 멸망은, 그 『대재앙』과 별개인가."

그렇게 중얼거린 아벨이 희미하게 목울대를 떨고 짧은 숨을 흘렸다.

그것이, 그의 표정이 보이지 않는 타리타에게는 웃는 것처럼 들렸다.

"그렇다면 도중에 발목이 잡힐 이유는 없지. 반상에서 사라져 줘야겠다, 무례한 놈."

4

──타리타가 『천명』에 관련된 악몽에 시달리기 시작한 것은 3년 전부터다.

그때까지 타리타는 『천명』이라는 것과는 무관한 인생을 보냈다. 물론 『별점쟁이』라고 불리는 존재에 관해서도 무지하여 알

도리도 없는 입장이었다.

──『천명』이라고 하면 사람은 어떤 생각을 떠올릴까.

운명이나 숙명, 자신의 인생을 걷는 데 피할 수 없는 시련이나 장애물──. 그것들과 천명은 명확하게 다르다. 그것들은 지붕 없는 길을 걷는 중에 쏟아지는 비처럼 막을 도리가 없다.

『슈드라크의 민족』에도 그렇게 피할 수 없는 사건을 이해하는 구석이 있다.

노골적으로 말하자면 '죽음' 이야말로 가장 피하기 어려운 운명이라 할 수 있으리라.

노쇠나 질병, 굶주림에 부상 등, '죽음' 에 관련된 요소는 피하기 어려우며 반드시 찾아오는 운명의 막이다.

누구든 운명에는 거스를 수 없다. 또한 거슬러서는 안 된다고 생각한다.

동포가 죽으면 그 영혼이 안식 속에 마중받기를 기원하며 노래를 불러 전송한다. 그것이 슈드라크의 방식이며, 타리타가 믿는 가치관이다.

슈드라크라는 사실은, 타리타에게 의심할 여지가 없는 진리였다.

애당초 생각하는 행위는 특기가 아니다. 구태여 나서서 고민하자는 생각도 없다.

자신의 인생은 슈드라크답게 훌륭한 언니 뒤를 따르며, 그리고 『슈드라크의 민족』으로서 살아가는 동포들과 처음부터 끝까지 쭉 함께할 줄 알았다.

그것이 자신의 운명이며, 숙명이라고 타리타는——.

"있잖아, 타리타. 나 말이야. 『별점쟁이』로 선택되어서, 천명을 받았어."

——그렇게, 가장 가까운 『영혼 자매』가 털어놓는 말을 듣기 전까지는.

5

"그렇다면 도중에 발목이 잡힐 이유는 없지. 반상에서 사라져 줘야겠다, 무례한 놈."

결의가 흔들려 발밑이 불안정한 타리타 앞에서 귀면을 쓴 남자가 정면을 응시한다.

멀리서 굼실대는 칠흑, 한눈에 『대재앙』이라고 본능이 이해한 그것을, 정작 남자—— 아벨은 두려울 것이 없다고 비웃으며 앞으로 나섰다.

그 즉시 그 옆에서 "잠깐잠깐!" 하고 작은 미디엄이 소리를 질렀다. 미디엄은 아벨의 옷자락을 잡고는 몸 전체를 써서 그 움직임을 말렸다.

"갑자기 의욕이 넘치네?! 하지만 아벨찡으론 위험해—!"

"멍청한 것. 할 일은 원래부터 정하고 있었다. 저것이 진짜 『대재앙』이라면, 이쪽 대비가 지나치게 부족하다고 한탄하겠다.

하지만 그렇지 않으면……."

"그렇지 않으면?"

"저것은 본 공연 전의 좌흥에 불과하다. 좌흥에 어울릴 여유는 없지. 그렇다면 속히 막을 내리도록 하겠다. 너도 멀리서 보고 있으면 알아차릴 것이다."

아벨이 턱짓으로 『대재앙』을 가리키며 미디엄에게 물었다. 하지만 미디엄은 그 말에 아벨과 『대재앙』을 번갈아 바라보다가 얼굴을 찡그렸다.

"하나도 모르겠어! 뜸 들이는 거, 아벨찡의 나쁜 버릇이야!"

"네 사리가 어두운 것을 내 책임으로 돌리느냐."

"그—러—니—까! 난 납득 못하면 방해할 거라고! 아벨찡, 자기가 자기 일을 방해하는 거거든! 머리 좋다면 알 거 아냐!"

발을 동동 구르며 볼을 부풀리는 미디엄은 아벨의 옷자락을 놓지 않았다.

미디엄의 발언은 뻔뻔할 정도이지만, 그것에 상관할 시간도 아깝다고 여겼는지 아벨은 작게 한숨을 쉰 뒤에 말했다.

"아까 저것은, 너희에게 손을 뻗었다."

"뭐?"

"대강 짐작키로, 속에서 버둥대는 것의 의지가 반영된 것이겠지. 구원을 바라며 닥치는 대로 손을 뻗고 있어. 따라서 그림자는 팔 모양을 취한다. 봐라."

기습 같은 말에 곤혹스러워하는 두 사람에게 아벨이 손을 뻗어 『대재앙』을 가리켰다.

마도 중앙, 무너진 홍유리성 대신에 자리 잡고 주위에 가차 없는 파괴와 종언을 흩뿌리는 『대재앙』——. 그것을 막아내고자 모든 힘을 총동원한 공방이 펼쳐지고 있다.

그 격전 중, 그림자가 적극적으로 노리는 것은 건물이나 대지가 아니라, 인간이었다.

그것도——.

"——루이하고, 요르나만 노리고 있어?"

미디엄의 메마른 중얼거림과 같은 인상을 타리타도 품었다.

멀리서 『대재앙』과의 공방을 보고 있으면, 그림자의 표적이 편중되어 있음을 금세 알 수 있다.

주로 노리는 것은 대활약을 펼치는 기모노 차림의 여자—— 아마도 마도의 주인인 요르나 미시구레와 그림자의 공격을 민첩하게 회피하는 루이, 그 둘이다.

타리타는 루이의 가공할 움직임에도 놀랐지만, 상식 밖의 힘을 사용하는 요르나의 역량도 『구신장』이란 이름에 부끄럽지 않은 수준이다. 그러나 『대재앙』의 공격을 번번이 최소한으로 억누르며 가시넝쿨을 사용한 제압력을 발휘하는 『충롱족(蟲籠族)』 남자나, 건물을 던져 견제하는 마도 주민들에게 쏠리는 공격은 기껏해야 빗나간 화살 같은 정도뿐이었다.

"루이도 노리고 있으니까, 강한 사람부터 순서대로인 것은 아니구나."

"역량만을 따지면 카프마 일루쿠스 또한 많이 떨어지지 않지. 하지만 거시적으로 보면 자명한 이치다. 저것에게는 의지가 있다. 그렇다면 내가 움직이는 것은 이치에 맞아떨어져."

"어, 어째서, 그렇게 말할 수 있지요……?"

"뻔하지. 저것이 나를 바람직하게 여길 리가 없다. 매달리기 위해서 손을 뻗는 거라면, 나 따위는 후보에도 오르지 않겠지."

담담한 아벨의 말투에 타리타는 불가해한 기분을 느꼈다.

저 『대재앙』에 의지가 있으며, 대상을 가리고 있다는 아벨의 생각은 이해했다. 하지만 그것을 감안해도 저 『대재앙』의 판단 기준을 간파할 수 있는 것은 이상하다.

마치 아벨은 저 『대재앙』의 의지가 누구 것인지 알고 있는 것 같아서.

"우웅~ 또 나쁜 버릇? 더 똑바로 말해 줘야……."

"나츠키 스바루다."

"──?!"

타리타의 의혹과 미디엄의 부족한 이해력. 그것을 뒤에서 떠미는 아벨의 단언.

놀라는 두 사람 앞에서 그는 『대재앙』을 응시하며 검은 눈을 가늘게 떴다.

"저것은 나츠키 스바루 내부에서 넘쳐난 것이다. 그렇다면 놈의 의지가 개입했다 해도 이상하지는 않지. 원래부터 숨기는 것이 많은 남자라고는 여겼지만, 이 정도일 줄이야."

"자, 잠깐만, 아벨찡…… 저것이, 저게 스바루찡이라는 거야?!"

"엄밀히는 나츠키 스바루의 의지가 반영되도록 허락한 것이지. 저것을 놈 그 자체라고도, 놈이 거느리고 있다고도 하지 않는다. 어느 쪽이든 결과는 같다만.”

“아벨찡은, 왜 그렇게 태연해?!”

동그란 눈을 부릅뜨고 울 것 같은 목소리로 미디엄이 호소했다.

키 차이가 나는 미디엄의 호소에 아벨은 말귀를 알아먹지 못하는 어린아이를 보듯이 되물었다.

“태연하게 보이나? 놈이 내부에서 저것을 흘린 까닭에 계획이 무너졌다. 재고할 필요가 있지만, 지금은 그럴 시간이 없다. 그래도 내가 태연하게 보인다고?”

“그런 소리가 아니야! 아니라고, 그게 아니라니깐! 그게 아니라…… 스바루찡이 도와달라는 거잖아? 그런데, 왜 태연하냐고 묻는 거야!”

“저것의 고통을 다독이면 눈앞의 사태가 수습되나? 공교롭게도 현실은 그만큼 유연하지도, 우애로 가득하지도 않다.”

미디엄의 애타는 말은 강철 같은 아벨의 마음을 흔들지 못했다.

그것은 그가 사람의 마음을 모르는── 아니, 사람의 마음을 중시하지 않는 인간이며, 동시에 무엇을 우선해야 할지 칼같이 분간할 수 있는 인간이기 때문이다.

위에 서는 자, 위정자나 지도자가 갖추어야 하는 자질.

족장 자리에 앉아야 하는 타리타에게도 필시 같은 자질이 요구될 것이다.

“하지만, 나에게는…….”

아벨 같은 사고방식도, 결단력도 가질 수 없다.

하물며 미디엄처럼 싫은 일에 싫다고 정면으로 외칠 수도.

"여기서 언쟁할 시간도 아깝군. 나는 가겠다. 요르나 미시구레와 대화를 나눠야 해."

"요르나하고? 하지만, 어떻게?"

더 이상 승강이를 벌일 마음은 없다고 아벨이 앞으로 발을 내디디려 했다. 하지만 그의 말에 끼어든 미디엄, 그 시선이 그 전진의 어려움을 웅변적으로 설명했다.

아벨이 요르나하고 대화를 나누려고 했을 때 기다리는 것은 미처 날뛰는 『대재앙』과의 최전선. 초월자들로서도 한순간의 판단이 생사를 가르는 전장이다.

아벨로서는 그야말로 싸움의 추세를 기울일 한 수에 당도하지도 못한 채로——.

"——나도, 앞으로 갈래."

"뭣이?"

같은 염려를 품었으나 타리타와 다른 결론에 이른 미디엄.

내디디려던 자신과 나란히 선 미디엄을 본 아벨의 검은 눈이 깊은 의혹에 흔들거렸다.

"너는 무슨 생각을 하는 거지? 애초에 내가 하는 말을 듣기는 했나? 내가 앞으로 나서는 근거는 저것이 나를 바람직하게 여기지 않는다는 점이다. 거기에 네가 끼면……."

"알고 있다니깐! 그러니까 같이 가진 않아! 내가 가는 쪽은 루이나 요르나가 싸우고 있는 곳! 스바루찡에게, 나를 보여 줄 거야."

"————."

"아벨찡 생각이 맞으면, 스바루찡은 나에게 손을 뻗을 거잖아? 그렇다면 싸우는 사람들 고생도 살짝 줄겠지? 아벨찡도 안 노릴 수 있고."

"나는 원래부터 표적이 될 가능성이 거의 없다."

"더 많이 안 노릴 수 있고! 그치?!"

바짝 다가붙은 미디엄이 자신의 입후보를 강조했다.

그 순간, 아벨이 미디엄의 제안을 진지하게 검토하는 것을 알 수 있었다. 본인의 말대로 『대재앙』에 스바루의 의지가 반영된다면 미디엄을 노릴 가능성은 크다.

그러나 몸이 작아져서 만족스럽게 움직이지 못하는 미디엄이 미끼 역할을 완수할 수 있을까.

만약 미디엄이 『대재앙』에 삼켜지면 타리타는 멀쩡히 있을 자신이 없다.

건강하고 발랄한, 주눅 들지 않고 대해 주는 미디엄은 타리타에게도 호감이 가는 상대 중 한 명이다. 그 오라비인 플롭을 볼 낯도 없다.

──그렇다면 지금의 자신은 누군가를 볼 낯이 있을까.

"기각한다."

"아벨찡!"

"한순간 숙고했지만 그 상태로는 미끼 역할도 만족스럽게 완수할 수 없겠지. 너의 죽음이 주위에 미치는 영향 쪽이 우려점이 될 수 있어. 그런 도박에는 나설 수 없다."

망설이는 타리타 옆에서 아벨이 같은 염려로 미디엄의 제안을 기각했다.

그러나 이를 가는 미디엄의 눈은 납득하지 못했다. 이대로는 아벨의 의견을 무시하고 전장에 뛰어들어 『대재앙』을 향해 고함을 지를지도 모른다.

그런 위태로운 상황에──.

"──그렇다면 미디엄 아가씨는 내가 지키겠어. 그러면 불만 없겠지."

잔해를 밟고 나타난 인물을, 세 사람은 저마다 다르게 놀라며 맞이했다.

굵은 오른팔에 청룡도를 늘어뜨리고 그 얼굴을 형편없는 넝마 조각으로 가린 수상한 겉모습. 실력이 출중하다고 느낀 적은 없었지만, 어째선지 이 순간, 이 자리에서는 눈길을 빼앗길 정도의 패기를 뿜으며 거기에 서 있는 남자── 알을.

"알찡?! 커져서…… 원래대로 돌아왔어?!"

"마침 되돌아온 영감님하고 마주쳤거든. 숙소에 투구 가지러 갈 여유는 없었다 보니 한동안 꼴불견이라도 넘어가 주라."

"무슨 소리야, 멋진데! 하지만 할아버지가 있으면……."

걸친 것 말고는 원래 어른 모습으로 돌아온 알, 그의 말에 미디엄의 목소리가 밝아지고 오르바르트의 모습을 찾아 시선을 돌렸다.

하지만 미디엄의 반응에 알은 "미안." 하고 한마디 덧붙였다.

"영감님은 못 데려왔어. 영리하게 처신하고 싶으시다네."

"우~ 그렇구나. 하지만 알찡만이라도 돌아와서 다행이야! 이제 무서운 건 진정됐어?"

"무서운 건…… 평생 진정될 게 아니더라."

희망을 빼앗기고 한순간 눈을 내리깔았던 미디엄이 즉각 마음가짐을 바꾼다. 그 말에 알은 불안과 공포가 서린 목소리로 대꾸하고 고개를 가로저었다.

『대재앙』을 앞에 두면 느끼는 게 당연한 두려움이다. 아무도 그것을 탓할 수는 없다.

그러나 알은 그런 거짓 없는 공포를 느끼고 있음에도——.

"그래도 해야만 해……. 운명님, 어디 붙어보자고."

"알찡……."

불끈 잡은 청룡도를 쳐든 알의 결의에 미디엄이 감명받은 표정을 지었다.

그런 두 사람의 대화에 작게 "흥." 하고 콧방귀 뀌는 소리가 끼어들었다.

"추하게 떨면서 웅크리더니 큰소리를 떵떵 치게 됐구나. 그 오르바르트 덩클켄에게 남을 독려하는 재주라곤 없을 텐데."

"거야 맞는 말이지. 그 영감님은 하나같이 사람 속을 긁는 소리만 하고 갔어. 딱히 그 때문에 욱해서 일어선 건 아니야."

"그렇다면 무엇이 너를 일으켜 세웠지? 그렇게 움직이지 못하던 너를 이다음 작전에 포함해도 상관없다고 어떻게 나를 납득시킬 셈이지?"

미디엄에게 옷자락을 잡혀 발이 묶인 아벨이 알에게 물었다.

지금도 승리를 위해서 냉철한 계산을 하고 있을 아벨. 그 눈이 보는 것만으로도 숨이 막히는 타리타에게는 알이 그를 뭐라고 설득할지 상상도 가지 않는다.

그런 타리타와 아벨, 그리고 미디엄 세 사람에게 주시받은 알은——.

"미안하지만, 아벨. 널 납득시키려고 나불나불 떠들진 않아."

"호오."

"내 주인은, 그 야릇하게 귀여운 공주뿐이야. 여기에 있는 건 형제를 돕기 위해…… 나는 알아서 할 거다. 아벨 너도 맘대로 계산식이든 뭐든 세워 보셔."

청룡도를 메고 시원하게 뻗대는 알의 말에 아벨은 살짝 얼굴이 굳었다.

그러나 그것이 뜻에 따르지 않는 답이라 해도 아벨에게는 알을 내쫓을 힘도, 만류할 만한 관계 수치도 없다. 그야말로 알의 의도대로다.

아벨은 어차피 알은 존재한다 치고 작전을 세워야만 한다.

"제정신으로 돌아오니 돌아온 대로 성가신 광대로고. 어떻게 덤빌 것이지?"

"기업 비밀. 뭐, 미디엄 아가씨는 죽게 하지 않아. 그러는 김에 너도 지켜 줄 테니까 걱정하지 마시라."

"알찡……!"

『대재앙』이 날뛰는 꼴을 보면서도 알의 대답은 너무나도 굳건했다.

그 말에 눈을 크게 뜬 미디엄은 일어선 알에게 경의를 표하듯이 그 작은 몸을 힘껏 기울이더니 외쳤다.

"나, 알찡이랑 같이 힘낼게! 아벨찡, 그래도 되지?"

"원래부터 너희 존재는 작전에 없었다."

"거 되게 고맙구만. 계산 밖에 있는 전력이란 문구만으로도 특별 대우를 받는 기분이라 신이 저절로 나겠어."

아벨의 대꾸에 어깨를 으쓱이고 앞으로 나선 알 옆에 미디엄이 붙었다. 그리고 비로소 미디엄의 손에서 옷자락이 해방된 아벨도 한숨을 쉬고 『대재앙』 쪽으로 돌아섰다.

그리고——.

"——타리타."

"아……."

"등을 노릴 거라면 마음대로 해라. 하지만 명심하도록. 천명에 따를지 말지, 결국 너 스스로 선택할 수밖에 없음을."

타리타 쪽을 돌아보지 않으며 등 너머로 그 말만 전한 아벨의 다리가 전장으로 나아간다.

같은 방향으로 나아가는 미디엄과 알도 아벨의 전진에 따르는 모습이다.

"아——."

타리타만이 앞으로도 뒤로도 움직이지 못하며 세 사람의 등을 배웅할 수밖에 없다.

지금 막 아벨에게 들은 말이 몇 번이고 몇 번이고 자신을 나무라듯 머릿속에 울린다. 손에 든 활시위에 화살을 메기고 아벨의 등판을 쏴 버리면 이야기는 간단하다.

하지만 간단한 이야기에 덥석 뛰어들 수 있다면 타리타는 이렇게나 고민하지 않는다.

"천명에 따를지, 거역할지⋯⋯ 나는. 나, 는⋯⋯."

타리타는 입술을 꽉 깨물고 슬금슬금 치미는 열기를 참으면서 고개 숙였다.

움켜쥔 화살을 쳐들 결의도, 가슴에 얹히는 마음을 뱉어낼 용기도 없다.

그저 거센 진동과 굉음이 지배하며 부서져 가는 마도 속에서 타리타는 고개 숙였다.

──언젠가와 비슷하게, 결단하지 못하는 타리타를 별이 비웃는 것처럼 느껴졌다.

6

곰방대를 휘둘러 담배 연기를 벽으로 삼아 『대재앙』의 공격을 막고, 틈틈이 도시 일부를 포탄으로 쏘아서 위협의 확대 저지와 전력의 삭감을 동시에 감행한다.

그것들을 반복하며 스치기만 해도 목숨을 잃을 수 있는 그림자의 공격에 대처하면서, 요르나는 자신의 한계를 공방에 소비한다. 서서히 열세에 몰릴 것을 알고 있음에도.

"큭, 무슨 약한 생각을 하나요."

자기 가슴에 끼어드는 약한 마음에 요르나는 아름다운 입술을 일그러뜨리고 반론했다.

설령 열세가 이어지더라도 아벨에게 외친 큰소리를 거둘 마음은 없다. 이 도시는 요르나의 것이며, 도시에서 살아가는 이들은 요르나의 비호 아래에 있다.

기댈 곳 없는 이들의 마지막 보루는 결코 잃을 수 없다.

"우우아아아우우우우!!"

"아이야……!"

날카로운 신음성이 전장을 가르고 금빛 머리를 찰랑이는 소녀가 공처럼 공중에 튀었다.

접근하면 접근할수록 위험천만한 『대재앙』에게로 과감한 접근전을 시도하는 것은 이를 드러내며 포효하는 루이다. 거무튀튀한 진흙이 소녀의 작은 몸을 노리며 잇따라 팔로 변해 덮쳐들었다.

그 전부를 회피하고, 주위에 미치는 피해를 줄이는 루이의 공헌은 헤아릴 수 없다.

그 소녀가 없이 『대재앙』과 맞서며 여기까지 막아낼 수 있을 것이라고는 도저히 생각할 수 없었다.

"써라! 소녀!"

"아우!"

루이의 교란을 보조하는 것이 그 두 팔에서 뻗은 가시넝쿨을 이용하는 카프마다.

그는 무진장으로 느껴지는 가시넝쿨의 제압력으로 발판을 만들어 루이를 요령 좋게 지원했다. 그때, 회피가 늦은 가시넝쿨은 『대재앙』에 삼켜지지만 그의 은은한 활약에 미치는 영향은 미미한 수준이다.

그 공방들 뒤에 숨어 마도 주민들의 결사적인 저항도 『대재앙』에 닿고 있다.

누구나 요르나의 『혼혼술』로 신체 능력을 끌어 올린 이들이다. 성질상, 보다 약한 이의 편을 드는 경향이 있는 요르나의 술법 덕분에 그들의 힘은 일시적으로 균등해진다.

그야말로 마도의 총력전 양상을 빚는 싸움이다. 하지만――.

"――아직, 고작 몇 분."

어마어마하게 긴 시간의 경과를 느끼지만 저 『대재앙』이 홍유리성을 삼키고 요르나를 비롯한 이들의 전력 전투가 시작된 뒤로 아직 몇 분밖에 경과하지 않았다.

그럼에도 불구하고 『대재앙』에 맞서는 이들의 소모는 무시할 수 있는 범주에 들어가지 않았다.

――사지 속, 항상 치명상에 신경을 곤두세우는 환경, 그것을 얕본 증거라고 할 수 있다.

그 인식의 차이야말로 진정한 무인으로 치부되는 이들과, 우연히 힘을 얻었을 뿐인 요르나 미시구레라는 여자와의 차이였을지도 모른다.

그리고 그 차이가 승산이 없는 사지로 사랑하는 아이들을 이끄는 결과를 부른다면.

"저는――."

잘못 판단했는가, 하고 물리쳤을 터인 약한 마음이 다시 끼어들려던 순간――.

"――이야아아아압!!"

요르나의 사고를 쳐부술 기세로 기세등등한 목소리가 전장에 투입되었다.

　그야말로 내던졌다는 말이 딱 맞는 기세로 뛰어든 소녀. 손에 든 만도(灣刀)를 휘두르며 돌진하는 그 모습에 요르나를 포함한 전장의 전원이 얼떨떨해졌다.

　심지어 이상한 난입자는 소녀 혼자가 아니었다.

　"쭉쭉 밀어붙여, 미디엄 아가씨! 여기 당당히 구세주께서 참전하신다!"

　그렇게 부르짖은 것은 소녀의 배후에 착지한 청룡도를 걸머진 복면 남자다.

　어제, 천수각에 방문한 사자 중 한 명이지만, 그때와 다르게 투구가 아니라 복면으로 얼굴을 가렸을 뿐더러 무기인 청룡도를 든 방식이 독특했다.

　어째선지 청룡도의 날을 자기 목에 대고 위태로운 자세로 달리고 있는 것이다.

　저래서는 깜빡 실수하다 자기 목을 자를 수도 있을 텐데도.

　그런, 거센 곤혹감을 일깨우는 두 인물의 난입에 전장의 분위기가 찰나 동안 얼어붙었다.

　그러나 그 분위기의 동결은 『대재앙』에게 미치지 않는다. 의식에 공백이 생긴 요르나 쪽과 달리, 움직임이 멈추지 않는 그림자의 팔이 사출된다. 곧게 달리는, 만도를 든 소녀에게로.

　요르나와 루이 대신 새롭게 표적이 된 소녀가 그림자에 삼켜지려고 할 때──.

"오른쪽! 발판 밟고 뛰어! 잔해에 발끝 걸고, 그대로 위!"

"응얍!"

복면 남자의 알아듣기 어려운 외침, 그에 따라 소녀가 자신의 몸과 목소리를 떨쳤다.

남자가 말하는 대로 소녀가 오른쪽으로 뛰어 잔해의 파편을 밟고 앞으로 날았다. 그 앞의 파편에 발이 닿자 발끝에 혼신의 힘을 담아 크게 위로 뛴다.

그 소녀가 움직인 위치를 쓰다듬고, 파헤치고, 감싸면서 그림자가 잔상을 따라간다.

소녀는 그것을 가까스로 피해내고 생존을 쟁취했다.

"저것은……."

어제 천수각에서 요르나가 제안한 승부를 수락한 사자들이 황제—— 아니, 황제로 위장한 가짜가 지휘하는 무리에게 공격당할 적에도 보았던 광경이다.

저 복면을 두른 남자는 카프마의 가시넝쿨이나 오르바르트의 공격조차 버텨 냈다. 그것을 저 『대재앙』 상대로도 실행한다. 특별히 뛰어난 능력이 없어 보이는 남자가 말이다.

무섭도록 감이 좋은지, 그 외의 이유가 있는지.

아마도 후자로 보이지만 그 이유의 정체는 짐작이 가지 않는다.

그래도 상황이 바뀌었다.

"알찡! 다음은?!"

"보채지 좀 마, 민감하다고! 이봐, 거기 문신 새긴 형씨, 거들어! 내가 지시한다! 저 녀석 움직임을 방해해 줘!"

"거절한다! 왜 소관이 귀공 같은 정체 모를 작자에게……."

"위다! 넝쿨을 크게 펼쳐!"

소녀의 말을 듣던 복면 남자──── 알이라 불린 남자가 카프마를 불렀다.

당연히 카프마는 그 요청을 거부했지만, 그 직후에 그림자의 습격을 예견하자 "음?!" 하고 신음했다. 창졸간에 머리 위에 가시넝쿨을 펼치는 카프마, 그 위를 그림자의 큰 파도가 흐르며 궤도가 비껴 났다.

물론 모든 것을 지우는 그림자에게 가시넝쿨은 버텨 내지 못하지만, 확보한 1초가 카프마의 생명을 구원했다.

틈새로 뛰어들어 난을 모면한 카프마가 지시한 알 쪽을 돌아보았다.

"귀공……! 저『대재앙』의 움직임을 읽을 수 있나?"

"인연이 좀 있거든. 얘기 들을 생각이 들었어?"

"피해를 줄이기 위해서라면 어쩔 수 없지. 하지만 허튼소리라면 용서하지 못한다!"

"생각했던 것보다 융통성이 있군. 고마워, 잘됐어."

카프마가 순순히 우위성을 인정하자 알이 쓴웃음 지으면서도 앞으로 나섰다.

그는 잔해더미 위에 올라가서 목에 청룡도를 댄 상태로 숨을 들이켜더니 외쳤다.

"전원! 내 목소리가 들리도록 하고 있어! 그러면……."

"────."

"누구도 죽지 않도록, 내가 죽을 맘으로 악써 주마!!"

고작 한 사람의 허튼소리라고 웃어넘기지 못할 기백이 담긴 목소리였다.

그 말만을 장담한 알은 소녀와 카프마에게 끄덕이고 『대재앙』 상대로 최전선의 지휘를 시작했다. 소녀가, 카프마가 그에 따라서 그림자에게 저항하기 시작했다.

그리고 서서히, 그렇다. 서서히 주위 사람들도 감화되어 하나로 뭉쳐서 전황이 바뀐다.

그것을, 믿기 어려운 광경을 보는 눈으로 바라보는 요르나 옆에――.

"――요르나 미시구레."

"당신은……."

우두커니 선 요르나 옆에 잔해를 밟고 넘어서 나타난 귀면――아벨이 붙었다.

아까 이별했을 때를 감안하면 눈앞의 광경에 감화될 만큼 귀염성이 있는 남자일 리 없다. 그 생각은 바뀌지 않으리라. 그런 요르나의 생각을 뒷받침하듯이――.

"마도를 포기하는 제안을 고려할 수 있을 정도로는 머리가 식었나?"

아벨은 담담히 냉혹하게 한 번 내쳤을 제안을 다시 요르나에게 던졌다.

고작 몇 분, 그걸로 생각이 바뀔 리 만무하다. 아벨이 바뀌지 않듯이 요르나의 답변도 바뀌지 않는다. 따라서 요르나는 냉혈한 황제를 무시하고 본인도 전장에 가려고 한다.

"여기가, 갈 곳도 기댈 곳도 잃은 이들의 마지막 땅이라고, 그렇게 말했겠다."

"＿＿＿＿＿."

"하찮은 감상이라는 생각에 변함은 없다. 하지만 너의 착각을 정정해 주마."

"저의, 착각?"

들어 넘길 수 없는 지적에 전장으로 돌아가려는 요르나의 발길이 멈추었다.

이, 마도 카오스프레임에서 요르나의 오해는 있을 수 없다. 여기는 요르나의 도시이며, 주민은 모두 요르나가 사랑하는 아이다. 잘못된 인식은 있을 턱이 없거늘.

"제가, 대체 무엇을 잘못 알았다는 말씀인가요?"

"기댈 곳 없는 이가 기대며 의존하는 것은 이 도시가 아니다. 너지."

"＿＿＿＿＿."

"원래부터 마도는 황폐한 토지와 전란의 잔해 위에 성립된 도시. 상징으로 세운 것은 홍유리성이지만 진정한 상징은 항상 천수각에 있었다. 다시 말해, 너다."

거듭되는 말, 진의, 그리고 시선에 꿰뚫린 요르나는 얼굴을 굳혔다.

이치는 이해한다. 하지만 그것은 겉만 번드르르한 말이다.

요르나가 저들의 마음속 지주가 될 수는 있어도, 실제로 비가 내리면 가림막이 필요하며, 배고프면 먹을 것이 필요하다. 도시는 그것을 준비할 수 있어도 요르나는 그 전부를 충당할 수 없다.

"아니면 당신은, 제가 있으면 아이들이 공복을 참고 비에 젖는 것도 불사할 줄 아시나요?"

"불사할 테지, 녀석들은."

"아……."

"자신의 깃발 아래에 선 이를 모두 젖먹이로 여기나? 칭얼대면 어르고, 젖을 주기를 기다리는 갓난아기라고. 그것은, 내 견해와 다르군."

그렇게 대답하는 아벨을 보는 요르나가 조용히 숨을 집어삼켰다.

직후에 거센 굉음이 배후에서 터지고 『대재앙』의 폭위에 휘말린 잔해 파편이 요르나와 아벨 쪽으로 날아왔다. 그 파편 하나가 우두커니 선 아벨 바로 옆에 떨어지고, 충격이 남자의 호리호리한 몸을 때리고 그 얼굴에서 귀면을 벗겨냈다.

"──아."

드러난 하얀 얼굴, 살짝 파편이 스친 이마에 피가 흐르지만 표정에 미동 하나 없는 미장부는 옆에 떨어진 귀면을 주워 손에 움켜쥐었다.

그리고 아벨── 아니, 빈센트 볼라키아가 민낯으로 요르나를 노려보았다.

"민초는 어리석다. 아프지 않으면 저항하는 것을 잊고, 적이 없으면 자신을 무장하는 것조차 하지 않지. 재앙이 없으면 뭉칠 줄을 모르고, 죽음을 두려워한 나머지 그 자체로부터 눈을 돌린다."

"―――."

"하지만 그 약하고 고식적인 어리석음이야말로 녀석들을 녀석들답게 만들지. 제국은 철혈의 규정으로 민초를 옭아매고 마도에서는 너의 자세가 주민의 자세를 단속해 왔다. 따라서."

거기서 말을 끊은 아벨은 시선을 저 너머로 돌렸다. 덩달아 그쪽으로 눈길을 돌리니 거기에는 요르나의 사랑을 눈에 켜고 『대재앙』에 저항하는 주민들의 모습이 있다.

과감하게 이 도시를 지키려고 분전하는 그들의 모습이.

아니――.

"녀석들은 너를 위해서라면 굶주림이든 비든 견디겠지. 그리고 너와 함께 다시 태양이 뜨고 배를 채울 날을 바라기를 선택하지."

따라서――.

"마도를 포기해라. 녀석들이 갈 곳은 너와 같은 곳. 그리고 기댈 곳은 너 자신이다."

"아――."

"아니면 못하겠다고 한탄하겠나? 너 자신의 바람과 아무리 발버둥 쳐도 겹치지 않는 소원에."

아벨은 그렇게 말하면서 이마에 흐른 피를 소매로 닦고 그 얼굴에 귀면을 다시 썼다.

다시금 그 표정은 인식 저해 뒤로 숨지만 직전에 들은 말은 깊게 요르나의 가슴 밑바닥에 가시로 박혀서 빠지지 않았다.

친서를 읽은 시점부터 아벨이 요르나의 바람을 알고 있음은 알았다.

하지만 그것을 이 자리에서 끄집어내는 것은 너무나도 정나미가 없다. 그리고 그 몰인정이야말로 당대 볼라키아 황제에게 요구되는 자질.

그렇기 때문에, 쓸 수단이라는 것이——.

"마도를 포기하고 저『대재앙』으로부터 달아나서 어떻게 하려고요? 저것은, 이 도시를 모조리 삼키고도 멈추지 않을지도 모르잖아요."

"이 마당에 이르러 나를 시험하나? 너도 알고 있을 텐데."

마도를 포기하고『대재앙』이 활개 치게 놔둔다는 말의 진의.

요르나의 물음에 아벨이 턱짓하고 언짢게 대꾸했다. 그의 몸짓이 가리킨 것은『대재앙』그 자체—— 아니, 맹위를 떨치는『대재앙』의 발판.

다시 말해『대재앙』이 출현한 홍유리성의 흔적이며——.

"성을 삼켰을 때와 똑같은 행위를 마도로도 하겠다. ——삼킨 성으로는 날려 버리기에 부족함이 있다 해도, 네가 사랑한 마도라면 얘기가 다르겠지."

7

"_____."

멀리서, 날카로운 검정 눈동자가 바람에 옷자락을 나부끼며 도시를 멸하는 『대재앙』을 바라본다.

피해의 확대를 가능한 한 억제한 요르나의 방책은 카프마와 도시 주민, 그리고 예정 외 전력의 공헌으로 효과를 발휘한 것처럼 보였다.

그러나 그것도 오래가지는 않는다.

어둠 그 자체인 『대재앙』의 위협은 그 정도로 압도적이었다.

고대에 사람들은 저런 것을 목격함으로써 세계의 멸망을 각오하고, 살아남은 이들에게 공포를 전해 주고자 구전을 남긴 것이리라.

그중 으뜸가는 것이 『질투의 마녀』이며, 저 『대재앙』도 그와 관계가 있다.

다만—.

"—제국을 멸망시키는 『대재앙』과는, 또 다른 재앙인가."

"그렇죠. 넵. 아이고야, 야단났지 뭐예요. 이 정도 일이 일어나는 건 예상 밖이라, 입장을 잊고 벼에 불평을 토로하고 싶은 심정이라고요, 저는."

팔짱을 끼고 높은 곳에 선 남자— 빈센트 옆에 같은 것을 바라보면서 쭈그려 앉은 파란 로브의 『별점쟁이』가 있다.

길을 가던 중 전조도 없이 합류한 이 남자는 저 미쳐 날뛰는 『대재앙』을 상대로 "아—무—튼, 제 담당이 아니니까요!" 하고 책임을 발뺌할 뿐이다.

하지만 본 것에 거짓말하지 않는 점은 이 『별점쟁이』의 얼마 안 되는 미덕이다.

그런 『별점쟁이』가 장담한 이상, 저 재앙과 『별점쟁이』가 예견한 제국의 멸망은 또 다른 문제이리라.

즉——.

"오, 있구만, 있어. 나 원, 꽤 초조했다고."

"어——구구, 오르바르트 옹."

사유하느라 눈을 반개한 빈센트 배후, 가벼운 기척과 함께 노인이 나타났다. 먼저 『별점쟁이』에게 이름이 불린 노인—— 오르바르트가 "그래그래." 하고 끄덕였다.

빈센트는 옆에 나란히 선 오르바르트를 흘긋 보고 눈썹을 찌푸렸다.

"너, 오른팔은 어디다 흘리고 왔지?"

"역시 눈썰미 좋으셔, 각하. 실은 오른손을 각하 품속에 숨겨놨거든…… 하는 얘기라면 웃기겠는데. 저 커다란 그림자에게 먹혔지 뭐야."

"오—호라. 그건 꽤 쓰라린 경험이겠어요."

"오오, 아파서 정신 못 차렸지. 이 나이 먹고 **빽빽** 애처럼 울 뻔했어. 쪽팔리네, 쪽팔려."

손목 아래가 없는 오른손을 휙휙 흔들고 오르바르트가 허풍을 떨었다.

빈센트는 오르바르트와 『별점쟁이』의 촌극을 아랑곳하지 않고 다시 전장을 보았다.

홍유리성의 흔적에서 꿈실대는 『대재앙』과 그것을 막아 내는 도시의 전력.

이미 저『대재앙』을 물리치기 위한 방책은 요르나에게 전해졌
으리라.

나머지는──.

"그건 그렇고 각하, 이런 곳에서 느긋하게 있어도 되겠어?"

"별문제 없다."

갸우뚱하는 오르바르트의 말에 빈센트는 조용히 대답했다.

요르나에게 작전을 전달하고 설득하는 것은 저쪽 역할이다. 그
대신 빈센트 쪽도 빈센트 쪽대로 완수할 역할은 분별하고 있다.

따라서──.

"수는 써 두었다. ──볼라키아 황제, 빈센트 볼라키아로서
써야 할 수를."

제3장 『타리타 슈드라크』

1

"있잖아, 타리타. 나 말이야. 『별점쟁이』로 선택되어서, 천명을 받았어."

타리타에게 그렇게 털어놓은 것은 같은 『슈드라크의 민족』인 마리우리였다.

『슈드라크의 민족』은 모두 바드하임 밀림에서 나고 자라며 그 생애를 마친다. 따라서 촌락의 동포는 전원이 가족 같은 관계이며 마리우리도 예외가 아니다.

단, 타리타에게 마리우리는 개중에도 특별히 친한 관계였다.

──슈드라크에서는 같은 날에 태어난 아기들에게 영혼의 연결이 있다고 여긴다.

그 연결은 부모 자매보다 강하다고 여겨서 『영혼 자매』라 불리며 반신처럼 취급되었다. 쿠나와 홀리 둘도 같은 날에 태어난 영혼 자매다.

그리고 흑발 끝을 분홍색으로 물들인 아름다운 슈드라크──

마리우리야말로 타리타와 같은 날에 첫울음을 터트린, 영혼 자매였다.

다정하고 이야기를 잘 들어 주는 마리우리는 겁이 많고 내성적이던 타리타와 궁합이 좋았다.

친언니와의 관계나 슈드라크라는 부족 내에서의 자기 역할 따위, 여러 불안과 갈등을 마리우리에게 털어놓고 수도 없이 마음의 안녕을 얻었다.

어떤 갈등도, 꼴사나운 불안도, 마리우리 상대라면 자연히 털어놓을 수 있었다.

그렇기에 마리우리가 털어놓고 싶은 비밀이 있다고 말했을 때, 타리타는 기뻤다. 마리우리의 신뢰에 부응해야 한다고 자기 자신을 다독일 정도로.

그런 타리타에게, 마리우리는 말했다.

──자신은『별점쟁이』로 선택되어 완수해야 할 천명을 받았다고.

"천명을 완수하는 것, 그것은『별점쟁이』로서 영광스러운 일이야, 타리타."

"잘, 모르겠습니다……. 하늘이, 마리우리에게 무슨 말을 하나요?"

"하늘이 아니야, 타리타. 별이 가르쳐 주는 거야. 별이, 역할을 내려 주는 거야. 아주 아주 중요한 역할…… 사실은, 아무에게도 말할 생각이 없었어. 하지만……."

"_____."

"너는, 내 영혼 자매인걸."

그렇게 미소 지은 마리우리의 신뢰에 타리타는 아무 말도 하지 못했다.

영혼 자매인 마리우리가 타리타를 믿고 털어놓은 이야기다. 그것을 누군가에게 발설하는 짓은 못한다. 불안은 홀로 떠안을 수밖에 없었다.

따라서 타리타는 그것을 진담으로 받을 필요 없는 한때의 미혹이라 여기기로 했다. 난데없이 발생한 망상이다, 그렇게 믿어서 눈을 돌리려 했다.

하지만 변화는 서서히, 그러나 확실하게 이상이 되어 나타나기 시작했다.

어느 날의 일이다.

타리타와 미젤다가 사냥하고 돌아오자 촌락 아이들을 보살피던 마리우리가 모르는 노래를 부르고 있었다. ──그것이 기이했다.

『슈드라크의 민족』에서는 주로 수렵자와 수호자 양쪽으로 역할이 나뉜다. 사냥감을 잡아 식량과 교역 소재를 손에 넣는 수렵자와, 촌락에서 아이를 키우고 마을을 지키기 위해서 일하는 수호자의 역할──. 전자가 타리타 쪽이고 마리우리의 역할은 후자였다.

아이들이 잘 따라서 많은 아이의 유모를 맡은 마리우리는 노래도 잘한다. 그렇기에 마리우리가 노래하는 자체는 이상할 것도 뭣도 없다.

노래하는 것 자체는 이상할 것도 뭣도 없었다. 그러나──.

"──마리우리의 노래, 들은 적 없는 것이군."

"어, 언니……."

"하지만 좋은 노래야. 듣기 좋아."

같은 노래에 발길을 멈춘 미젤다는 그 이상성을 마음에 두지 않았다.

다른 슈드라크, 쿠나와 홀리도 마찬가지다. 다들 마리우리가 모르는 노래를 부르고 있어도 그 섬뜩함을 깨닫지 못한다. ──타리타만이 그 출처를 불안시했다.

천명이라고, 별이 할 일을 가르쳐 준다고 말한 마리우리다.

설마 그 노래까지 별에게 배웠다는 말을 하지 않을까 싶어──.

"그건 오해야, 타리타. 배운 게 아니야. 이미 알고 있는 노래를 불렀을 뿐이지."

"알고 있는, 노래?"

"그래, 알고 있는 노래……. 내가 아니라, 다른 『별점쟁이』가……."

"의, 의미를 모르겠습니다!"

타리타가 두려워하던 답이 아니었다.

그러나 어떻게 보면 타리타가 두려워하던 것 이상의 답이 마리우리로부터 나왔다.

다른 『별점쟁이』라는 발언은, 마리우리가 그 공상을 잊지 않았다는 증거다. 아직 그 몽상이 이어지고 있다는 증거. 아니, 악화된 증거였다.

수없이 들어도 『별점쟁이』 이야기를 타리타는 이해할 수 없다. 거기에 마리우리가 서운한 티를 낼 때마다 그 신뢰를 배신한 것 같아서 타리타는 지독하게 고뇌했다.

──그 뒤에도 마리우리와 『별점쟁이』의 밀월은 이어졌다.

모르는 지식을 선보이고, 모르는 노래를 부르고, 모르는 이야기를 들려주고, 알 도리가 없는 천명이라는 것을 완수하기 위한 나날을 보낸다.

언제나, 무엇이든, 타리타는 마리우리와 상의했다.

인생에서 타리타가 어떤 결단에 마리우리의 의견을 바라지 않았던 적은 없다. 그것은 마리우리도 마찬가지로, 딸의 이름도 둘이서 이야기하고 정했다.

부드럽고, 덧없으며, 그러나 따뜻하고 사랑스러운 것이 되도록, 소원을 담아서.

그렇게 줄곧 함께 있었을 마리우리, 그 마음은 지금, 하늘 너머에 있었다.

동족도 타리타도, 딸조차도 대수롭지 않게 여기며, 마리우리의 인생은 별에 사로잡혀 천명에 속박되어 있었다.

누군가가, 별 같은 것이 아닌 누군가가 마리우리를 꼬드기고 있다.

그렇게 의심하며 주변을 수색한 적도 있다. 하지만 수호자로서 촌락에서 지내는 마리우리에게 외부와 접촉할 기회는 없으며, 타리타의 의심은 격화될 뿐이었다.

그야말로 별의 속삭임이 마리우리에게 이런저런 헛바람을 불어넣는 것 같이——.

"당신이, 마리우리를 홀리고 있는 겁니까?"

밤하늘을 쳐다보며 나무 틈새로 보이는 별들에게 묻는다.

마리우리에게 말을 거는 반짝임은, 영혼으로 이어진 타리타에게는 말이 없다.

알려지지 않은 지식도, 들은 적 없는 노래도, 해야만 하는 천명도——.

"——돌려줘, 내 영혼 자매를."

타리타는 활시위를 세게 당기고 밤하늘의, 유달리 빛나는 별을 조준했다.

시위를 놓으니 날카로운 화살은 으르렁대며 밤하늘에 다가가고—— 아무것도 꿰뚫지 못한 채 허망하게 떨어졌다.

별은 아무 말도 하지 않는다. 천명도 내려 주지 않는다. 반역의 효시조차 일별하지 않는다.

그렇다면 도대체 무엇이 마리우리를 바꾸었단 말인가. 그것을 모르겠다.

이 한탄을, 고통을, 누구에게 들려주어야 할지도 모르겠다.

말 못할 고민과 고통은 모두 마리우리가 들어 주었다. 그렇다면 마리우리가 원인인 고민과 고통은 대체 누가 들어 주면 된단 말인가.

언니는 틀림없이 이해해 주지 못한다. 언니는 강하고 태연자약하다.

꾸물꾸물 뭔가를 고민하거나 제자리걸음이나 하는 일은 있을 수 없다. 게다가 언니에게 털어놓기 두려운 건 그저 이해를 얻지 못해서만이 아니다.

지금의 마리우리는 『슈드라크의 민족』의 가르침과 자세에 위배되고 있다.

그것을 족장이 된 미젤다가 인정할 것인가. 어쩌면 위험한 사상에 이르렀음을 이유로 마리우리를 숲에서 추방하는 사태도 있을 수 있다.

과거에도 일족에서 쫓겨난 이는 있었고, 그자들은 두 번 다시 숲에 돌아오지 못했다.

마리우리와 만날 수 없게 되는 것은 싫었다.

설령 지금의 마리우리가, 타리타와 영혼이 연결된 자매와 달라져 버렸어도.

그러니까 타리타는 끌어안은 고뇌를 늘 자신의 가슴속에 갈무리하고.

그리고——.

"——어떡해, 타리타. 나, 『별점쟁이』인데."

——그리고 매일 밤 꾸는 악몽과 같은, 그날의 사건이 정말로 시작된다.

2

　──『대재앙』이 설친다. 미쳐 날뛰는 그림자가 주위를 집어삼키고 도려내어 종언을 확대한다.

　첫눈에 발이 움츠러들고, 덤비려는 생각만 해도 마음이 벌벌 떠는, 영혼이 소스라치는 강대한 재해.

　그 재해와 마주하며 저항하기로 마음먹은 이들. 그들은 모두가 기죽지 않고 각자가 처한 상황에서 최선을 선택해 관철할 의지를 체현하는 전사였다.

　"우아우!"

　제대로 된 소리를 내지 않고 이를 악다물며 그림자의 팔을 피하고 있는 루이.

　카오스프레임에 아무 연고도 없는 아이, 어린 소녀가 열심히 『대재앙』에게 달라붙는 것은 도시 존망과 무관한 사적 감정이 이유다. 그것이 루이의 각오를 뒷받침한다.

　그리고 그것은 루이만의 이야기가 아니다.

　작은 몸으로 만도를 휘두르는 미디엄도, 자신의 목에 청룡도를 댄 알도, 몸 속 '벌레'의 힘을 총동원하는 카프마도, 한쪽 눈에 불꽃을 피우고 단결한 마도 주민들도, 모두 다 루이와 막상막하로 『대재앙』을 상대하며 물러서지 않을 이유와 각오를 품은 이들이었다.

　그 각오를 무기로 『대재앙』이 발산하는 공포라는 벽을 깨트린

이들은 멈추지 않는다.

"한 방에 골로 갈 즉사 공격, 이쪽 공격은 먹히는지 모를 어마어마한 HP……. 그게 다지."

잔해를 발판 삼아 전장을 달리고 주위에 지시를 날리면서 알은 『대재앙』을 노려보았다.

몸 중심부터 새는 공포를 지울 방법은 없지만 객기와 아군의 존재가 다소 마음에 유예를 주고 있다. 그 유예가 알에게 사고할 여지를 주었다.

『대재앙』의 행동은 노골적으로 말해 원 패턴이다.

접근하는 자를 그림자로 쓸고 흡수하여 주위를 집어삼켜서 그 피해 규모를 확대한다. 하지만 공격을 갈겨 진로를 방해하고, 아니면 그림자의 표적이 되어 목표를 분산시키고, 미끼를 던져 먹느라 시간을 쓰게 하여, 날뛰는 『대재앙』을 막아 낸다.

단──.

"──다들, 물러날 준비를 하세요."

파고드는 걸음 한 번으로 대지가 융기되고 치솟는 충격파와 흙덩이가 『대재앙』을 두 쪽으로 갈랐다.

물론 『대재앙』은 굼실대며 곧장 원래대로 합쳐지지만, 눈에 보이는 수준의 대미지를 줄 수 있는 것은 이 마도의 여주인의 『혼혼술』 말고 없다.

"요르나!"

"물러나요! 아쉽기는 하지만 그 남자의 말대로 하지요."

"그 남자라면, 아벨찡?"

강렬한 일격이 일군 틈새로 요르나가 전장을 부감하는 귀면을 쓴 남자에게 주목을 모았다.

　무너진 건물을 디디고 선 아벨, 그 머릿속에 굴러가는 지략에 따라 강구된 작전을 실행하겠다고 요르나는 결심했다. 그렇다면——.

　"——이 도시를 고스란히 먹이고, 제가 내부에서 터트리겠어요. 그것 말고는 저 난행을 저지르는 재앙의 싹을 딸 방법은 없습니다."

　"황당무계한 작전인데, 가능해?"

　"성 하나 처박아도 부족하다면, 남은 것은 도시 하나 처박아 볼 뿐. 하기야 그걸로 부족하면 저를 황비로 삼아 나라를 처박을 수밖에 없겠습니다만."

　"그런 짓, 한 신하로서 단호히 간언할 수밖에 없다!"

　요르나의 작전을 듣다가 그 쓸데없는 한마디에 얼굴이 벌게진 카프마가 고함쳤다. 하지만 그 우직한 충롱족 전사는 바로 표정을 바꾸고 "이해했다." 하고 끄덕였다.

　도시를 버리겠다는 요르나의 결단이, 그녀에게 몸을 찢는 아픔을 수반하는 선택임을 이해했기에 수긍했으리라.

　카프마의 짧은 답변을 들은 요르나는 살짝 눈을 내리깔았다가 곧장 고혹적으로 미소 지었다.

　"별일 아니랍니다. 저와 저를 사랑하는 이들이 모이면, 이런 도시는 또 쉽게 이루어지지요. 안식은, 저와 함께."

　가슴에 손을 짚고 읊조린 요르나에게 반대 의견은 없다.

실제로 그 비장의 수가 어느 정도 위력을 발휘할지는 모르겠지만 현시점에서 요르나의 힘 말고는 『대재앙』 상대로 결정타가 없는 것도 뻔한 바였다.

따라서──.

"──다 같이 싸우면서 물러나자! 아주 서둘러서!"

미디엄이 외친 그 한마디가 마도 공방전의 마지막 작전을 결행하는 신호였다.

3

──매일 밤 꾸는 악몽의 시작은, 달이 하얗게 얼어붙은 싸늘한 밤이었다.

"──어떡해, 타리타. 나, 『별점쟁이』인데."

아연실색한 마리우리의 말에, 타리타는 당황해서 움직이지 못했다.

힘없이, 한탄하는 것만 같은 마리우리의 말. 그 입술에서 말만이 아니라 붉은 선혈도 넘쳐흘러 가슴을 흠뻑 적셨기 때문이다.

애초에 몸이 튼튼한 편은 아니었다.

마리우리가 수렵자가 아니라 수호자 역할이 된 것에는 사냥 기량 미숙만이 아니라 그런 약한 몸도 한몫했다.

어릴 적에는 빈번하게 앓아눕기도 했다. 그래도 어른이 되며 빈도가 줄어 더는 걱정할 필요 없다고 모두 방심했던 것이리라.

병마는 천천히, 돌이킬 여지가 없을 정도로 마리우리를 좀먹고 있었다.

핏기를 잃은 얼굴로 연거푸 피를 토하는 마리우리. 그 몸은 날마다 여위어 가서 그 생명의 등불이 약해지는 것은 누가 보아도 명백했다.

따라서──.

"이제는 마리우리의 기력에 달렸다, 타리타."

"언, 니……."

"마리우리와 함께 지내라. 마지막까지. 그것이 영혼 자매의 역할이야."

약탕을 먹이고 남긴 미젤다의 말이 타리타를 짓눌렀다.

그것은 천명이나 다를 게 없다. 반드시 완수하라고 하늘이나 다름없는 언니가 명령한 천명.

마리우리의 마지막을 지켜보는 것은 같은 날에 태어났으나 다른 날에 죽게 될 영혼 자매, 타리타밖에 없다고.

오두막에서 미젤다가 떠나고 다른 슈드라크도 마리우리와 말을 나눈다. 쿠나와 홀리도 그녀와 대화하고 누구나 마리우리와의 마지막 시간을 딱하게 여기며 아쉬워했다.

"마……."

아직 사정을 모르는 마리우리의 어린 딸이 잡은 어머니의 손에 뺨을 문지른다.

주위가 재촉하여 이해하지 못하는 이별을 고하고 어머니와 자식이 마지막 이별을 마친다. 내일 또한 만날 수 있으리라 믿어 의

심치 않는 천진한 딸과 죽음의 문턱에 놓인 어머니의 이별을.

"잘 자렴……. 부디, 언제까지고 평안히."

손을 흔드는 자식의 안녕을 기원하며 번갈아 말을 건네는 동포와의 이별도 마치고, 자신의 죽음과 마주 보는 마리우리는 어엿했다.

그 굳센 심지는 타리타가 믿고 사랑하던 마리우리와 똑같았다.

그러나──.

"어떡해, 타리타. 아직 나, 천명을 완수하지 못했는데……."

"마리우리……."

"그것을 남긴 채로, 어째서…… 나, 무엇 때문에."

타리타와 단둘이서 있게 되자마자 팽팽하던 것이 소리를 내며 끊어졌다.

핏기가 가시는 것 이상으로 얼굴이 파랗게 질린 마리우리가 걱정하는 것은 눈앞에 닥친 『죽음』도, 남겨지는 자식의 미래도 아니라 별의 속삭임이라는 영문 모를 것이었다.

천명을 완수하지 못한 자신을 저주하는 마리우리. 타리타는 그 모습에야말로 절망감을 느꼈다.

"아직도…… 아직도 그런 소리를 하는 건가요……!"

"타리타……."

"천명이라니, 그런 건 없어. 없어요! 당신은, 슈드라크의 마리우리! 그것 말고 아무것도 아닌데, 그것 말고 무엇을 원한다는 거죠!"

슈드라크로서 살고, 슈드라크로서 죽는다. 그것이야말로 슈드라크의 숙원.

그것이야말로 슈드라크의 한 명이던 마리우리에게 중요한 일일 터인데——.

"——태어난, 의미."

"의……미?"

"그것을, 원해."

이 마당에 이르러, 천명에 그 가치를 찾는 마리우리의 말이 타리타를 관통했다.

——딸도 있다. 타리타도 있다. 슈드라크도 있다. 그런데, 의미를 원한다고.

그것은 배신이다. 마리우리는 자신에게 흐르는 피를 배신하고 허깨비에 불과한 별의 속삭임 쪽에 가치가 있다고 단언했다. 가꾸어 온 유대가 무의미하다고 잘라낸 것이다.

그것은 타리타에게 용서하기 어려운 배신이었기에——.

"이제, 그만하세요."

"_____."

"저는, 당신의 영혼 자매입니다……. 그런 제 앞에서, 태어난 의미라니."

더는 차마 못 듣겠다고, 타리타는 차가운 칼날로 마리우리에게 자기 의사를 표명했다.

뽑은 단도의 칼끝이 마리우리의 푸르스름한 목에 살며시 닿았다. 그 칼날의 냉기와 예기가 마리우리를 제정신으로 되돌리고 발언을 취소하도록 만들어 주길 빌었다.

물론 '죽음'을 눈앞에 둔 마리우리에게 이런 협박은 통하지 않을지도 모른다.

그러나 타리타에게는 다른 방법이 떠오르지 않았다.

그리고 그것은 타리타의, 인생 최대의 실수였다.

"나에게는, 타리타, 당신이 있었지."

"네?"

그렇게 중얼거린 마리우리의 캄캄한 눈동자에 순간 타리타의 마음이 사로잡혔다.

그 찰나가 치명적이었다. ──마리우리에게.

"마리우리……?!"

꼬옥. 마리우리의 가녀린 손이 타리타의 손에 포개어져 목에 닿은 칼날을 내리눌렀다.

타리타는 반사적으로 저항했지만 한순간의 혼란과 마리우리 같지 않은 완력이 그러지 못하게 했다. 날카로운 칼날이 매끄러운 마리우리의 살갗을 찢고 피가 흘렀다.

꺼림칙한 소리와 감촉이 나고 칼날이 마리우리의 가슴을 치명적으로 파고들었음을 경험으로 알았다.

"바로……! 바로 응급 처치를……!"

"안 돼, 타리타……! 당신에게는, 역할이 있어…….."

"말 같지도 않은 소리 하지 마세요! 지금은, 그럴 때가…….."

"들어줘!"

"아──."

피를 토하는 듯한── 아니, 말 그대로 피를 토하면서 터트린 절규였다.

단도에 가슴이 찔려 시시각각 생명의 등불이 꺼져 가는 와중임에도 팔로는 타리타를 놓치려 하지 않았다. 입가에 피거품을 매단 마리우리의 눈이 타리타를 보았다.

당장에라도 꺼지려는 생명에 매달려서, 거기에 억지로 손톱을 박으면서.

"천날 밤, 지난 다음에, 나는…… 당신은, 여행자와 만나……."

"──────."

"여행자는, 이 대지를 멸망시키는 『대재앙』편……. 그러니까, 그것을, 죽여야 해……."

"마리우리……."

토혈과 함께 나오는 고통에 찬 목소리가 타리타의 마음에 저주처럼 새겨졌다.

마리우리의 영혼은 이미 사신(死神)이 그 손을 뻗쳐 데려가기 직전이었다. 그것을 1초나마 미루고 있는 것은 천명에 품은 망집 같은 마음뿐.

"흑발, 흑안의, 여행자……를, 죽여 줘."

"──────."

"『대재앙』을, 막아 줘, 타리타…… 그것이, 내 역할……. 이제, 나는 완수할 수, 없으니까…… 부탁해, 타리타…… 내, 영혼의, 자매……."

"다, 당신은, 여기서 그 소리를……."

타리타는 자신의 피에 숨통이 막히면서도 마지막 힘을 애원에 쓰는 마리우리를 처음으로 미워했다.

영혼의 연결 때문에, 타리타는 이렇게까지 필사적으로 마리우리를 만류하려고 했었다. 그것을 전부 무시했는데, 마지막의 마지막에 그것을 들고 나오다니 비겁하다.

너무나 비겁하고, 또한 타리타의 심장을 저격하는 말이었다.

울먹이는 타리타의 목소리를 듣자 마리우리의 눈이 살짝 일렁거렸다.

바로 마리우리의 몸의 힘이 빠지다가 천천히 그 머리가 툭 떨어지고──.

"──우, 아 타."

"마리우리?"

"────."

"마리우리!!"

힘없이 갈라진 숨이 새어 나오고, 그것이 마지막이었다.

가슴에 단도를 박은 채로 심장 박동을 멈춘 마리우리의 몸. 타리타는 딱 몇 초간 얼이 나갔다가 바로 오두막을 뛰쳐나가 미젤다를 비롯한 사람들을 부르려 했다.

하지만──.

"──아."

오두막 문을 열어젖히고 밖으로 뛰쳐나가려던 타리타의 발이 멈추었다.

거기에, 있어서는 안 될 작은 그림자가 주저앉아 있었기에.

병상에 있는 어머니를 걱정해서 그런지, 어린 딴에 불길한 예감이 들었는지.

어른들의 눈을 피해 우수한 수렵자가 될 만한 자질을 이날 밤에 발휘한 어린아이가.

──어머니의 피를 뒤집어쓰고 눈물을 흘리는 타리타를, 우타카타가 멍하니 바라보고 있었다.

4

──그림자가 설치고, 춤추고, 미쳐 날뛰어 격진이 마도 내부부터 외부로 균열을 일으킨다.

요르나의 결단이 마도 주민에게 남김없이 전파되고 저마다 고향이 된 땅을 버린다.

고뇌 어린 결단이었다. 그들에게 이곳은 갈 곳 없는 자신들을 받아들여 준 최후의 땅이며, 숨지 않고 살아도 된다는 자유가 있었다.

그 전부가 사라지는 판에 어찌 슬퍼하지 않을 수 있으랴.

그러나──.

"목숨만 붙어 있으면 제가 구해 내겠어요. 새 마도를 그 눈으로 보기 위해서라도 뒤처지지 않게 서둘러요."

마도의 여주인, 기댈 곳 없는 이들의 마지막 보루가 그렇게 이르니까 사람들은 재기와 재건을 믿고 정든 집을, 고향을 뒤로하며 달릴 수 있었다.

파괴가 마도를 집어삼키고 쳐부수며, 그 결과를 낳은 『대재앙』의 규모가 확대된다.

주위를 뒤덮는 그림자의 범위는 확대 일변도를 걸었고, 푹 파인 대지와 시가지를 보면서 요르나는 인적 피해를 최소한으로 억제한 공로자──알의 활약에 혀를 내두르고 있었다.

"미디엄 아가씨! 물러나! 그만 됐어! 더 이상은 지금의 아가씨로는 다 못 피해! 물러날 때야!"

"우~! 분해! 하지만, 미안!"

만도를 걸머진 미디엄이 외친 알의 판단을 신용하고 쏜살같이 달아났다.

그 등을 쫓아 사출된 그림자 탄막은 옆에서 뛰쳐나온 가시넝쿨이 벽으로 변해 막고, 작은 몸으로 위험한 미끼 역할을 맡은 소녀의 도주가 성공했다.

"촉각 형씨, 덕분에 살았어! 하지만 맥도 슬슬……."

"슬슬 뭐지? 설마 소관더러 물러나라 말할 셈인가? 그렇다면 이 카프마 일루쿠스! 결단코 그런 말은 듣지 않겠다!"

"우와, 말하겠다 싶은 캐릭터라고 생각했지만 진짜로 말하네."

카프마의 기개에 어깨를 으쓱이지만 그 분전이 전장을 지탱한 공적은 크다.

실상 카프마의 지원이 없었으면 『대재앙』과의 균형은 더 일찍 무너졌으리라.

어쨌든──.

"──여우 언니야!"

"마음에 들지 않는 호칭이지만, 알고 있답니다."

자신을 부르는 알의 목소리에 요르나는 끄덕여 수긍했다.

마도를 포기하는 요르나의 결정을 널리 알려 주민의 피난도 대부분 완료했다. 나머지는 결단한 대로 도시를 집어삼키는 『대재앙』에게 응보를 내릴 뿐——.

"_____."

눈을 감은 요르나는 딱 한순간, 망설임과 미련에 생각을 할애했다.

요르나의 『혼혼술』은 본래 운용과 다른 조건 위에 성립되는 특별한 것이다.

일반적으로 개인이 가질 수 있는 영혼의 총량은 개인차야 있어도 별 차이는 없다. 그러나 요르나는 어느 사정 때문에 타인의 수천 배 크기의 영혼을 지니고 있다.

바란 힘은 아니었다. 아예 버리고 싶다는 생각마저 했었다.

지금은 그게 도움이 되는 상황이지만, 그게 도움이 될 때가 오리라고는 예상하지 않았다. 아니, 생각하기를 피하고 있었다.

"그것을, 그 남자에게."

간파당했었다고 요르나는 멀찍이 보이는 귀면을 쓴 남자의 모습을 돌아보았다.

이미 멸망을 면할 수 없는 마도의 고지대에 서서 팔짱을 낀 남자는 미동 하나 없다. 그 무감정한 눈은 『대재앙』을 막기 위한 희생을 필연이라 간주하고 있는 증거일까.

도망치지 않고 모든 것을 그저 지켜보는 것이 마도에 대한 그

나름의 인의일지도 모른다.

"윽, 저 바보!"

찰나, 『대재앙』에 혼신의 힘을 때려 박을 자세이던 요르나의 고막을 욕설이 두드렸다.

쳐다보니 큰 소리로 욕지거리를 뱉은 것은 『대재앙』을 올려다 보는 알이었다. 복면 속의 그의 시선을 좇은 요르나도 알이 무엇을 욕했는지 이해했다.

──『대재앙』 주위, 파편을 박차고 뛰어다니며 견제하던 소녀, 루이다.

금빛 머리카락을 찰랑이며 하얀 복장을 흙먼지로 더럽힌 소녀가 이를 드러내고 『대재앙』에 달려들었다.

루이의 목적은 하나, 저 『대재앙』의 시작지 중심에 있던 소년 ──.

"그 아이는."

구해낼 수단을 찾아낼 수 없다고 요르나는 고뇌 속에 결단했었다.

마도를 버리는 것과 동등하거나, 그 이상으로 몸을 찢는 아픔이 뒤따르는 결단이다. 하지만 우는소리를 입에 담지 못하는 입장이라는 자각이 요르나로부터 망설임을 떨쳐냈다.

저 『대재앙』이 삼킨 것은 되찾을 수 없다. 따라서 루이의 노력도 닿지 않는다.

"저 소녀를 도로 데려와야 한다!"

"웃기는 소리! 저딴 꼬마, 내버려 둬! 애초에 저 녀석은……."

"저 소녀가, 왜?!"

"저 녀석은…….."

뛰어다니는 루이의 모습에 소리친 카프마가 알을 노려보았다. 날카로운 시선을 받자 루이에게 감정이 있는 듯한 알은 말문이 막혔다.

요르나는 루이를 구하고 싶다. 루이의 소원이 이루어지지 않는 이상, 최소한 루이의 생명만은 구해 주고 싶었다. 루이 본인이 그것을 바라지 않는다 하더라도.

"제길, 제길제길제길, 제기랄! 왜 내가, 저 녀석 때문에 이렇게 골머리 썩여야 해! 원망할 거다, 형제!"

거칠게 외친 알이 그 성량을 배신하지 않는 기세로 달려 나갔다.

그가 가는 방향은 『대재앙』 상대로 종횡무진으로 도약을 거듭하는 루이 쪽이다. 저 멸망의 현현조차 정조준하지 못하는 민첩함을 발휘하는 루이, 그러나───.

"보이거든!"

"우?!"

떨어지는 파편의 비와 그림자의 여파를 피하면서 알은 마치 루이가 어떻게 움직일지 알고 있는 듯한 정확성으로 돌아 들어가 그 몸을 옆으로 안으며 낚아챘다.

"우──! 우아우! 아── 우!"

"자고 있어!"

품속에서 날뛰는 루이의 목에 가차 없는 일격. 청룡도의 칼자루에 세게 얻어맞자 "욱." 하고 비명을 흘린 루이의 머리가 툭 떨어졌다.

알이 루이를 안아 든 채로『대재앙』에 등을 보이고 사정거리 밖으로 달려 나갔다.

"촉각!"

"카프마 일루쿠스다!"

절박한 목소리에 대꾸한 카프마의 가시넝쿨이 달아나는 알의 도주로를 전개한다. 가시넝쿨의 길에 뛰어든 알을『대재앙』이 쫓고 쫓으며 궁지에 몰았다.

그러나 가시넝쿨은 알을 위한 길을 깔면서『대재앙』을 막는 벽까지 세웠다.

공방일체의 지원을 받으며 루이를 걸머진 알이 전장 밖으로, 그리고——.

"——해라, 요르나 미시구레!!"

마지막 한 수를 촉구하는 일성, 그 목소리를 등에 받은 요르나가 두 손을 정면으로 내질렀다.

이 자세에 의미는 없다. 그저 많은 이들의 기댈 곳을 빼앗는 존재에게, 그 분노의 증명을.

"저는 당신을, 사랑하지 않습니다."

——그 한마디로, 마도 카오스프레임 대부분을 삼킨『대재앙』이 안에서부터 터졌다.

"————."

작렬하는『사랑』의 위력은 도시 자체를 부딪치는 듯한 소행과도 같다. 그림자를 내부로부터 날려 버리는 충격은 폭풍이 되어

어마어마한 바람이 마도를 원형으로 날렸다.

　퍼지는 여파에 시달리며 마도를 구성하는 온갖 사물이 부서지고, 깨지고, 날아간다.

　당연히 그 파괴의 중심에 있던 『대재앙』도 예외가 아니다.

　도시 자체를 맞바꾸어 날린 일격이 곧이어 제국 전토를 삼킬 것까지 느껴지던 위협, 『대재앙』을 흔적도 없이 소거──.

　"──부족한가."

　그치지 않는 폭풍과 먼지구름이 시야를 모래 빛깔로 물들이는 가운데, 남자의 고요한 목소리가 울렸다.

　그것이 누구나 숙여야 했던 상황 속에서 여전히 고개를 빳빳이 쳐들던 남자의 일성이었음을 알자 지쳐서 어깨가 늘어졌던 요르나가 숨을 죽였다.

　혼신의, 두 번은 발휘할 수 없는 위력을 맞고도 먼지구름 속에서 꿈실대는 어둠의 기척.

　닿기는 했다. 하지만 그래도 부족했다고, 이가 갈리는 결말이다──.

　"아──."

　움직여야 한다고, 실망을 덧칠하는 결의가 일어서기 전에, 요르나의 목소리가 새어 나왔다.

　이유는 간단하다. ──자신보다 먼저 움직이는 자가 있었기 때문에.

　단, 그것은 죽이지 못한 『대재앙』의 잉걸불이 아니다.

　그것은──.

"   탄자?"

날아간 여인숙 지하에서 뛰쳐나온 작은 녹인족, 그 등에 요르
나는 눈을 크게 떴다.

5

"우, 봤었어. 마, 타의 손, 자기가 찔렀다."

자초지종을 목격한 어린아이, 마리우리의 딸인 우타카타의 증
언이 결정타였다.

마리우리의 가슴에는 타리타의 단도가 박히고, 타리타는 묻은
피를 닦으려고도 하지 않았다. 누가 봐도 타리타가 마리우리를
살해당했다고 여길 참상이다.

그러나 다름 아닌 마리우리의 딸이 그것을 뒤집고 타리타의 죄
를 부정했다.

──동족 살해는 영혼이 부정 타서 조상신과 같은 흙에 돌아가
는 것이 허락되지 않는다.

그것이 슈드라크가 가장 기피하는, 『슈드라크의 흉살』이다.

"찔린 것을 봐라. 타리타라면 더 고통이 없는 부위를 노렸겠
지."

칼이 찔린 방식과 치명상, 그것을 흘긋 보기만 해도 미젤다는
진실을 맞혔다.

다른 슈드라크도 눈썰미 좋은 이는 같은 사실을 깨닫고 그렇지
않은 이도 미젤다의 의견에 수긍했다. ──아무도 미젤다가 동

생 타리타를 감쌌다고는 여기지 않는다.

　슈드라크 중의 슈드라크, 그렇게 평가받는 미젤다가 육친의 정을 우선할 일은 절대 없다. 그 진한 피에 대한 신뢰가 미젤다가 하는 말의 근거가 된 것이다.

　결국 마리우리의 죽음은 타리타로부터 단도를 빼앗고 스스로 목숨을 끊은 것으로 결론이 났다.

　병의 고통에서 벗어나기 위함이거나, 아니면 자신의 최후를 병마가 아니라 자신의 손에 맡긴 것일지도 모른다. 후자라면 좋겠다. 그것이 슈드라크의 견해가 되었다.

　하지만──.

"내가, 마리우리를 죽게 했어……."

　다름 아닌 타리타 본인은 그리 생각하지 못했다.

　타리타는 자신이 듣고 싶지 않은 말을 못하도록, 그 이상의 저주를 남기지 못하도록 마리우리의 입을 막으려고 단도를 뽑은 것이다.

　타리타의 생각 짧은 행동이 없었으면 마리우리는 그렇게 죽을 일이 없었다.

　무엇보다──.

"──천명."

　죽음의 구렁에서 마리우리는 자신에게 내려왔다는 천명을 타리타에게 말했다.

　여태까지 천명이 내려왔다고 말한 적은 있어도 그 내용을 결코 말하려 하지 않던 마리우리. 그 이야기를, 죽음이 임박하고서야 비로소 타리타에게 말한 것이다.

"——『대재앙』."

마리우리는 말했다. 멸망을 피하기 위한 천명을, 그리고 그 멸망이란 곧 『대재앙』임을.

이를 막을 대항책을 실행하는 것이 바로 자신의 천명이라고.

"——흑발, 흑안의, 여행자."

천날 밤 뒤에 나타난다는 여행자, 정말로 그런 것이 있을까.

그 여행자의 죽음이 『대재앙』이라고까지 불리는 멸망을 어떻게 미룰 수 있다는 말인가.

다만 마지막의 마지막까지, 마리우리는 천명을, 『별점쟁이』의 역할을 믿고 있었다.

그것을 달성하지 못했기에 자신의 인생이 무의미했다고 느낄 정도로.

"무의미할 일은……."

절대 없다고, 타리타는 똑똑히 단언할 수 있다.

마리우리의 말에, 다정함에 대체 얼마나 구원받아 왔을까.

마리우리가 있어 주어서 타리타는 슈드라크다운 언니에 대한 열등감에 찌부러지지 않을 수 있었다. 마리우리가 받쳐 주지 않았더라면 오늘까지의 타리타도 없었으리라.

그것도 마리우리의 공적이다. 의미가 없었다는 말은 아무도 못하게 할 것이다.

무엇보다 마리우리에게는, 배 아파 낳은 아이가, 우타카타가 있다.

"모든 것이 무의미했다는 소리는 못하게 할 거야……."

세계 이를 깨물고 밤하늘을 쳐다본다.

하늘 가득한 별은 변함없이 타리타에게 무언가를 가르쳐 주지는 않는다.

당연하다. 별은 무슨 말을 하지 않는다. 마리우리는 허깨비에 마음이 사로잡혀 있었다.

그럼에도 그 허깨비에 구원을 찾아 맹세했다면.

"별 따위, 모조리 깨져 버리라지……!"

그렇게 증오를 밤하늘에 겨누지만, 동시에 타리타는 희구한다.

이 숲에 마리우리가 속삭인 대로 여행자라는 치를 보내 보라고.

절망과 미련에 지배된 마리우리의 영혼은 조상신에게 가닿지 못하고 하염없이 배회한다.

그 절망과 미련을 끊어내야만 영혼 자매가 구원받는다.

그 마지막 한때 있던 일은, 아직 어린 우타카타도 알 노리 없는 비밀.

피로 이어진 가족조차 들어설 수 없는, 영혼 자매만의 비밀이다.

"기필코, 나의 화살로──."

『대재앙』을 불러내는 여행자를 사살하여 마리우리의 미련을 끊어내겠다.

그 때문에 여행자의 방문을 기다리고, 기다리고, 기다리고 기다리고 또 기다리다가, 그리고──.

──그날, 고대하던 여행자를 발견한 디리타는 시위를 당겼다.

"렘!!"

발사된 강궁이 표적에서 빗나가 흑발 흑안의 여행자가 옆의 소녀를 감싸고 뛰었다.

그 심장을 조준하고 어금니를 짓씹으면서 타리타의 심장이 세게 뛰었다.

천날 밤을 세고 마침내 나타난 흑발의 여행자.

하양과 검정에, 아침과 밤에, 삶과 죽음에, 모순을 머금은 갈망이 타리타 안을 차지하고 있었다.

별의 속삭임이 실현되기를 희구하면서도 동시에 천명 따위 착각이기를 바라기도 했다.

하지만 검은 머리카락에 검은 눈을 가진 여행자의 출현이 타리타를 사냥꾼으로 변모시켰다.

끓어오르는 피를 얼리며 타리타는 조용히 활시위를 메기고 수렵자의 눈빛을 숲에 쏘아냈다.

냉정하게, 냉정하게, 시위에 메긴 화살촉은 표적의 목숨을 겨냥한다.

그러나 영혼의 격앙은, 짐승처럼 거친 포효는 막을 방법이 없었다.

영혼이 부르짖고 있었다. 갈채를 부르짖고 있었다. 부르짖고 있었다. 부르짖고 있었다.

──그 순간, 부르짖고 있었던 것이다.

6

──녹인족 소녀가 뛰쳐나간 순간, 세상에서 소리가 소실했다.

직전의, 『대재앙』을 중심으로 한 어마어마한 충격파는 말 그대로 세계를 뒤흔들고 도시 그 자체를 날려 버릴 기세로 재앙을 깨부수려고 했다.

온몸에 강렬한 바람과 여파를 받고 이것의 수천, 수만 배의 위력이 작렬했다면, 어떤 존재든 가루로 분쇄되리라 확신할 정도다.

그러나 『대재앙』은 그런 확신조차도 덧칠하며 파멸을 견뎌 냈다.

먼지구름 너머, 건재하다고는 말하기 어려워도 존재의 소멸을 모면한 『대재앙』의 기척을 느끼고 한쪽 무릎을 꿇은 자기 몸이 떨리는 것을, 방관자가 된 타리타는 자각하고 있었다.

루이가, 미디엄이, 알이, 도시 사람들이, 필사적으로 저항하던 모습을 보고 있었다.

자신이 어찌 살아가야 할지를 규정하지 못한 채, 놀아나기만 하던 천명조차도 마주 보지 못한 채, 핏빛으로 물든 마리우리의 얼굴을 떠올리면서, 타리타는 『대재앙』 앞에서 움직이지 못했다.

그 한심한 타리타를 두고 가 버리듯 누구나 자신의 역할을 다한다.

도시의 지배자인 요르나 미시구레가 사랑하는 도시를 희생해 일격을 날린 것처럼.

그 일격이 부족했다고 보자마자 숨은 곳에서 뛰쳐나간 녹인족 소녀처럼.

"――――――."

맹렬하게 그 오른쪽 눈을 불태우며 달리는 기모노 입은 인물은 숙소에 나타난 사자 소녀다.

탄자라고 이름 밝힌 소녀의 앞길에는 휘날리는 먼지구름과 그 안쪽의 『대재앙』이 있다.

대체 무슨 짓을 할 셈인지 타리타는 알 수 없었다.

다만――.

"――그만두어요!"

달리는 소녀의 등에다 외친 요르나의 반응이 타리타에게 탄자의 노림수와 각오를 깨우쳤다.

탄자는 목숨 걸고, 모종의 수단으로 『대재앙』에 덤비려는 중이다. 요르나는 그 수단에 짚이는 바가 있으며, 그리고 소녀를 사랑하기에 막으려는 중이다.

하지만 그것은, 저 『대재앙』을 멸할 하늘이 내린 기회를 놓친다는 뜻이지 않은가.

"으."

오한에 고개를 든 타리타는 주위에 시선을 내돌리며 계기를 갈구했다.

자신 말고 다른 누군가가 행동을 일으켜 상황을 바꿔 주는 책임 전가를. 그러나 앞선 충격에 시달려 땅에 쓰러진 사람들에게 대처할 여력은 없다. ──있는 것은, 타리타뿐.

총력전에 참가하기를 망설이며, 몸을 웅크리고 폭풍이 지날 때까지 버티려던 타리타만이 이 자리에서 유일한 선택권을 가지게 되었다.

그리고──.

"──타리타."

잔해더미에서 몸을 일으킨 남자가 무릎을 떠는 타리타를 불렀다.

아벨이다. 귀면 속에서 피를 흘린 그가 검은 눈으로 타리타를 응시하며 말로 표현하는 대신 그 손가락으로 높이 하늘을 가리켰다.

공중을 보라, 그렇게 말하는 것이 아니다.

아벨이 가리킨 것은 하늘, 그게 아니면 별이다. ──즉, 천명이다.

선택하라고, 타리타에게 결단이 강요된다.

"_____."

피로 물든 마리우리의 최후와, 흑발 흑안의 여행자를 죽이라는 천명이 뇌리에 되살아난다.

그렇게 행동하면 『대재앙』에 의한 멸망을 모면하고 마리우리의 영혼도 쐐기에서 풀려나리라.

따라서──.

"_____."

타리타는 조용히 막힘없이 화살통에서 뽑은 화살을 시위에 메기고 조준했다.

여태까지 몇천, 몇만 번씩 반복해 온 수렵의 기법, 그것이 타리타를 겁먹고 당황하여 역할을 완수하지 못하는 어리석은 계집아이로부터 한 사냥꾼으로 변모시킨다.

세상을 구할 방법을 선택하라고, 그렇게 고압적으로 시킨다면 그대로 따라 주리라.

원래부터 별의 속삭임에, 하늘의 명제에 대한 타리타의 답은 결정되어 있었다.

즉——.

"——천명 따위, 알고 싶지도 않아."

시위가 튕기고 메겨진 화살이 바람을 가르며 맹렬히 허공을 달렸다.

그리고 그것은 정확하게, 일어나서 달리려던 기모노 입은 여자의 발을 꿰뚫었다.

경악한 소리를 지르며 여자가 그 자리에 앞으로 고꾸라졌다.

하얀 낯에 초조함과 놀람을 새기고 손을 뻗은 여자가 구슬픈 목소리로 외쳤다.

그것이 『대재앙』으로 돌진하는 소녀를 부르는 목소리인 것이, 타리타에게도 쓰라릴 만큼 전해졌다.

그럼에도 선택한 것이다.

——『영혼 자매』가 맡긴 천명을 등지고, 목숨을 건 소녀의 숙원을 완수시키겠다고.

"요르나 님."

땅을 박차고 먼지구름 너머로 뛰어들기 직전, 소녀의 입술이 아쉬워하듯이 그 이름을 불렀다.

그리고 작은 몸은 흙먼지 속, 기다리고 있는 『대재앙』에 삼켜지고——.

7

——시간을 약간 거슬러 올라가, 여인숙에 있던 이들이 저마다 『대재앙』에 대처하러 움직인 직후.

황급하게 뛰쳐나가는 자, 지시에 따라 행동하는 자, 공포에 압도되어 겁먹어 움츠린 자, 수많은 사고와 모략을 궁리하는 자 등 다양한 가운데, 두 사람은 대치한다.

제국의 정점인 황제 자리에 앉은 이와, 일개 가엾은 녹인족에 불과한 이가.

"요르나 미시구레가 마도를 포기하고 저 『대재앙』을 타도하고자 한다. 그자의 『혼혼술』이라면 해낼 수 있겠지만 확증은 없다."

"만약, 마도를 바쳐도 부족하다면."

"그리되면 막을 방법이 없는 『대재앙』은 제국 전토를 삼키겠지. 아니면 그다음의, 제국 바깥쪽까지 피해를 퍼트릴 가능성도 있다. 이 마도를 발단으로."

"요르나 님께선 이 도시를 저버리는 행위를 용인하지 않으십니다."

"사태는 감상에 잠기는 짓을 허용하지 않는다. 바라든 말든 상관없이 도시는 포기해야 한다. 물론 그쪽의 설득은 짐이 알 바가 아니지만."

"요르나 님을, 설득할 수 있다는 말씀이십니까?"

"못 하면 모든 것이 잿더미로 변한다. 꼭 해야 한다면 할 테지. 그자는 그런 남자이며, 그런 자세를 관철해 왔다."

"모르겠습니다. 거기까지 아시면서 확증이 없다면, 당신은 저에게 무엇을 소망하시는지요."

"짐의 의도, 너는 이미 알고 있을 거다. 어려도 이 마도의 지배자에게 중용되는 입장에 있는 너라면."

"＿＿＿＿＿＿."

"『대재앙』을 멸하고자 하면 요르나 미시구레에게도 심대한 반동이 있을 테지. 아직 다 자라지 못한 『대재앙』 상대로 마도를 부딪쳤는데, 그러고도 부족하면―."

"제가."

"＿＿＿＿＿＿."

"요르나 님…… 요르나 미시구레라는, 누구보다 위대한 어머니 같은 분을 위해, 저는 기꺼이 아득한 사랑에 이 한목숨을 바치겠습니다."

"가상하다."

"위로도, 치하의 말씀도 다 필요 없습니다. 요르나 님의, 눈물 말고는."

8

"그만두어요!!"

손을 뻗고 구슬픈 표정으로 외친 요르나를 뒤에 둔 채 탄자는 달린다.

기모노 옷자락을 잡고 땅을 박차는 탄자의 오른쪽 눈은 붉게 타오르며, 그 어린 몸에는 중후한 갑옷을 두른 제국병도 체면을 구길 힘이 솟고 있다.

유별나게 싸우는 요령이 뛰어난 것도, 마법이나 기예가 뛰어난 것도 아니다.

하지만 아무도 지금의 자신을 막을 수는 없다.

왜냐하면 소녀에게는 자신이 누구보다 요르나로부터 사랑받고 있다는 자신감이 있기에.

요르나를 사랑하고, 요르나에게 사랑받는 것이야말로 『혼혼술』의 은혜를 최대한으로 받기 위해서 필요한 자질——. 하지만 요르나를 향한 탄자의 사랑에 타산은 없었다.

사랑은 보답을 바라지 않는다고, 아는 척하는 누군가가 설파할지도 모른다.

그러나 탄자는 이렇게 생각한다. 누군가를 사랑하는 마음, 그것 자체가 보답이라고.

그 사람 생각을 하며 뜨거워지는 가슴의 고동이야말로 『사랑』의 보답이다.

그렇다면 탄자는 받은 보답에, 이 작은 몸 전부를 바쳐 응해야 한다.

그것이야말로——.

"제가, 이렇게 태어난 이유예요."

처음 요르나를 보았을 때, 탄자는 너무 어렸다.

당당히 행동하는 요르나를, 다정한 언니 등에 숨어 물끄러미 볼 수밖에 없었다.

다만 난생처음으로 아무에게도 위협받지 않는 나날을 보낼 수 있다고, 사는 곳에서 거듭 쫓겨난 자매에게 약속했을 뿐. 그 약속을 믿으며 언니와 함께하는 나날을 생각했다.

두 번째로 요르나를 보았을 때, 그 약속은 깨졌다.

다정한 언니를 끔찍한 것들에게 빼앗긴 탄자는 자포자기하여 요르나에게 덤벼들었다.

요르나는 무례를 나무라지 않고, 뿐만 아니라 탄자의 호소에 진지하게 귀를 기울여 언니를 빼앗은 것들에게 가하는 응보에도 힘을 보태었다. 그 결과, 모반자라는 오명을 뒤집어써서라도.

어떻게 사랑하지 않을 수 있을까.

먼저 그만한 사랑을 쏟으며 보듬어 주던 자상한 분을.

언니가 죽을 때 눈물을 흘리고, 지키지 못한 약속을 후회하며 탄자에게 사과한 그분을.

——어떻게 요르나 미시구레를 사랑하지 않을 수 있을까.

눈앞, 끔찍하게 굼실대는 검은 얼룩이 먼지구름 너머에 모이는 것을 알 수 있다.

요르나가 사랑한 도시에 얻어맞았음에도 여전히 소멸하지 않은 끈질긴 집념. 누구나 눈을 돌리고 싶어지는 어두운 어둠이지만, 탄자는 기죽지 않았다.

공포 때문에 기죽는 것이라면, 탄자의 가슴은 다른 것에 지배되고 있으니까.

따라서 탄자는 잔해를 발판 삼아 앞으로 뛰어 일렁이는 『대재앙』에 정면으로 돌진했다.

뒤돌아보면 미련이 된다. 저주가 될 것이라 알고 있었다.

그래도——.

"탄자——!"

그렇게, 사랑하는 사람이 이름을 불러서 탄자의 시선이 뒤로 돌아갔다.

땅바닥에 쓰러져 손을 뻗고 있는 요르나가 보였다. 그 다리를 참혹하게도 화살 하나가 꿰뚫고 있으며, 그보다 훨씬 더 먼 곳에서 활을 겨눈 인물이 그렇게 만들었음을 이해했다.

그 화살이 없었으면 요르나가 『대재앙』에게로, 탄자에게로 달려왔었다.

그래서는 과감한 짓도 할 수 없었다고, 탄자는 화살을 쏜 사수에게 감사했다.

그리고——.

"——요르나 님."

입술이 움직였다. 그다음 말이 소리가 되었는지, 요르나에게 닿았는지는 모르겠다.

단지 매일 잠들기 전에, 아침에 깰 때, 틈만 나면 기도했던 것처럼 찰나에도 기도한다.

 ──부디, 사랑하는 임께서 항상 건강하기를.

9

 찰나, 빛이 모든 이의 눈을 하얗게 지졌다.

 그것이 걷히고 지져진 눈이 서서히 시력을 되찾은 뒤에 사람들은 마도의 결말을 보았다.

 "─────."

 폭심지는 둥그렇게 퍼낸 것처럼 사라지고, 마도 중심에 있었을 홍유리성의 흔적, 그곳에는 거대한 구멍이 뻥 뚫려 있었다.

 마치 거인의 팔로 파낸 것 같은 구덩이는 말 그대로 마도 전부를 집어삼킨 무시무시한 존재의 실존을 증명하는 상처 자국이었다.

 그리고 총력전이라고 해야 할 전력으로 저항한 재앙은, 홀연히 그 자취를 감추고 있었다.

 그것이, 마도의 여주인인 요르나 미시구레가 비장했던 한 수의 위력이며, 마지막 한 수로 목숨을 건 소녀의 공적임을, 싸움에 참가한 누구나 아는 바였다.

 즉──.

 "──우리는, 그 소녀 덕분에 구원받았다. 소관 자신이 한심하군."

구덩이 밑바닥, 아무 것도 남지 않은 심연을 엿본 남자── 카프마 일루쿠스가 그리 중얼거렸다.

거짓 없는, 본심에서 나온 말이었으리라. 내로라하는 무인답게 제국의 철학을 신봉하는 이 우직한 남자는, 자신의 역부족을 타인이 메꾸게 했다고 자책했다.

하물며 그 때문에 어린 목숨이 사라졌다면 더더욱.

"본래라면 소관은 귀공들하고 적대 중이다. 사태가 진정된 이상, 휴전은 여기서 끝내고 그 사실과 마주해야 한다 판단하지만⋯⋯."

"그럼, 우리랑 싸울래?"

"그만두지."

구덩이를 등지고 돌아선 카프마는 질문에 고개를 가로저었다.

카프마와 마주한 것은 어린 몸에는 지나치게 큰 만도를 등에 진 미디엄이었다. 흙투성이의 형편없는 몰골인 소녀, 그러나 그 눈빛은 참상 속에서도 눈부시다.

그 눈부심이야말로 심대한 피해를 입은 마도와 그 주민들에게는 필요하다고 카프마는 생각했다.

본래 제국의 『장』인 카프마는 그걸 묵과해서는 안 되지만──.

"이번에 소관은 지엄한 분의 호위로 동행한 신분이다. 우선 그분과의 합류를 우선해야지. 그 외의 일은, 현시점에서는 전부 사소한 일이다."

"사소? 사소하다니, 겸사겸사라는 거야? 그렇게 말하는 거 너무하다고 봐!"

"아, 아니! 그런 의미가 아니라……."

말조심하라고 항의받은 카프마가 미디엄의 서슬에 살짝 당황했다. 하지만 그런 카프마의 동요에 "미디엄 아가씨." 하고 나른한 목소리가 끼어들었다.

쳐다보니 그것은 천천히 다가오는 외팔의 인영이었다.

"방금 그 소리는 그 형씨 나름의 배려라고. 더 중요한 일이 있으니까 우리하고는 안 싸우겠다. 그걸로 지금은 타협하잔 소리지?"

"소관의 입으로는 아무 말도 하지 않겠다. 어떻게 판단할지는 귀공들에게 맡기지."

"네이네이. 어디에나 있기 마련이군, 형씨같이 속이 배배 꼬인 녀석이란."

어이없다는 투로 어깨를 으쓱인 그 남자——알이 미디엄 옆에 섰다. 미디엄이 알 쪽을 쳐다보며 "아." 하고 눈을 동그랗게 떴다.

"알찡, 투구 안 잃어버리고 찾았구나?"

"그래, 어찌저찌. 숙소가 있던 주변에 굴러다니고 있어서 불행 중 다행이었지. 뭐, 찾기만 하면 망가지지 않는 물건인 줄 알고야 있었지만."

"——? 튼튼하단 소리야?"

"그래그래, 튼튼하단 소리. 이 세상 그 누구도 못 망가뜨려."

말하면서 알이 자신이 쓴 칠흑의 투구를 손가락으로 두드렸다. 그 답변에 미디엄은 "헤에~." 하고 끄덕이지만, 카프마는 날카로운 시선을 빤히 알에게 보냈다.

그 눈초리를 알아챈 알은 "왜 그래." 하고 갸우뚱했다.

"우리하고는 안 씨우겠다는 의견 아니야? 물론, 우리도 마찬 가지…… 아니 애초에 아예 녹초가 돼서 그럴 경황도 없거든."

"아까 전투 중, 훌륭한 지시였다. 어떻게 그『대재앙』의 움직임을?"

"기업 비밀. 아니면, 그거 말하지 않으면 휴전은 취소하게?"

"아니, 소관은 한 입으로 두말하지 않는다."

고개를 가로저은 카프마는 알의 대꾸에 고지식하게 대답했다. 그리고 그는 너덜너덜해진 망토를 손으로 털고 알과 미디엄 둘에게 등을 보였다.

그 발길이 가는 방향은 본인도 말했다시피 지엄한 분이 계신 곳이다.

"이번에는 형편상 협력했다. 하지만 귀공들과는 적 관계…… 생각을 고쳐먹지 않는 한, 전장에서 만나게 되겠지. 그때는 봐주지 않는다."

"말하지 않아도……."

"우리도 그건 똑같아! ……도와줘서 고마워!"

"제국의『장』으로서 당연한 일을 했을 뿐이다."

그리 대답한 카프마는 다부진 등에 투명한 날개를 펼치더니 커다란 날개 소리와 함께 단숨에 날아갔다. 솟구친 바람에 흙먼지가 휘말리고 멀어지는 등을 미디엄과 알이 배웅했다. 그렇게 카프마의 모습이 사라진 뒤.

"알찡, 수고했어. 정말 고마워. 나, 덕분에 살았네."

"그야 피차일반이지. 미디엄 아가씨의 노력이 없었으면 그 큰 놈의 공격은 더 한쪽에 쏠렸어. 그랬다간 죽은 사람이 더 나왔을걸."

"죽은 사람……."

알의 답변을 들은 미디엄이 살짝 눈을 내리깔았다.

미디엄의 슬픈 표정을 흘긋거리며 알은 투구의 이음매를 손가락으로 만지작거렸다.

"무슨 말인지 이해하지 못할 테고, 위로도 되지 않겠지만…… 탄자라는 아이가 그러지 않았으면 우리는 전멸했었어. 확실하게."

"더 노력할 수 있었을지도 모르잖아."

"아니, 그 길은 없었어. 되는대로 시험해 봤어도 불가능했어."

낙담한 알의 말을, 미디엄은 정말로 이해할 수 없었다. 하지만 위로가 되지 않느냐 하면, 꼭 그렇지도 않다.

위로하려고, 미디엄을 생각해서 알이 뭔가 말해 준다는 것은 이해했다.

그렇기에 제대로 위로는 되었던 것이다.

"고마워, 알찡."

"유어 웰컴……."

또 튀어나온 알의 말은 이번에도 미디엄이 이해할 수 없었다.

10

"대강, 할 일은 다 확인했나, 요르나 미시구레."

"당신이십니까……."

잔해더미, 무너진 건물 잔해, 그리고 격전을 설명하는 끝이 보이지 않는 구덩이.

『대재앙』을 멸하기 위한 마도 카오스프레임의 총력전, 그 흉터들이 현저히 남은 광경을 한눈에 내다볼 수 있는 고지대, 거기에 서 있는 요르나에게로 그 남자가 나타났다.

그 용모를 귀면으로 가리고 감정을 살필 수 없는 음색으로 속내를 묻는 아벨이.

옆에 서서 요르나와 같은 광경을 바라보는 아벨은 그 눈에도 목소리에도 감정을 싣지 않고 말했다.

"내가 내놓을 수 있는 것은 친서에 적은 대로다. 너의 답을 듣겠다."

"그것이, 이 참상을 바라보며 나오는 말인가요?"

"위로가 가림막이 되며, 동정이 기댈 곳을 만드는가? 나도 너도 가진 자로 태어났다. 그리고 해야 할 일을 선택한 쪽에 속한 자지. 그 1초는 다른 이의 1초와 등가가 아니다."

"_____."

위로나 동정을 바라지는 않았다. 이 남자는 그런 자세를 선택한 인물이다.

요르나도 그 점을 아는 이상, 그의 태도에 반발하는 것은 꾹 참았다. 무엇보다 여기서 심정적인 이유로 그와 적대해 봤자 요르나는 아무 이득도 없다.

"오늘은 이미 너무 많은 것을 잃었지요."

"도시에 백성, 유예라는 시간도 그에 포함해서 맞는 말이겠지."

"탄자, 말이에요."

"＿＿＿＿."

"저희를 구하기 위해 마지막에 그 몸을 던진 사랑하는 아이……
탄자 말이에요."

그렇게 말하면서 요르나는 기모노 띠 장식을 뽑아내어 아벨에
게 보여 주었다.

둥글게 연마된 그것을 곁눈질하며 침묵한 아벨이 의도를 묻는
다. 그 시선뿐인 물음에 요르나는 눈꼬리를 살짝 내리고 말했다.

"그 아이의, 언니의 뿔을 깎아 만든 띠 장식이랍니다. 언니의
주검을 애도할 때, 탄자가 저를 위해 만든 것……. 그것 말고도."

"＿＿＿＿."

"이 머리 장식도 비녀도, 모두 사랑하는 아이들에게 받은 공
물. 거처에서 쫓겨나 아무것도 갖지 못한 그 아이들이, 저에게
보답하고 싶다고 자신을 깎아낸 표식들."

알록달록한 장식품, 머리 장식도 비녀도 모두 마도 주민들의
공물.

누구는 비늘을 깎고, 누구는 깃털을 모아서, 누구는 뿔과 송곳
니를 갈아서, 그것들을 요르나에게 헌상하고 자신들의 입장과
감사를 구체화했다.

그것은 요르나에게 귀중한 보석이나 보물보다 가치가 있는 것으
로, 그런 것을 받은 이상 그들의 사랑에 부응해야 한다 여겼다.

그런데——.

"약속을, 더 어길 수는 없어요……."

"조만간 어기를 떠난 빈센트 볼라키아 측이 움직이겠지. 상황으로 따져 이 자리에서 놈들이 움직일 일은 없겠지만 그것도 시간문제다. 유예는 없다."

"제 아이들의 갈 곳은 어떻게 하실 셈이지요?"

"일단 성곽도시를 거점으로 삼을 수밖에 없겠지. 가는 길에 다른 마을을 접수하여 이쪽 깃발 아래로 끌어들인다. 너와 마도 주민이 있으면 가능하지."

마도를 잃어버린 이상, 갈 곳을 잃어버린 주민들을 받아줄 곳이 필요하다.

아벨의 제안은 막무가내고 타인에게 억지를 강요하는 부조리한 것이다. 하지만 요르나에게도 마찬가지로 우선순위가 있다. 사랑하는 자부터 구하는 것이 요르나의 우선순위다.

"또 한 가지…… 제 소원을 이루어 줄 용의가 있다는 말씀은 진담인가요?"

"두말할 생각은 없다. 하지만 잘 생각하도록."

"생각……."

"자신의 오랜 소원과, 너 자신의 '사랑'이라는 것, 어느 쪽을 우선할지를."

감정이 보이지 않는 아벨의 말, 충고라 짐작되는 그것이 그의 호오 어느 쪽에서 나왔는지는 요르나가 읽어낼 수 없다.

단지 그의 지적에 가슴이 꿰뚫린 요르나는 띠에서 곰방대를 뽑고는, 끄트머리가 굽은 그것을 억지로 손가락으로 펴고 불씨를 넣어 연기를 흘렸다.

눈 아래 무너진 도시 주변에서는 요르나가 사랑하는 아이들이 자신의 생활을 지탱하던 일부를 모아 차후를 대비하려는 중이다.

내일의 그들에게 가림막을 주고, 그들의 앞길에 빛을 켤 수 있을지, 그것은 요르나 하기 나름.

아벨에게 가담하여 빈센트 볼라키아──아니, 그것을 가장한 가짜를 왕좌에서 끌어내려 친서의 약속을 이행하도록 시킨다.

그, 이행할 약속의 내용은──.

"──부모보다 먼저 가는 아이가 어디 있나요, 탄자."

그렇게, 자신의 운명을 규정한 사랑하는 아이의 선택에 담배 연기가 덧없이 바람에 섞여 사라졌다.

11

피어오르는 담배 연기를 등지고 고지대에서 내려오는 귀면을 쓴 남자를 마중한다.

마중을 받은 아벨은 멍하니 서 있는 타리타의 모습에 콧방귀를 뀌었다.

"화살에 맞은 발이라면 염려할 필요는 없다. 저자의 회복력이 라면 내일이면 상처도 아물겠지."

"그것은, 다행입니다. 그것이 걱정되던 것은 아닙니다만."

아벨의 말마따나 멀리 보이는 요르나의 서 있는 모습에 발을 감싸는 기색은 보이지 않는다. 하지만 기모노와 머리카락이 흐 트러져 초췌한 모습이 발의 상처 때문이 아님은 명백했다.

그리고 그것이 자신이 선택한 결과라는 사실도 타리타는 깊이 받아들였다.

"_____."

그 순간, 선택지를 의탁받은 타리타는 자신의 결단을 화살에 맡겼다.

마리우리가 남긴 『별점쟁이』로서의 천명에 따를 것이라면 타리타는 그 화살로 아벨의 심장을 맞혀야 했다. 그 결과, 어떤 인과가 작용하여 『대재앙』이 가라앉는지 상상도 가지 않았지만 타리타에게 가능한 선택 중에서 유력한 가능성이었던 것은 사실이다.

그러나 그것은 그토록 소중하던 마리우리를 정체 모를 존재로 바꾼 별에 따른다는 의미이며, 그야말로 몸이 찢어지는 결단과 다름없었다.

——마지막의 마지막, 타리타의 결단을 가른 것은 결국 그 점 하나다.

타리타는 마리우리를 바꾼 별이 미웠다. 그렇기에 별에게 따르지 않았다.

그 결과, 내달린 녹인족 소녀는 자신의 목숨과 맞바꾸어 『대재앙』을 멸하고, 마도를 잃었음에도 소중한 이를 지켰다. 지켜 낸 것이다.

"그런 것에 비해, 네 안색은 좋지 못하군."

"저는, 옳았던 것일까요……. 천명에 따르지 않고, 당신을 쏘지 않았습니다."

"맞지 않은 입장인 내가 나를 쏘아야 했다고는 말 못 하지. 네 결단의 옳고 그름에 대해서도 내가 논할 선상이 아니다. 진부한 표현이지만 자기 선택이 옳은지 여부는 이후의 행동으로 증명할 수밖에 없다."

"당신이 했다고는, 생각되지 않는 말이네요."

"그렇겠지. 『아이리스와 가시나무 왕』…… 고전의 인용이다."

타리타는 알지 못하는 이야기를 꺼낸 아벨이 "이해하지 않아도 된다." 하고 고개를 가로저었다.

그리고 그는 타리타를 위부터 아래까지 바라보다 말했다.

"아직도 미혹은 있지만 다소는 떨쳐냈나. 앞으로 너는 어쩔 것이냐."

"확실하게 알지는 못합니다. 단지 그 도시로 돌아가 언니와 동포하고 말을 나누고 싶습니다. 이미 없는, 제 영혼 자매의 딸과도."

"영혼 자매, 그리고 의탁받은 천명인가. 너 자신이 『별점쟁이』가 아니라는 해명과도 조리가 맞는군. 더더욱 가증스러운 것들이야."

"가증스럽다……."

"네 얘기가 아니다. 네 방침도 대강 이해했다."

타리타의 중얼거림에 매몰차게 대꾸한 아벨의 시선이 도시 쪽으로 돌아갔다.

폐허로 화한 시가지에는 많은 사람들이 들어가 피해를 면한 가재도구나 어떻게든 써먹을 만한 자재를 모아 살기 위한 활동을 재개했다.

씩씩한 사람들이라고 타리타는 마도익 자세에 솔직하게 감명받았다.

마도의 성립 과정을 떠올려 보면, 분명히 저들은 박해받고 학대받아 상실에 익숙하다. 그 점을 가미해도 씩씩하다. 그렇기 때문에──.

"저들은, 당신의 싸움에 말려드는 것입니까?"

"그렇다."

짧은, 단정적인 대답에 타리타는 입을 다물었다.

거기에 미혹은 없다. 아벨은 황폐한 토지에서 애쓰는 사람들을 바라보고 카오스프레임에 발길을 옮긴 당초 목적, 그것을 일관하고자 발뒤축을 밟았다.

그럴 때──.

"──아벨의 의견은 그렇지만 주위가 얌전히 따를까. 그 여우귀 언니를 봐도 심정적으로 우리 편이 되기 어려운 것 아냐?"

알이 그렇게 지당한 의견을 읊으면서 아벨과 타리타에게로 합류했다.

아무래도 찾던 물건을 무사히 찾아낸 모양이다. 낯익은 투구를 다시 쓴 알 옆에 있는 미디엄이 그 동글동글하고 파란 눈으로 아벨을 보았다.

"나도 알찡과 같은 기분. 요르나가 한편이 되어 주면 기쁘겠지만 탄자와 도시가 이렇게 되었는데……."

"그 재난의 중심이 되는 존재를 데려온 우리에게, 요르나 미시구레는 따르지 않을 것이라고? 그것은 지나치게 감상에 젖은 생각이군. 저자는 이미 결심했다.”

“정말로? 아벨찡이 또 멋대로 심한 말을 한 게 아니고?”

“얼마나 비정하든 개의치 않고 필요한 말이라면 한다. 내 의도는 명백하다.”

아벨이 제시된 의문에 부정하지 않자 미디엄이 볼을 부풀렸다.

실제로 타리타의 귀가 잡아내기로, 아벨과 요르나의 대화는 감정적이진 않았으나 정겹고 온건한, 동반자라고는 도저히 말하기 어려웠다.

그래도 아벨이 이렇게나 요르나의 의지를 의심하지 않는 이유는.

“요르나 아가씨의 약점을 이용할 준비가 있으니까……. 결국 우리랑 같은 길을 가지 않으면 갈 곳이 없는 도시 주민을 못 지킨다, 그 소린가.”

“그런 건……! 또 그런 식으로 말을 했어? 아벨찡.”

“다른 선택지가 있나? 그 밖에는 무의미한 오기를 관철하다 객사할 뿐이다.”

“다른 길은 없어도, 다르게 말하는 요령은 있지! 왜 이해를 못 하는데!”

미디엄이 언성을 높이며 따지고 들자 아벨은 귀면 너머로 차가운 눈길을 보냈다.

미디엄의 사고가 겉모습과 같이 유아화하고 있는 것도 원인이지만, 이렇게 두 사람이 부딪치는 것은 타리타의 심장에 좋지 않다. 솔직히 타리타도 심정적으로는 미디엄 편이다.

그러나 과거의 황세와 『슈드라크의 민족』의 맹약에 따르는 한, 타리타에게 아벨을 저버리고 적대한다는 선택지는 없었다.

"미디엄 아가씨의 분노야 지당하지. 그렇다고는 해도 쓸 만한 것은 뭐든 쓰겠다는 아벨의 생각은 개인적으로 싫어하지 않아. 실리 목적으로 저 언니가 이쪽에 붙는다면 이견은 없어."

"나는 순 이견뿐이거든! 알찡도 미워!"

"미디엄 아가씨에게 미움받는 마음의 아픔은 있어도, 말이야. 나머지는……."

거기서 알은 말을 끊고 아벨과 자신을 노려보는 미디엄을 손으로 제지하면서 시선을 도시 중심에 뚫린 구덩이로 돌렸다.

그 움직임에 일행의 의식도 덩달아 그리로 돌아갔다.

"우리 식구 얘기나 하자. ——형제 말이야."

알이 꺼낸 화제에 메마른 공기가 미미하게 팽팽해지는 것을 알 수 있었다.

모두가, 꺼내야 한다고 알고 있던 화제이며, 동시에 어떻게 말하면 될지 모르는 심경에 처한 화제이기도 하다.

여하튼——.

"스바루찡, 어디로 가 버린 거지……."

침울한 미디엄의 중얼거림이 『대재앙』이 초래한 소규모 피해를 설명했다.

제국이 자랑하는 대도시가 통째로 하나 사라졌으며, 두 황제의 생명을 위태롭게 만든 사실과 비교하면 그것은 너무나 사소하다 할 수 있을지도 모를 피해.

그러나 마도로 온 일행에게는 간과할 수 없는 피해이기도 했다.

　"요르나는, 스바루찡에게서 그 그림자가 푸왁— 하고 넘쳐 나왔대."

　"오르바르트 영감님도 그 소리했지. 자기 오른손이 없어졌는데도 실실 웃고 자빠졌어. 외팔이 경력이 오랜 나로서는 영 믿기지 않아."

　"노인의 태도가, 말입니까? 아니면 하는 말이?"

　"분하지만 이 경우에는 태도 쪽. 하는 말은 사실일걸."

　혀를 찬 알이 오르바르트의 증언을 신용하는 취지를 입에 올렸다.

　타리타도 좋은 인상을 받지 못한 괴노인, 그러나 거짓을 읊을 이유가 그에게 없는 것도 사실. 요르나의 이야기와도 모순이 없는 이상, 그것은 아마 사실이리라.

　"―――."

　문득 타리타의 흉중에 스친 것은 '흑발 흑안의 여행자'라는 마리우리의 유언이었다.

　숲에서 처음 스바루를 발견하고 그 목숨을 노렸을 때는 의심이 없었다. 그 뒤, 촌락에 사로잡힌 아벨의 존재를 알고 그 내력이 밝혀진 뒤에는 자신이 상대를 착각했다고, 천명의 표적은 아벨이라 믿어 의심치 않았지만――.

　"만약."

　마리우리의, 『별점쟁이』가 예견한 『대재앙』의 장본인이 스바루 쪽이라면.

그렇기 때문에 그 『대재앙』은 스바루를 중심으로 넘쳐 나온 것이 아닌가.

　"한 가지, 견해를 통일해 두어야 할 사항이 있다."

　타리타의 고뇌를 아랑곳하지 않고, 일동의 중심에서 아벨이 손가락을 세웠다.

　주목을 모은 아벨은 미디엄과 알, 그리고 타리타의 얼굴을 각각 둘러보고 말을 이었다.

　"너희 말을 보건대, 그자의…… 나츠키 스바루의 생존을 의심하지 않는군. 저 참상인데, 그자가 살아남을 수 있다고 진심으로 생각하고 있나?"

　"으, 당연하지! 스바루찡이 죽어 버리다니……."

　"생각하고 싶지 않다, 같은 소리를 하지 마라. 네가 받아들이기 어려워도 일은 일어날 만해서 일어난다. 타인의 생사도 그 연장선상이지."

　"아벨찡은……."

　담담한 아벨의 말투가 감정적인 미디엄의 주장과 정면으로 충돌한다.

　타리타로서는 여기서도 심정은 미디엄 편이다. 하지만 저 재난의 중심에 있던 스바루가 살아남을 수 있는지 여부에 관해서 희망을 품을 수 있다고는 생각하지 않았다.

　사냥을 하고 생물의 생사에 접하는 생활이 일상이었기 때문이리라.

　슈드라크는 용감한 전사지만 일상적인 사냥도 목숨이 달렸다.

때로는 짐승의 생사를 도외시한 반격을 맞아 동료가 목숨을 잃을 때도 있었다.

　사람은 죽는다. 쉽게. 소중한 상대여도, 그렇지 않은 상대여도 차이는 없다.

　"안타깝지만, 스바루는……."

　"형제는 살아 있어."

　"알찡!"

　타리타는 고개를 가로젓고 애도의 뜻을 표하려 했다. 하지만 그 발언은 확신에 찬 알의 말에 막혔다. 그 말을 들은 미디엄의 얼굴이 확 밝아졌다.

　당연히 아벨 쪽은 언짢게도 느껴지는 눈으로 알을 보았다.

　"광대, 너는 어째서 그자의 생존을 확신하지?"

　"단순명쾌하지. 그야 나츠키 스바루가 그런 녀석이기 때문이야. 말을 더 보태면."

　"보태면?"

　"세계가 멸망하지 않았어. 그것이 내 근거야."

　근거라고 알이 말한 논리를 타리타는 소화할 수 없다. 아무래도 그것은 미디엄도 마찬가지인지 이해하지 못한 표정으로 고개를 갸우뚱했다.

　아벨도 "웃기지 마라." 하고 단숨에 잘라냈다.

　"네 헛소리에 귀를 기울일 유예는 없다. 광대 노릇을 하고 싶으면 프리실라 앞에서 해라."

　"나도 그리고 싶은 맘이 굴뚝같은데, 공주가 없으니까 어쩔 수 없어. 어쩔 수 없는 김에 아벨, 너한테도 묻고 싶은데."

"뭐냐."

"너는 어떻게 생각하는데? 형제가 죽었다고 생각해?"

알이 머리에 쓴 투구의 턱을 만지며 아벨의 생각을 캐물었다.

물어봤자 무의미한 물음이리라. 애초부터 스바루의 생존을 믿는 것은 제정신이냐고, 그런 어조로 문답을 시작한 것이 아벨이다. 당연히 아벨의 생각은——.

"——그자가 『대재앙』이 아니었던 이상, 완수할 역할이 남아 있겠지. 그걸 위한 재주도 있다면, 죽었다고 생각하는 건 시기상조일 거다."

"어……."

"아벨찡?!"

하지만 실제로 아벨이 입에 올린 것은 타리타의 예상과 정반대의 답이었다.

그 답에 타리타는 말문을 잃고, 바란 답을 얻었을 미디엄도 눈이 동그래졌다.

그러나 아벨은 타리타와 미디엄의 시선에는 반응 없이 그대로 몸을 돌려 천천히 그 자리에서 걸어 나갔다.

타리타와 미디엄도 얼굴을 마주 보았다가 그 뒤를 쫓았다. 알도 고개를 모로 꼬면서 앞서가는 세 사람 뒤를 따라갔다.

"아벨찡! 무슨 소리야, 설명해 달라니깐!"

"무슨 설명이 필요하지?"

"전부! 그도 그럴 게, 방금까지 스바루찡은 죽었다는 식으로 말했는데."

"나는, 살아남을 수 있다고 생각한다면 감정론 외의 근거를 대라고 말했을 뿐이다. 나는 그자가 살아남을 이유가 있다고 생각한다. 그렇기에 살아남을 수 있다고 생각한다. 그게 다."

"으~~~~!"

정나미가 없는 아벨의 답변에 미디엄이 얼굴을 붉히고 불만을 표명했다. 돌아보지도 않는 아벨에게는 그것 역시 전혀 효과를 발휘하지 못하지만.

그렇게 세 사람을 대동한 아벨의 발길이 잠시 걸은 뒤에 비로소 멈추었다. 그곳은 마도의 흔적, 날아간 『대재앙』이 뚫은 구덩이 눈앞이었다.

거기에──.

"우아우……."

구덩이 테두리에 쭈그려 앉고 고개를 푹 숙인 작은 소녀── 루이의 모습이 있었다.

하얀 옷을 온통 진흙으로 더럽힌 루이는 힘없이 맨손으로 땅을 긁고 있다. 손은 흙에도 더럽혀졌지만 깨진 손톱에 난 피로 붉게 더러워진 것도 눈에 띄었다.

"루이야……!"

당황해서 루이에게로 달려간 미디엄이 뒤에서 소녀를 껴안았다. 미디엄의 포옹을 받으면서도 루이는 손을 멈추지 않았다.

땅바닥을 긁고, 아니면 잔해를 밀어내어 소녀는 계속 뭔가를 찾고 있다. 아니, 뭔가가 아니다.

"스바루를, 찾고 있는 거군요."

"좋든 나쁘든 말이지. 쯧, 마음에 안 들어."

작은 루이의 등을 바라보면서 타리타와 알이 각자의 마음을 한숨에 실었다.

타리타가 모르는 사이에 알의 루이에 대한 태도는 지독히 신경질적이 되었다. 다만 『대재앙』을 날려 버리는 마지막 충격에서 루이를 지킨 것은 알이었기에 타리타는 그 주변의 관계를 도통 해독하지 못했다.

그 점을 지금 헤집어 봤자 아마 아무도 행복해지지 못한다. 그 사실을 왠지 모르게 알았기에 타리타도 깊은 이야기는 묻지 않고 놔두었지만.

"이제 그만두어라. 흙을 파내고 잔해 뒤를 살펴도 네가 찾는 대상은 찾지 못한다."

"우…… 아—우!"

미디엄에게 안긴 루이, 그 뒤에 아벨이 섰다. 내려다보는 귀면 속 시선에 고개를 돌린 루이는 분노라고도 슬픔이라고도 못할 표정을 지었다.

그것은 아벨을 탓하고 있는 것 같기도, 말리지 말라고 호소하는 것 같기도 하다.

아벨은 전자라면 개의치 않고 후자라도 들은 척하지 않겠다는 태도로 루이 옆에서 구덩이 중심을 턱짓으로 가리키며 말했다.

"그자를 찾아내는 것은 보통 일이 아니다. 적어도 네가 혼자서 흙을 긁는다고 나올 것이 아니야. 애초에 어디로 날아갔는지 모르지 않느냐.”

“아우! 아— 우! 우아우— 아!”

“어두운 밤에 빛 없이 찾아본들 닿을 곳이 아니다. 분별할 줄 알도록.”

“우—! 우우—!”

아벨의 냉철한 말에 루이가 얼굴이 새빨개지며 입을 벌리고 맹렬히 항의했다.

그 기세와 서슬에서 이 소녀가 결코 스바루를 찾기를 포기하지 않겠다고, 반드시 찾아내겠다고 벼르는 것을 알 수 있었다.

그리고——.

“아벨찡, 스바루찡을 찾을 방법이 있어?”

“우, 우?”

“방금 말투, 루이만으로는 찾을 수 없다는 식이었어. 혹시 더 좋은 방법이 떠올랐어?”

펄펄 뛰는 루이를 꽉 껴안으며 미디엄이 아벨의 눈에 물었다. 미디엄의 말에 루이의 기세가 가라앉자 아벨은 한쪽 눈을 감고 대답했다.

“이해력은 나쁘지만 감은 좋은가. 너는 그 오라비와 판박이로군.”

“오빠하곤 남매니까 당연하지. 그보다 제대로 대답해 줘! 스바루찡을 찾아낼 방법이 있어? 없어? 있어?!”

기대가 커진 미디엄이 같은 질문을 거듭 던졌다. 아벨은 그 적극적인 미디엄의 모습에 탄식하며 한 박자 띄우고 말했다.

"찾아낼 방법, 이럴 만큼 온건한 것이 아니다. 본래 목표는 사라진 그자의 신병을 찾아내는 것이 아니라 제도와 일을 벌이기 위한 명분의 확보였으니 말이지."

"더 알기 쉽게!"

"작전이 잘 돌아가면, 너나 이 소녀의 소원이 이루어질 수도 있겠지. 여하튼 온 제국이 그자의 신병을 찾아다니게 될 거다."

"온 제국이, 스바루를 찾는……다고요?"

아벨의 말 중에서 신경 쓰이는 점을 짚은 타리타가 눈썹을 찌푸렸다.

미디엄과 마찬가지로 타리타도 이해력이 좋은 편은 아니다. 모르는 것을 모른다고 큰소리칠 수 있는 사람이 미디엄이고, 가슴에 간직하는 사람이 타리타라는 차이뿐.

전제 지식이 부족한 타리타는 아벨의 차근차근한 설명을 들어도 이해에 이르지 못한다.

다만──.

"──우아우, 아우아우?"

그 말에 숨겨진 의도만은 정확히 전해야 할 상대에게 전해졌다.

날뛰려던 루이가 미디엄의 품속에서 몸의 힘을 탁 풀고 빤히 아벨을 보면서 언어가 되지 않는 물음을 던졌다.

아벨도 그 물음의 정확한 의미는 알지 못할 텐데 "물론이다." 하고 끄덕였다.

"그래서, 어떡할 건데? 어떡하면 그 형제를 찾아낼 작전이란 걸 실행할 수 있어?"

"그리 어려운 일도 아니다. 그저 퍼트릴 뿐이지."

"우~ 또 나쁜 버릇……!"

알의 물음에 대꾸한 아벨, 그를 미디엄이 또 날카로운 눈초리로 쏘아본다. 아벨은 미디엄의 추궁을 예측한 것처럼 한숨짓고 뒷말을 이었다.

그것은——.

"——빈센트 볼라키아의 서자, 흑발 흑안의 사생아가 부왕의 지위를 노리고 있다. 그야말로 『마그리처의 단두대』의 재현이라고 말이다."

12

——같은 날, 같은 시간, 어느 땅에서.

"——헉."

흥건하게 젖은 몸을 억지로 밀어서 가까스로 손가락이 닿은 지면에 몸을 끌어당겼다. 한 번 이 감촉을 놓치면 돌아오지 못한다.

말 그대로 죽음을 각오한—— 아니, 살고자 애쓰는 몸부림이었다.

새까만 물, 도망칠 곳이 없는 공간에서 맛본, 꿈인지도 생시인지도 모를 고통의 연쇄.

수없이 커다란 물고기 그림자에 뜯어 먹힌 느낌이 든다. 숨을 잇지 못하고 폐 속까지 쓴 물로 채워져서 피 맛을 곱씹으며 익사한 느낌이 든다. 체온과 체력의 상실에 의식을 잃고 잠들 듯이 목숨이 끊어진 적도, 있었을지 모른다.

그걸 반복하다가, 거듭하다가, 뒤틀려서, 그렇게, 비로소——.

"아, 푸앗……."

삼킨 물을 뱉어내며 억지로 몸을 기슭으로 끌어올렸다. 괴롭다, 답답하다, 무겁다. 두 손을 쓸 수 있으면 더 편할 거라고 뼈저리게 느낀다. 하지만 그럴 수가 없다.

이, 기슭을 움켜쥔 오른손의 반대, 왼손에는 결코 놓을 수 없는 것을 안고 있다.

그것이 무엇인지, 이해하기 전에는 몇 번쯤 실패했다. 놓고 말았다.

하지만 그것이 무엇인지를 이해한 이상 절대로 놓을 수는 없었다. 그렇기에 몇 번이고 몇 번이고, 실패를 거듭하다가, 그래도 포기하지 않았기에——.

"————."

자신보다 먼저 오른팔에 안고 있던 그것을—— 소녀를 기슭에 밀어 올렸다.

크기는 작지만 무겁다. 도중에 몇 겹쯤 입은 옷을 벗겨서 무게를 줄인 것은 용서하길 바란다. 화려한 기모노는 물을 흡수해 평범한 옷보다 훨씬 더 무거워졌으니까.

그리고 끌어안았을 적에 옆구리와 목덜미를 깊이 찔렸다. 그것도 머리에 있는 큼직한 사슴뿔이 원인이다. 이 아픔으로 무례는 피차일반인 셈 쳐 주길 바란다.

"으, 윽…….."

소녀를 기슭에 밀어 올렸다. 나머지는 마지막 기력을 짜내어 자신도 기슭에 올라갈 뿐.

그러나 소녀를 기슭에 올린 것으로 긴장의 실이 끊겼는지 짜냈을 터인 마지막 힘이 보이지 않아 두 손은 허망하게 마른 흙을 긁을 뿐이었다.

이대로는 안 된다고, 어지러운 머리와 끊이지 않는 귀울림이 호소한다.

의식이 꺼지려는 전조다. 그리고 여기서 의식을 잃는 것은 '죽음'을 의미한다.

긴장감이 끊겨 기필코 달성하겠다는 기력이 끊어지면, 이 행운을 뽑아내느라 또다시 꿈과 생시를 반복하는 처지가 된다.

그것만은 싫다고, 애타게 애타게, 의식을 회복하려고 하면 할수록.

의식은, 하얘지고, 이윽고, 기슭을 잡는 손이 떨어져서──.

"──어이쿠, 위험해라."

그 순간, 기슭에서 떨어져 다시 물속에 빠지려던 손을 누군가가 잡았다.

꼬옥, 가느다란 손가락에 손목이 잡혀서 빠지려던 몸이 기슭에 끌려 올라왔다. 얼굴이 물속에서 떠올라서 숨을 헐떡거리며 꺼져 가는 의식으로 상대를 보았다.

도대체 누가 이 팔을 잡았는지. 그러나──.

"아, 그만두죠. 금방이라도 의식이 꺼지기 직전이잖아요? 그러년 좀 멋이 안 살잖아요. 기왕이면 더 극적인 시작을 원해서요."

기가 막히게도, 손을 잡은 것과 반대쪽 손이 상대를 보려던 눈가를 손바닥으로 가렸다. 보인 것은 상대 손바닥의 주름 정도다.

유달리 생명선이 긴, 낯선 상대의 손.

그것을 목격한 것을 마지막으로, 의식은, 멀어지고――.

"그나저나 참 용케도 끝까지 헤엄쳤어요! 우연히 바람 따라 제가 여기를 거닐던 것도 실로 기연! 아니, 아니, 이거 참, 근사하기도 하지!"

멀어지는 의식에도 걸리는, 즐거운 목소리만이 마지막까지 따라온다.

그, 마치 떠드는 천둥 같은 목소리가.

"――어쩐지 장대한 이야기가 시작될 예감이 들지 않아요?"

답할 방도가 없는 물음에, 의식―― 나츠키 스바루의 의식은 대답하지 못한 채, 꺼졌다.

제4장 『성곽도시 광소곡』

1

──끝없어 보이는 창궁이 눈 아래 사람들의 영위를 웅대한 눈으로 굽어보고 있다.

찬란히 빛나는 하얀 태양, 천천히 흐르는 크고 흰 구름. 훈훈한 바람이 뒷목을 어루만지며 연청빛 머리카락이 휘날리면, 자신이 세계의 일부임을 실감한다.

퍽이나 거창한 표현으로, 대단히 어려운 말을 들은 감각.

다만 그것이 지금의 자신에게 필요한 것이리고 들으면 의심하기보다 먼저 실천한다.

스스로 바라 가르침을 청한 입장이다. 아직 일천하다. 팽개치기에는 지나치게 성미가 급하다.

그렇다고는 해도──.

"초조해지는 마음에, 거짓말은 할 수 없지요……."

살며시 가슴에 손을 짚고서 빨아들인 공기가 폐 속에서 힘을 발휘하기를 기다린다.

이, 실감이 없는 감각이 답답하여 금세 성과를 보채는 자신의 성미가 얄밉나. ——아니, 그것은 성미라기보다 처한 상황이 문제일지도 모른다.

자신이 아니라, 이 자리에 없는, 다른 곳에서 역할을 완수하려는 상대에 대한——.

"아——! 여기에 계셨지 말입니다!"

조용히 명상하는 등에 목소리가 닿아 잊을 뻔한 호흡을 상기했다. 폐에 담아 둔 공기를 뱉으며 뒤돌아보니, 작은 소년이 달려오고 있다.

몽실몽실한 분홍빛 머리카락을 찰랑이는 아이다. 사랑스러운 이목구비에 연분홍빛 볼, 짧은 바지를 입은 하얀 맨다리가 눈부신, 앳된 귀염성이 넘쳐흐르는 소년이었다.

열한두 살 정도로 보이는 그 소년은 눈앞에 다가와서는 미소와 함께 말했다.

"프리실라 님이 부르시지 말입니다! 같이 와 주셨으면 합니다!"

"알겠습니다. 일부러 와 주셔서 고맙습니다, 슐트 씨."

"당치도 않지 말입니다! 감사를 들을 일이, 아니에요—."

이렇게 겸손을 보이면서도 기쁜 듯 볼이 붉어지는 소년——슐트의 모습에 입 끝이 미소를 띤다.

하지만 그가 가져온 용무가 용무다. 실실 웃고만 있을 수 없다.

그리 생각해서 풀어진 뺨을 다잡고는 작게 숨을 내뱉고 끄덕였다.

"그러면, 같이 가 볼까요."

"알겠지 말입니다! 렘 님과 함께하겠습니다!"

폴짝 뛰고 머리에 손을 짚고서 경례하는 슐트. 그 앳된 기세에 조금 놀라면서도 소녀──렘은 끄덕이고 둘이서 호출자에게로 향했다.

성곽도시 과랄에서 렘의 임시 주인이 된 프리실라에게로.

2

성곽도시 과랄의 함락──몹시 어처구니없는 작전을 통해 결과적으로 최소한의 인적 피해로 도시의 공략이 완료된 지 이미 며칠이 경과했다.

다행히 도시의 혼란은 적으며 제국병의 지휘관인 지크르 오스만의 수완과 동생에게 족장을 양도해도 영향력이 흐려지지 않은 미젤다의 통솔력이 효과를 보인 모양새다.

제국병과 슈드라크의 충돌은 피했으며 이후에도 큰 다툼은 일어나지 않았다.

단, 두 사람의 영향력이 미치지 않는 범위, 원래 도시 주민들의 감정은 복잡했다. 물론 무기가 없다고는 해도 그들 역시 철혈의 규정을 신봉하는 제국민이라는 점은 똑같다.

당초, 거의 무저항으로 도시청사가 점거되어 실권을 빼앗긴 지크르와 제국병들에 대한 멸시는 강했다고 들었다. 단, 그런 불만의 목소리도 금세 사라졌다.

그 이유라는 것도──.

"더 상한 것에 따르는 것이 제국의 습속. 그렇다면 입만 산 자들보다 소녀의 행동에 의(義)가 있음은 누가 보아도 명백했던 것이겠지."

"그것은……."

"아니면, 고개를 조아려 폭풍을 버텨내고 바람이 그치면 망가진 가옥을 고치라고 목청 높여 외친다. 그런 자의 말에야말로 가치가 있나?"

"아무리 그래도, 극단적인 예라서 치사하다고 생각합니다."

단순히 선 곳이 다른 게 아니라 한 단계 위에서 상대를 보는 이의 말투. 도망칠 곳을 막는 방식에 렘은 조용히 받아쳤다.

그 대꾸에 한 박자 틈이 생겼다가 "크." 하고 희미하게 목이 떨리는 소리가 났다.

"소녀를 비겁하다, 그리 욕하는가. 과연, 어지간히도 목숨 아까운 줄 모르는구나, 렘."

"목숨이 걸려 있으면, 목숨 아까운 줄 모를 만도 하지요. 하지만 프리실라 씨는 그렇게까지 성급한 짓은 하지 않으실 분인 줄로 압니다."

"소녀를, 네 척도로 재겠다고?"

"안타깝지만 다른 잣대를 가지고 있지 않으니까요."

붉은 눈이 내려다봄에도 렘은 의연히 반론했다.

기억을 잃어 실감이 있는 과거가 없는 렘에게는 보는 것 전부가 신선하며, 일으키는 행동 전부가 미지의 체험이다. 그것이 결과적으로 상대의 역정을 살 때도 있겠지만, 그것을 지나치게 두려워해서는 한 걸음도 움직이지 못한다.

　적어도 눈앞의 여성 옆에 놓이고 며칠간, 렘은 죽지 않고 지냈다.

　따라서——.

　"흥, 건방진 소리를 하는군. 귀염성 없는 계집애가."

　이렇게 상대가 공세를 거두어 주리라 왠지 모르게 기대는 하고 있었다.

　때때로 이해가 닿지 않는 이유로 부조리를 저지를 때도 있지만, 기본적으로는 살벌한 발언에 비해 이성적인 여성. 그것이 렘이 느낀 소녀—— 프리실라에 대한 인상이었다.

　화려한 의자에 턱을 괴고 무릎 위에 책을 펼친 프리실라. 그렇게 궁전이나 대저택의 주인 같이 행동하는 모습이 잘 어울리는 소녀지만, 어디까지나 여기는 빌린 곳이다.

　현재 성곽도시에 체류하는 프리실라는 도시에서 가장 큰 저택을 접수하고 거기서 거주하며 유유자적한 나날을 보내고 있다. 저택은 도시청사를 제외하면 도시 내에서 가장 큰 건물로, 20~30명이 생활할 만한 넓이를 사치스럽게 낭비하고 있다.

　물론, 저택을 둘러싸고 본래 소유자와 말썽이 있었지만 그것은 제국의 방식—— 야만스러운 철칙으로 소량의 피가 흐르는 모양새로 결판이 났다.

　——그것은 다시 말해, 양측의 주장을 강요하기 위한 실력 행사.

　"＿＿＿＿."

　힐끔, 렘은 시선을 느껴서 방 한구석으로 의식을 돌렸다.

프리실라에게 불려 그 시중을 드는 입장인 자들이 모인 방에는 렘과 미소 짓는 슐트만이 아니라 또 하나의 인물도 모습을 보이고 있었다.

그것이야말로 시선의 주인이자 저택의 처우를 둘러싼 '결투'에서 검을 휘두른 인물──.

"──하인켈 씨."

"뭐냐."

"아뇨, 어쩐지 의미심장하게 저를 보던 것 같아서, 무슨 일이 있나 했습니다."

렘이 부르자 낮은 목소리로 대꾸한 남자가 거듭된 물음에 떨떠름한 표정을 지었다. 이어서 그는 자신의 붉은 머리를 거칠게 쥐어뜯었다.

"딱히, 프리실라 양에게 그런 말버릇이라 무서운 줄 모르는 계집애라고 기가 막혔을 뿐이다."

"목숨 아까운 줄 모른다는 말 다음엔 무서운 줄 모른다는 말씀입니까. 그런 것도 아닌데요……."

"내겐 그렇게 보였다는 것뿐이야. 꼬치꼬치 말꼬리 잡지 마."

작게 혀를 찬 남자는 렘의 대답에 머리를 긁던 손을 내저었다.

그 불타는 듯한 붉은 머리와 단련된 장신, 타고난 다부진 용모를 다듬지 않은 수염과 언짢은 표정으로 망치고 있는 것은 프리실라의 부하 중 한 명인 하인켈이라는 남자다.

렘과의 대화 후 성곽도시에 남기를 결정한 프리실라. 그 뒤, 원래 거점에서 프리실라에게 합류한 것이 이 두 사람, 하인켈과 슐트다. 여기에 그 투구를 쓴 남자──알을 더한 인원이 프리실라의 시종들, 인 셈이다.

"물론 지금은 렘 님도 저희의 동료입니다!"

"멋대로 떠들지 마, 꼬마. 이 여자는 프리실라 양의 적에 속한 계집애라고 하잖아. 우리 편이기는커녕 잠재적인 적이다."

"에엑?! 렘 님, 저희의 적이었습니까?!"

"으음……. 그건 보류하겠습니다."

동그란 눈을 화들짝 크게 뜨고 안절부절못하는 슐트의 물음에 렘은 그리 대답했다.

하인켈의 표현은 극단적이지만 렘의 복잡한 입장은 이를 부정할 수만도 없다. 기억이 없는 렘의 소속, 그것을 확정하기에는 자각도 정보도 부족했다.

물론 렘의 애매모호한 위치를 확정하는 데 가장 공헌한 건──.

"그 사람이……."

부과된 역할을 완수하기 위해 성곽도시를 떠난 흑발 소년── 나츠키 스바루의 존재가, 렘의 애매한 입장을 확고한 것으로 함을 알고 있다.

다만 그것을 순순히 받아들여 그의 말에 귀를 기울이지 못하는 것도 렘의 본심이다.

──스바루가 두른 끔찍한 독기, 그것은 그의 언행을 파악하는 데 큰 걸림돌이 되었지만 현시점에서 렘은 스바루의 말과 행동에 거짓이 있다고는 생각하지 않는다.

그래도 순순히 그를 다 받아들이지 못하는 것은 렘 자신의 불안정한 기반이 원인이다.

자기 자신이 누구이고, 나츠키 스바루와 다른 사람들과 어떤 관계에 있었는지.

그것과 마주 볼 수 없으면, 렘의 시간도, 멈춘 발도 움직이지 못한다.

자신의 존재를 확고한 것으로 하기 위해서 스바루와 마주 보고 싶은데, 스바루와 마주 보려면 자신의 존재를 확고한 것으로 만들어야 한다.

그것은 이미 출구가 없는 미로에 빠진 것만 같은 딜레마였다.

"상당히 골치를 썩이는 것으로 보이는군. 미간의 주름이 그 좋은 증거로고."

"그것은…… 사실입니다. 프리실라 씨의 조언을 실천할 생각입니다만, 그게."

"무어냐?"

"프리실라 씨의 말씀은, 늘 어려워서."

렘은 눈을 내리깔아 부끄러움을 숨기며 자신의 무식함이 이유라고 해명했다.

분명히 말은 하지 않지만 프리실라의 용어 선택은 난해하여 이해하기 어렵다. 아벨과 많이 닮은 성격──아니, 같은 성격이라고 할 수 있으리라. 아마도 이 말을 입에 담으면 프리실라에게도 아벨에게도 역정을 살 테니 구태여 말은 하지 않지만.

"조언? 조언이라니 무슨 소리지? 프리실라 양이, 이 여자에게 조언을?"

"그렇지 말입니다, 하인켈 님. 저는 알고 있습니다! 렘 님은 프리실라 님 곁에서 공부하고 계십니다! 그래서 프리실라 님의 신변 수발을 들고 있으니 저하고 똑같지 말입니다!"

"이게 다 뭔 소리야, 엉? 제정신이야, 프리실라 양? 그런 짓 해서 대체 무슨 이득이 있단 건데. 적만 키워줄 뿐이잖아."

자세한 사정을 듣지 못했던 눈치인 하인켈이 눈을 휘둥그레 떴다. 그는 단상의 프리실라에게 성큼성큼 걸어가서 입술을 뒤틀고 렘을 손가락으로 가리켰다.

"틀림없이 몸종 삼을 속셈으로 곁에 두고 있는 줄로만……. 우리 진영의 정보가 다 셀걸. 일부러 불리해지다니, 장난도 정도껏……."

"닥쳐라, 범부. 소녀에게 지시할 셈이더냐?"

"욱……."

"학습을 못 하는 남자로군. 너를 때릴 소녀의 손도 한가하지 않다. 서책의 페이지를 넘길 역할이 있지."

무릎에 놓은 책의 표지를 손으로 매만지는 프리실라의 말에 하인켈이 숨을 집어삼켰다.

그는 마치 검이라도 들이민 듯한 표정으로 한 걸음 두 걸음 뒤로 물러섰다. 그런 하인켈의 두려워하는 모습이 렘에게는 너무 호들갑처럼 느껴졌다.

물론 프리실라의 기량이 탁월하고 그 무력이 『구신장』이라 불리는 제국의 강자를 물리친 것을 다름 아닌 렘도 이 눈으로 지켜보았지만——.

"하인켈 씨도 크게 떨어지는 수준이 아니라고 생각합니다만……."

어디까지나 렘이 보기로, 라는 첨언이 필요하기는 하다.

하지만 이 저택을 접수할 때, 하인켈은 저택 소유자의 대리인을 맡은 검사 상대로 손도 쓰지 못하게 그 검을 빼앗아 목숨을 취하지 않은 채 승리를 거두었다.

흔해빠진 제국병은 다발이 되어도 그 세련된 검술에 당해내지 못하리라.

그럼에도 불구하고 이렇게나 두려워하는 모습은 과잉 반응의 극치로 느껴졌다.

물론 '자신' 이라는 것에도 초짜인 렘이다. 강자들에게 보이는 세상에는 렘 따위로는 들어서지 못할 안목이 있을지도 모른다.

어쨌든──.

"소녀가 그 소녀에게 주목한 것은 변덕의 일환일 뿐이다. 하나 척박한 토지에서 굶어 죽어가던 슐트를 거둔 것도, 여물지 않는 노력에 피를 흘리던 너를 불러낸 것도 다 소녀의 변덕이다."

"그렇지 말입니다! 저는 프리실라 님의 변덕 덕분에 살았습니다!"

"너는 그래도 되는 거냐……."

책 표지를 손가락으로 두드리고 호언하는 프리실라. 그 말에 렘은 어이없는 기분 반으로 압도되고 슐트는 기쁘게 자신의 행운을 뽐냈다. 하인켈도 직전의 긴장은 풀린 것 같지만 그래도 렘을 보는 눈에는 다소 경계가 남아 있었다.

무릇 가장 정당한 견해를 가진 것이 하인켈이라는 뜻이리라.

"그래서, 프리실라 씨, 저희는 무슨 용무로 불린 것이지요? 수발뿐이라면 하인켈 씨도 계시는 이유가 떠오르지 않아서요."

역할 분담이라는 의미로 말하자면 프리실라의 저택 생활 보필은 렘과 슐트로 충분히 분담이 되었다. 지팡이를 짚는 생활도 꽤 익숙해져서 단순한 집안일에 불안은 없다.

어쩌면 원래 그런 역할을 솔선해 담당하고 있었을지도 모른다.

그런 형식의 작업 분담이기에 하인켈이 나설 차례는 없다.

"애당초, 하인켈 씨는 무엇을 하는 사람인가요⋯⋯. 검을 휘두르고 있거나, 술을 마시고 있거나, 슐트 씨랑 놀고 있는 모습밖에 보지 못했습니다만."

"말해 두지만, 그 꼬마하고 놀아 줬던 기억은 없다."

"그렇지 말입니다! 하인켈 님께 자주 신세를 지고 있긴 하지만 제가 멋대로 다가가고 있을 뿐입니다! 항상 하인켈 님이 혼자 있으면 외로워 보이니까 외롭지 말라고⋯⋯."

"아아, 그랬었나요. 슐트 씨는 다정하네요."

"에헤헤헤이지 말입니다."

가슴에 움튼 의문이 해소된 렘이 슐트의 삐친 머리끝을 부드럽게 매만졌다. 무심코 이렇게 쓰다듬어 주고 싶어지는 것이 슐트의 신기한 매력이다.

도시 안도 생각하면 슐트 말고 촐랑촐랑 드나드는 우타카타도 쓰다듬어 주고 싶어질 때가 많다.

어쩌면 단순히 연하를 귀여워하고 싶을 뿐일지도 모르지만.

"젠장, 상대를 못하겠군. 프리실라 양! 얼른 방금 질문에 대답해 줘. 용무가 없으면 나는 술집에나⋯⋯."

"슬슬 도시를 떠난 자들이 마도에 도착할 무렵이겠지."

"아⋯⋯."

"상황이 움직인다 치면, 이 기회에 맞출 가능성이 높다. 정신을 바짝 차려 두어라."

팔걸이에 턱을 괸 프리실라의 장담에 공기의 습기가 바뀌었다.

하인켈의 표정이 날카로워지고, 렘도 가슴을 찔리는 감각을 맛보았다. 렘이 쓰다듬은 슐트만이 "알 님, 수고하십니다~." 하고 일행의 여행길을 위로하고 있었다.

──상황이 움직인다 치면, 하고 프리실라는 전제를 두었다. 하지만 여행길에 오른 스바루 일행의 목적이 목적이다. 좋든 나쁘든 반드시 어떠한 변화는 일어난다.

다만 프리실라의 말투는 도시에 남은 렘과 다른 이들이 마음을 다잡게 했다.

"이 기회에 맞추어 움직인다는 말은⋯⋯ 프리실라 양은 짚이는 구석이?"

"아니, 구체적인 것은 아니다. 그냥 소녀의 경험에 따른 것이지."

"경험, 말씀인가요? 그건 무슨⋯⋯."

"일이 크게 움직일 때는, 그때까지의 고요함이 거짓말처럼 느껴질 만큼 단숨에 움직인다. 마치 짠 것처럼, 쌓은 나무토막이 무너지듯 일제히 말이다."

프리실라의 그 설명에는 표현할 도리가 없는 설득력 비슷한 것이 있었다.

　궁극적으로 긴장을 풀지 말라는 지적이지만, 렘은 심호흡하고 다시 아래를 바라보았다.

　스바루 일행을 걱정한 나머지 가까운 곳을 소홀히 해서는 주객전도. 애당초 마냥 스바루만 염려하고 있다니 새삼 생각하면 아주 불쾌한 상황이 아닌가.

　"곁에 있든 없든, 성가신 사람이네요……."

　"렘 님? 괜찮습니까? 어쩐지 얼굴이 붉지 말입니다."

　"괜찮아요. 살짝 치밀었을 뿐이라서. 부글부글, 분노가."

　"화내면 좋지 않지 말입니다! 렘 님은 웃는 편이 멋집니다~!"

　슐트가 파닥파닥 손발을 흔들며 열심히 호소하자 렘은 눈꼬리를 내렸다.

　한편, 프리실라의 경고에 하인켈은 진지한 표정을 지었다.

　"프리실라 양, 할 말이 그뿐이리면 나는 가 보겠어."

　"마음대로 해라. 술독에 빠지는 것도, 나태하게 보내는 것도 네 자유다."

　"술이나 마실 기분이 아니야. 도시청사의, 그 뭉실뭉실한 머리의 지휘관하고 얘기 나누고 올 거야."

　하인켈은 짧게 대꾸하고 큼직한 걸음걸이로 방 밖에 나갔다. 떠날 때, 슐트에게 "긴장을 풀지 마." 하고 말을 남긴 등을 배웅한 렘은 프리실라 쪽으로 돌아섰다.

　"그래서, 프리실라 씨는 어떻게 하실 건가요?"

"소녀의 동정이 궁금한가."

"그건…… 그렇지요. 프리실라 씨가 하는 일 전부가 옳다고, 그렇게 여기는 것은 아니지만요……."

그래도 프리실라는 렘이 가지지 못한 지식이나 안목으로 일을 판단한다.

그것은 가진 것이 적은 렘에게 무엇을 택해야 할지 판단하기 위한 귀중한 재료다. 그, 어떻게 보면 무례하기 짝이 없는 렘의 말에 프리실라는 "후." 하고 웃었다.

"머리가 없는 인형이 될 생각은 없나. 그렇지 않으면 옆에 둔 의미도 없겠지."

"프리실라 씨?"

"앞선 질문의 답변이라면, 대비는 그 범부가 해 두겠지. 그 『장』과, 슈드라크의 민족도 그만큼 쓸 만하다. 그렇다면 소녀는……."

"프리실라 씨는……?"

살짝 숨을 집어삼킨 렘은 프리실라의 뒷말을 기다렸다. 렘 옆에서는 슐트가 자기도 모르게 기대감에 주먹을 움켜쥐고 주군의 답변을 기다렸다.

그런 두 사람의 시선에 프리실라는 날카로운 눈매를 가늘게 좁히고 말했다.

"목욕해야겠군. 꽃잎을 띄우고 향을 피우거라."

"엑……."

"무어냐, 두 번 말하게 하지 마라. 목욕을 하겠다. 속히 욕실을 준비해라."

프리실라가 손사래를 치며 렘과 슐트를 재촉했다.

뜬금없는 명령에 렘은 어리둥절하지만 슐트 쪽은 척 경례하고 대답했다.

"알겠지 말입니다! 바로 물을 덥히고 오겠습니다~!"

슐트는 기운차게 대답하고 곧장 힘차게 방을 뛰쳐나갔다.

그 모습을 아연히 배웅한 렘을, 책을 마저 읽기 시작하는 프리실라가 "렘." 하고 불렀다.

"너는 가지 않느냐? 슐트 하나에만 맡기면 온수를 대량으로 허비할 게다."

"슐트 씨를 도와드리긴 하겠습니다. 그런데 무슨 생각을 하고 계시나요."

"네 의심 깊은 성미는 강한 선입관이 드러난 것이기도 하군. 너, 소녀가 온갖 일들을 자유자재로 조종하는, 세계의 관람자라 여기기라도 하느냐?"

"그, 그 정도까지는 생각하지 않았습니다만……."

논리 정연한 타이름에 렘의 추궁이 기세가 꺾였다.

그런 렘의 모습에 코웃음을 친 프리실라는 "잘 들어라." 하고 말을 이었다.

"이 세상 모든 것은 소녀에게 편리하게 이루어져 있다. 하나 그것은 모든 것을 소녀 뜻대로 따르게 한다는 의미가 아니다. 그런 지루함을 바랄 턱이 없지."

"생각대로 되는 것은 지루, 한 것인가요?"

"일어나는 모든 것이 의도대로라면, 내일을 맞이할 의미가 어디에 있나. 렘, 너는 자신이 태어날 때부터 모든 것이 끝난 세상을 바라느냐?"

프리실라의 물음에 렘은 입을 다물고 침묵했다.

프리실라의 말은 또다시 난해하지만 이야기의 진의는 가까스로 이해할 수 있다. 바라는 것과 같은 나날을 보낸다 함은, 새로운 일이나 미지와 마주치지 않음을 의미한다.

그리고 그것은 프리실라에게 바람직한 일이 아니라는 말이다.

그러나──.

"그것은, 무엇 하나 잘하지 못하는 저에게는 사치스러운 거절입니다."

자신의 과거를 잃은 렘은 지금 현재의 한심한 자신으로부터 탈각하기를 바라고 있다.

아무것도 생각대로 되지 않는 상황에 고통받는 렘에게 생각대로 되지 않는 것을 즐기는 프리실라의 자세는 이해할 수 없는 것이었다.

만약 그 때문에 프리실라가 재미없는 계집애라고 단념한다고 해도.

"너더러 소녀와 똑같이 되라고도, 같은 것을 바라라고도 생각지 않는다. 마음대로 하여라."

하지만 비장한 각오까지 품은 렘의 발언에 프리실라의 반응은 예상 밖으로 부드러웠다.

렘이 눈을 동그랗게 뜨자 프리실라는 손이 가는 개라도 바라보는 눈빛으로 말했다.

"세계는 그저, 있는 그대로가 아름답지."

고요한 프리실라의 중얼거림에는 에누리 없는 본심이 담긴 것처럼 느껴졌다.

그리 느꼈다가, 렘은 자신의 생각을 어처구니없다고 부정했다. 왜냐면 그것이 에누리 없는 본심이라면, 너무나도 규모가 크니까.

프리실라가 너무나 큰 것을 사랑하고, 아끼고 있다는 뜻이 된다.

"소중히 아끼는 건, 프리실라 씨의 인상과 정반대고요……."

"무슨 말을 했느냐?"

"아뇨, 별 대단한 말은…… 그저."

느릿느릿 고개를 가로저은 렘, 그 흉중의 애매한 기분은 살짝 흐려져 있었다.

전부 갠 것은 아니지만 직전의 먹구름 같은 기분은 사라졌다. 그렇게 렘이 자기 분석에 일단락을 지었을 즈음——.

"와와와~이지 말입니다! 더운물이, 더운물이 넘쳐서! 빠, 빠져 버리지 말입니다~!!"

저택 욕실 쪽에서 절박한 슐트의 절규가 들렸다. 아니나 다를까 싶은 상황에 빠진 슐트를 떠올린 렘은 고개를 들었다.

프리실라와 눈이 마주치자 그 하얀 턱이 '가라.' 하고 명령했다.

"저는, 프리실라 씨의 생각대로는 되지 않아요."

"하지만 슐트의 비명을 무시하지도 못하겠지. 봐라, 소녀가 이겼다."

시키는 대로 따르는 것이 아니라는 렘의 사소한 저항은 덧없이 스러졌다.

그 이상의 항변을 하기에는 슐트의 안부가 지나치게 위태로웠기에.

3

"우우~ 또 실패하고 말았습니다……. 저는 정말로 못 써먹겠지 말입니다……."

슐트는 분홍색 머리카락이 삐친 머리를 느릿느릿 내저으며 터덜터덜 길을 걸었다. 그 작은 머릿속에는 한심한 자신에 대한 처량함이 휘몰아치고 있었다.

──아직 어린 슐트는 자신의 평생 주인을 단 한 명이라 이미 결정지었다.

가난한 마을에 태어난 슐트는 그 해의 무거운 징세에 입을 줄이려 집에서 쫓겨나서 길가에 굶주리다 죽어야 했다. 공복과 갈증으로 흙탕물을 마시며, 그것이 인생 마지막 식사가 될 뻔했던 슐트를 구한 것은 그곳에 지나가던 눈부신 태양──.

그, 세계 전부를 불태울 것만 같은 삶의 방식에 구원받아 지금의 슐트가 존재한다.

그렇기 때문에 슐트는 자신이 가진 모든 것과, 앞으로 가질 모든 것을 큰 은혜를 입은 주인에게 바칠 요량이다. 그런데도──.

"조금도 도움이 되지 못해서, 자기 자신이 싫어집니다……."

자기 딴의 깊은 한숨, 그조차도 남들보다 폐활량이 약하게 느껴지는 꼬락서니. 아까도 지시받은 욕실 준비도 뜻대로 못한 채 호들갑 떨며 쩔쩔맬 뿐.

아직 프리실라를 섬긴 지 얼마 되지 않고, 더구나 다리까지 불편한 렘에게 폐를 끼쳐서 말도 아니다.

"프리실라 님도 알 님도, 초조해하며 바뀌지 않아도 된다고 말씀해 주십니다만……."

자상한 프리실라와 도량이 넓은 알이 그렇게 위로해 주는 마음씨는 기쁘다.

하지만 슐트는 그런 두 사람에게 아무것도 보은하지 못하는 자신이 싫다. 그 점에서 두 사람과는 다른 관점으로 접해 주는 하인켈에게 슐트는 무척 감사하고 있었다.

알에게 배운 검의 연습도, 방식이 다르다고 가르쳐 준 것은 하인켈이다. 덕분에 전보다 살짝 알통 부분이 딱딱해진 느낌이다.

"하루 연습하고, 5일 휴식하는 알 님의 방식보다, 매일 계속하는 하인켈 님의 방식 쪽이 저의 적성에 맞지 말입니다. ……알 님에게는 비밀입니다만."

어쨌든 그런 성장의 조짐도 있어 슐트는 살짝 우쭐하고 있었다. 그것이 아까 물을 데울 때의 대실패로 연결된 것이라고 슐트는 크게 반성했다.

지금쯤 더운물을 다시 채운 욕실에서 렘이 프리실라의 목욕을 돕고 있을 때일까. 렘은 뭐든지 할 줄 알아 존경할 만한 사람이라고 뼈저리게 느낀다.

"마치 야에 님 같지 말입니다. ……야에 님, 건강하게 계실까요……."

문득 슐트의 뇌리에 되살아난 것은 이전 프리실라 밑에서 일하던 기운차고 밝은 메이드 야에 텐젠이라는 여성이다.

프리실라의 수발을 담당하고 알과도 늘 즐겁게 대화하며 슐트에게도 친절히 대해 준 그 여성을, 슐트는 아주 좋아했다.

그러나 그녀는 어느 날 가족에게 불행이 생겼다며 갑자기 저택의 일을 그만두고 고향으로 내려가 버렸다. 슐트는 인사할 틈도 없어서 아주 서운했다. 마지막에 배웅한 알의 이야기로는 슐트에게 안부 인사를 전했다고 한다.

어쩌면 렘은, 프리실라의 시종으로서 야에의 후임이 될지도 모른다.

자상하고 노력가인 렘이 그렇게 되면 슐트로서도 아주 기쁘다. 프리실라와도 사이좋고, 분명히 렘도 즐겁겠지.

무엇보다──.

"프리실라 님과 함께라면 다들 듬뿍 행복해지니까요."

다름 아닌 자신의 실제 체험이 슐트에게 프리실라의 존재 크기를 설명케 했다.

렘도 여러 가지로 고민이 많은 나이인지 울적하게 생각에 잠겨 있을 때가 많다. 그렇게 고민하는 어두운 표정도 프리실라라는 태양이 눈부시게 걷어 줄 것이라 믿는다.

"아, 슈 왔다."

"으음! 이지 말입니다!"

그런 마음을 품고 고개를 들었다 내렸다 하던 슐트가 발길을
멈추었다.

길 앞, 슐트를 손가락으로 가리키는 것은 흑발 끝을 분홍색으
로 물들인 어린 소녀다. 옆에는 한 청년을 대동하고 있었는데,
그 청년도 슐트를 알아채자 "안녕." 하고 밝은 소리를 냈다.

"거기 있는 것은 집사 군이잖아. 그 공주 군은 같이 있지 않나
보구나."

"프리실라 님은 저택에서 편히 지내십니다, 플롭 님. 우타카타
님과 같이 산책 중이십니까?"

"우, 님이라고 불리는 적 드물어. 재미있다."

부드럽게 미소 짓는 청년——플롭이 슐트의 질문에 "그러는
중이야." 하고 끄덕였다. 그 옆에서는 우타카타라는 소녀가 볼
에 손을 짚고 슐트의 호칭에 감개 깊은 내색이다.

플롭과 우타카타 둘과는 슐트도 이 과랄에서 처음 알게 된 관
계다. 들은 이야기로는 플롭은 도시에서 도시로 여행을 하며 장
사하는 행상인이고, 우타카타는 『슈드라크의 민족』이라는 부
족의 전사라는 모양이다.

둘 다 당당히 자부할 면이 있는 사람들로, 그 어엿함이 지금은
눈부시다.

"어이쿠? 왠지 안색이 어두운걸, 집사 군. 혹시 고민이 있어?"

"에엑?! 괴, 굉장하지 말입니다! 플롭 님, 아시겠습니까?!"

"응, 당연히 알고말고! 여하튼 웬만한 사람이라면 다 고민이 있
거든! 놀랍게도 고민이 없어 보이는 우리 여동생에게도 있지!"

"미디, 고민 없어 보였어."

"있단 말이지! 놀랍지?!"

명랑하고 기운차게 웃는 플롭의 태도에 슐트도 어쩐지 기분이 밝아졌다.

플롭도 프리실라와 똑같이 주위를 밝게 하는 태양 같은 사람이다. 분명히 플롭 주위에는 알록달록한 꽃들이 많이 피겠지.

"어쩐지 꽃밭의 왕자님 같지 말입니다."

"하하하, 왕자님 같이 거창한 사람이 아니야. 난 단순한 일개 행상인이고말고! 그래서 집사 군, 어떤 고민을 품고 있어? 나에게 얘기해 보면 어떨까!"

"괜찮겠습니까? 산책 중이라시던 게……."

플롭이 물어보자 슐트는 그와 함께 산책하던 우타카타를 보았다. 그러나 우타카타는 조금도 싫은 내색 없이 고개를 가로저었다.

"우, 심심했었어. 플이랑 같이 노는 것도 지루했으니까 슈의 고민 들을래."

"그랬었구나. 아차차, 심심풀이라고 여기지 말아 주게나. 어떤 고민도 고민하는 본인에게는 중대사지. 그러니까 착실하게 들어 주고말고."

플롭이 그다지 다부지지 못한 가슴을 두드리고 슐트와 우타카타 둘을 길 옆, 거기에 있는 화단으로 데려가서 셋이 사이좋게 나란히 경계석에 앉았다.

슐트는 과감하게 한심한 자신의 실패담을 둘에게 상담했다.

"프리실라 님을 위해서 더 노력하고 싶은데 잘 안 되지 말입니다. 플롭 님과 우타카타 님은, 어떻게 지금의 어엿한 자신이 될 수 있었던 것입니까?"

"오호라, 과연. 어떻게 지금의 자신이 될 수 있느냐라……. 철학적인걸!"

"철학……. 그런 것입니까……."

웃는 플롭의 대답에 슐트는 배우지 못한 면학의 기적을 느끼고 대비했다. 그 철학이란 단어에 몸이 굳은 슐트 옆에서 우타카타가 쓱 손을 들었다.

"우가 우가 된 것은, 마가 우를 낳았기 때문."

"마, 말입니까? 그것은 어느 분이지 말입니까?"

"우의 어머니! 타하고 사이가 좋았다. 하지만 자기가 자기를 찔러서 죽었어."

"그, 그런 것입니까……."

허공에 뜬 다리를 파닥거리면서 우다카타가 어너니의 죽음을 이야기했다.

신경 쓰지 않는 태도지만 예상 밖의 내용을 들은 슐트 쪽은 놀랐다. 우타카타를 사이에 끼고 반대쪽에 앉은 플롭이 그 머리를 다정하게 쓰다듬었다.

"그런가, 어머님께서 그런 일이. 그건 큰일이었겠어, 우타카타 양."

"우보다 타 쪽이 큰일이었다. 우는 미하고 모두들 덕분에, 아주 멀쩡."

"그러게 말이야, 확실히 우타카타 양은 아주 어엿하게 자랐고 말고. 분명히 어머님도 그 사실을 기뻐해 주고 있겠지."

"응──? 마는 죽었으니까, 기뻐하지 않아. 플, 이상한 소리 한다."

플롭이 머리를 쓰다듬는 손길을 받으며 우타카타는 이상하다는 표정을 지었다. 다만 플롭의 손길은 싫지 않은지 그의 손을 막으려 하진 않았다.

우타카타의 그런 반응에 플롭이 파란 눈을 조용히 반개했다.

"자, 우타카타 양의 답변은 아주 좋았어. 실제로 어떻게 지금의 자신이 되었느냐는 얘기를 하면, 나도 같은 답변을 하겠다 싶은걸."

"같은 답변……. 그러면 플롭 님도 우타카타 님과 같은 식으로 슈드라크 분들에게 키워진 것입니까?"

"그렇다면 나에게는 가족이 많이 있어서 기쁘겠네! 하지만 내 가족은 여동생 미디엄 말고는 이미 죽은 사람들밖에 없어. 참 쓸쓸하게도 말이야."

"그런, 것입니까."

전반은 평소와 같은 가락으로, 후반은 약간 어조를 낮춘 플롭. 그에게도 우타카타에게도 아주 무신경한 질문을 하고 말았다고 슐트는 또다시 낙담했다.

슐트도 자신을 버린 가족을 즐겁게 이야기하기는 어려운데.

"그렇게 자신을 탓할 것은 없어, 집사 군. 앞으로 배워 가면 돼. 그거야말로 아까 내 답변에서 이어지는 거지만."

"아까…… 우타카타 님과 같은 답변, 이라는 것 말입니까?"

"그렇고말고. 우타카타 양과 같다는 건 말이야. 나도 주위에 있던 사람의 영향을 받아 지금의 이런 내가 되었다는 점이야."

플롭이 두 팔을 펼치고 지금의 자신을 당당히 내보이듯 웃었다.

그 명랑한 웃음과 남을 안심시키는 목소리, 양쪽 다 플롭의 플롭다움에 통하는 중요한 요소다. 그것도 남에게 영향을 받아 길러온 능력일까.

"그 옛날, 나와 동생은 아주 끔찍한 환경에서 생활했었는데 말이야. 고아들을 모아서 기르는 시설이었지만, 음식은 적게 주지, 일해도 돈은 받지 못하지, 그 시설의 어른들은 무슨 일만 있으면 금세 아이들을 때렸어. 끔찍한 곳이었지."

"끄, 끔찍한 곳이지 말입니다……! 그런 곳, 어떻게 하면 되지 말입니까?!"

"우라면 불 지른다."

"불 지르지 말입니다!"

"하하하, 그것도 좋은 발안이었을지도 모르겠네. 하지만 그렇게 되지 않았었어."

플롭의 가혹한 과거에 슐트도 우타카타의 화공 작전을 응원한다. 하지만 두 사람의 대답에 웃은 플롭은 이미 그 과거를 넘어선 뒤였다.

"뭐, 불 지르는 것과 비슷한 점은 있었을까! 그런 짓을 해서 구해준 것이 우리의 은인이고, 이미 죽어 버린 나와 동생의 가족이지만."

"구해 주었다…… 말입니까. 그것은 참으로 다행이지 말입니다."

"이해하겠어? 집사 군."

"이해하지 말입니다. ……저도, 프리실라 님께 도움을 받았으니까요."

자기 가슴에 손을 짚고 뼈와 가죽만 남은 몸이 아니라는 사실을 손끝으로 느낀다. 그것이 슐트가 오늘까지 프리실라에게 받은 것의 증거다.

슐트가 씩씩하게, 강하고 건강하고 어엿해질수록 그날 프리실라가 한 행동이 틀리지 않았다고 증명할 수 있다. 프리실라에게도 후회를 주지 않을 수 있다.

그런 슐트의 붉은 눈에 어린 광채에 플롭은 살짝 웃고 말했다.

"나도 대강 비슷한 감정을 품었지. 그러니까 나도 나의 큰 목표를 이루기 위해서 애쓰고 있어. 길은 몹시 험난하지만, 포기하지 말고 나아갔으면 하네."

"포기하지 말기를 바랍니다! 아! 하지만 조금 더 구체적으로 가르쳐 주셨으면 합니다. 플롭 님은 어떻게 애쓰고 계십니까?"

"응, 그렇지. 여러 가지로 생각해 봤지만…… 여기선 한 번, 내가 아니라 내 동생 얘기를 해 보자. 나보다 키가 듬직하고, 한 싸움 하는 건강한 동생 얘기를."

"오오—이지 말입니다!"

플롭이 크게 손을 뒤로 올린 것은 화제에 오른 동생이 그만큼 큰 사람이기 때문일까.

그가 활달하게 이야기하는 동생분 말이지만, 슐트는 직접 본인과 만난 적이 없다. 프리실라가 불러서 과랄에 왔을 때, 플롭의 동생은 이미 여행길에 오른 다음이었다.

"미디, 크고 강하다. 미도 감탄했었어."

"무엇보다 목소리가 크고 기죽지 않는 점이 장점이지. 물론 한싸움 하는 것도 오라비인 나로서는 어깨가 으쓱한 점이고! 강해지기 위해서 노력했거든."

"강해지기 위해서…… 말입니까! 존경하지 말입니다!"

분명히 강해지기 위해서 긍정적으로, 향상심을 잃지 않고 노력했으리라.

의욕을 유지하며 노력하는 것, 그것이 상승의 요령일지도 모른다고 슐트가 받아들이려 했다. 그러나 플롭은 "아니, 아니." 하고 어깨를 으쓱했다.

"그렇게 생각하지? 하지만 그런데 맙소사! 미디엄이 강해진 것은 좀 더 비관적인 이유거든."

"비, 비관적 말입니까? 그것은 어떤?"

"응, 간단한 거야. ──미디엄은 말이지, 내가 어른에게 맞았을 때, 내 상처를 내내 살살 어루만지고 있었어."

눈꼬리를 내리고 과거를 그리워하며 플롭이 이야기했다.

어조는 온화하나 정작 내용과의 낙차에 슐트는 곤혹스러워했다. 맞은 상처를 어루만졌는데, 그것이 강해진 계기라고 해도 느낌이 딱 오지 않는다.

"맞다니 불쌍합니다. 상처를 어루만지는 동생분은 아주 착하실 것 같습니다. 하지만 플롭 님은 어쩌고 계셨습니까?"

"나 말이야? 나야 웃고 있었지. 미디엄의 마음이 기뻤고, 내가 웃지 않으면 내가 감싼 미디엄이 걱정할 테니까."

"_____."

"그러니까 내가 끝내 감싸지 못하고 처음으로 어른에게 맞았을 때, 미디엄은 진심으로 놀랐어. 맞은 상처를 만지면 아파. 낫거나 아픔이 없어지진 않지. 아주 안타깝게도."

플롭은 느릿느릿 고개를 젓고 섭섭하게 대답했다.

플롭의 대답에 눈치가 없는 슐트도 비로소 그의 진의를 이해했다. 그의 동생이 어째서 강해지자고 포기하지 않고 뜻을 세웠는지도.

"아픈 것이 싫다면, 당하지 않게 할 수밖에 없다. 미디, 그렇게 생각했어?"

"뭐, 그런 거지! 우리 동생인데도 참 단순하고 좋은 답이야. 덕분에 미디엄이 강해져서 우리 남매의 여행은 안전해졌단 거지!"

과장스럽게 웃는 플롭의 모습이 슐트에게는 살짝 다르게 보였다.

밝은 것만이 아니라 자랑스럽게 보인다. 분명히 플롭은 마음속 깊이 동생을 자랑스럽게 느끼는 것이다. 그것이, 무척 부럽다.

"저도 플롭 님의 동생분처럼 강해지고 싶습니다……!"

"그 말을 들으면 꼭 미디엄도 기뻐할 거야. 아니, 쑥스러워할지도 모르겠군. 누군가의 견본이 되는 경험은 별로 없을 테고, 그것도 아주 즐겁겠어."

조막만 한 손을 꽉 쥐는 슐트의 말에 플롭이 웃으며 보증을 찍어 주었다.

두 사람의 대화를 들으면서 우타카타가 "슈?" 하고 슐트를 바라보았다.

"강해지고 싶으면, 우랑 같이 활 연습할래?"

"활, 말입니까? 하지만 저는 검 연습도…… 아니, 하지 말입니다! 양쪽 다 하지 말입니다! 그러는 편이 두 배로 강해집니다!"

"양쪽 다 성취해 내면 당연히 그리되고말고! 영특해!"

두 손을 하늘로 쳐들고 열의를 불태우는 슐트의 선언에 플롭이 동조했다. 그렇게 같이 훈련하자는 약속에, 우타카타도 콧방울을 부풀리고 가슴을 폈다.

우타카타는 등에 진 활을 슐트에게 보여주며 말했다.

"우도 슈처럼 노력하고 있다. 타 같은 달인이 될 거다."

"그, 타 님과도 만나고 싶지 말입니다. 우타카타 님은 어째서 활의 달인이 되고 싶은 것인지 말입니까?"

"마가 말했다. 여행자, 우가 활로 죽이기 위해."

"과연 알겠지 말입니다. ……말입니다?!"

생각했던 것보다 과격한 답변이 나와 슐트의 이해가 한순간 늦어졌다.

여행자를 죽이기 위해라고 들렸지만 그것은 대체 무슨 의미인가. 자세한 사정을 물어도 될 문제인가, 아까 반성한 직후의 슐트는 고민했다.

──그렇게 고민하는 중에, 캐물을 시간은 사라졌다.

"집사 군, 우타카타 양!"

"플?"

갑자기 표정을 바꾼 플롭, 그는 앉아 있던 경계석에서 주룩 내려오더니 눈이 동그래진 슐트와 우타카타의 손을 잡고 슬쩍 끌어당겼다.

무심코 놀라서 지면에 내려선 슐트와 우타카타, 그 둘에게 플롭은 끄덕이고 말했다.

"어쩐지 하늘의 느낌이 위험해졌어! 좀 황급히 도망치자!"

"하, 하늘 말입니까?! 으음, 갑자기 그러셔도 뭐가 뭔지……."

모르겠다고 말을 이으려던 슐트, 그 뒷말이 또다시 막혔다.

하지만 그것은 플롭도 우타카타도 아니라, 다른 일이 원인이었다.

"―――."

플롭의 말에 정신을 못 차리며 하늘을 쳐다보던 슐트도 그것을 알아챈 것이다.

하늘 저 너머에서 도시로 다가오는 위협적인 무리를 목격하고.

"비룡이다."

그렇게, 확신을 품은 플롭의 음색은 그답지 않을 만큼 긴장이 서려 있었다.

――공교롭게도 그것은 멀리 떨어진 땅에서 『대재앙』이 넘쳐 나온 것과 같은 시간의 일이었다.

4

　하늘 저 너머의 이변이 목격되었을 때, 하인켈의 모습은 도시 청사에 있었다.

　프리실라의 예언 같은 전조 이야기. 그 소녀에게 미래를 예지하는 힘이 있다고는 생각지 않지만, 하인켈은 저런 파격적인 존재가 지닌 통찰력을 얕잡아 볼 것이 아님을 알고 있다.

　프리실라만이 아니라 특별한 힘이나 숙명을 진 이들은 일반인과는 눈높이가 다르다.

　눈높이가 다르다 함은, 다시 말해 보이는 경치가 다르다는 뜻이다. 더 멀리까지, 일반인에게는 보이지 않는 것을 내다보는 그들과 일반인──아니, 범용한 인간은 결코 이해를 공유할 수 없다.

　그것을, 하인켈은 40년 약간 넘은 인생으로 쓰라리도록 통감해 왔다.

　따라서 자신은 이해할 수 없다고 해서 무턱대고 부정하는 짓은 하지 않는다.

　프리실라의 말을 헛소리라 잘라내지 않고, 도시청사로 발길을 옮긴 것도 그것이 이유였다.

　거기서 마침 성곽도시의 이후 방침을 세우던 두 사람──지크르 오스만과 미젤다와 합류하여 프리실라의 염려를 전하고 대화를 기다리고 있었다.

　그리하여──.

"————."

맨 처음 그 이변을 깨달은 것은 어떠한 직감으로 뒤돌아본 미젤다였다.

성곽도시를 공략할 때의 싸움에서 그 한쪽 다리를 잃었다고 들은 슈드라크의 전 족장은 무릎 아래를 잃어버린 오른쪽 다리에 지팡이 끝부분 같은 봉을 부착해 다리 대용품으로 삼고 있다.

걸을 때마다 지팡이를 짚는 듯한 소리가 울리지만 이때도 똑같이 높은 소리가 울려 퍼졌다.

눈의 인상이 강한 미젤다의 미모. 그 옆얼굴이 긴장된 순간, 같은 자리에 있던 하인켈과 지크르는 동시에 이변을 깨달아 같은 방향을 보았다.

그 순간 하늘 너머에서 밀려드는 검은 점을 보고, 지크르가 중얼거렸다.

"비룡의, 무리."

그렇다. 하늘을 가득 메운 믿기 어려운 위협의 접근을.

"큭! 지크르! 병사들에게 알려라! 나는 슈드라크를 움직이겠다!"

그 즉시 절박한 사태를 깨달은 미젤다가 지크르의 완만한 어깨를 세게 밀고 무시무시한 기세로 계단을 향해 뛰어가 동료에게로 달려갔다.

높고 날카로운 미젤다의 발소리에 고막을 얻어맞은 지크르도 표정을 다잡았다.

"종을 쳐라! 적이다! 하늘에서 습격이다!"

그렇게 외치며 측근을 재촉하자, 성곽도시 전체에 위기 상황을 알리는 종이 울렸다. 종소리를 들으면서 하인켈도 크고 날카롭게 혀를 찼다.

프리실라의 염려가 맞았다. 그것도 준비를 시작하기 직전인 최악의 순간에.

"하인켈 님! 프리실라 양은……."

"프리실라 양이라면 저택에 있다. 무슨 일이 일어날 거라고는 예측했어. 금방 움직이기 시작하겠지."

뒤돌아보는 지크르에게 대꾸한 하인켈은 하늘의 적영을 돌아보았다.

불과 몇십 초 만에 명백하게 짙어지고 더 커진 그것은 어마어마한 속도로 도시로 육박하고 있다. 이미 한시의 유예도 없다.

"습격이라 치고, 공격자에 짚이는 바는?"

"저 비룡의 수, 심상치 않습니다. 비룡 기수를 저렇게까지 동원할 수 있는 전력은 제도에도……. 그리된 이상, 가능성은 하나뿐."

"그러니까, 그 가능성은 대체 뭐냐고!"

에두르는 지크르의 말에 시간이 축나는 하인켈의 말투가 거칠어졌다.

하인켈의 추궁에 지크르는 한 박자 띄웠다가 말했다.

"『비룡장』 마델린 에샬트…… 그자는 비룡을 조종합니다. 즉."

"빌어먹을, 『구신장』인가……!"

익히 들은 이름이 나오자 하인켈이 머리를 쥐어뜯었다.

제국의 내부 사정에 해박한 것은 아니지만, 하인켈도 일단 루그니카 왕국의 근위기사단 부단장이다. 입장상 다른 나라의 정보에 관해서도 일반보다도 훨씬 지식이 많다.

　제국이 지닌 최고 전력, 『구신장』의 이름과 이명 정도는 들은 적이 있었다.

　전원이 다 상식 밖의 실력을 가진 일기당천의 전사라고 하며, 왕국에서 그자들과 제대로 겨룰 수 있는 것은 근위기사단장 마코스를 비롯한 최고 전력뿐.

　나머지는 물론, 왕국 최강의 『검성(劍聖)』이지만——.

　"라인하르트에 비길 만한, 터무니없는 놈이 있단 소리가 있지 않냐고……."

　볼라키아 제국 최강의 검사는 라인하르트에 뒤지지 않는 실력자라고 들었다.

　당연히 『구신장』에도 실력 차이는 있겠지만 하인켈에게는 충분하고도 남는 악몽이었다.

　애초에 하인켈은 제국 같은 곳에 올 생각은 추호도 없었다.

　프리실라가 볼라키아로 간다고 멋대로 결정하는 바람에 어영부영 끌려오는 처지였을 뿐이다. 이 성곽도시의 존망에도 아무 흥미가 없다.

　하지만——.

　"프리실라 양의 비위를 상하게 할 수는 없어……. 프리실라 양이 왕이 되어도, 내가 내쫓기면 의미가 없어."

　변덕스러워서, 궁극적으로는 무슨 생각을 하는지 모르는 것이 프리실라다.

지금은 우연히 하인켈을 수중에 두고 있지만 쓸모 있는 모습을 보여주지 못하면 언제 팽개치더라도 이상하지 않다. 그런 사태만은 절대 있어서는 안 된다.

현재 프리실라는 하인켈이 매달릴 수 있는 유일하고도 마지막 동아줄이므로.

"꾸물대고 있을 겨를은 없어. 비룡 무리를 내쫓는다. 지크르, 너는 지휘에 전념해!"

"그럴 생각입니다만, 하인켈 님은 어쩌시려는지?"

"나는, 마음대로 해 보련다."

지크르와 미젤다하고 다르게 하인켈에게는 이끄는 병사도 동료도 없다.

가령 있다 쳐도, 근위기사단 부단장이란 직함은 장식이다. 용병술 기초 같은 것은 먼 옛날에나 배웠을 뿐이고, 애초에 아무도 하인켈의 지시는 듣지 않겠지.

그러니까 하인켈이 할 수 있는 일이라곤 처음부터 하나뿐이다.

"————."

그리 결단한 직후, 하인켈은 지크르의 대답도 듣지 않고 도시 청사의 발코니로 뛰어가서, 거기서 다시 눈 아래 도시로 뛰어내렸다.

높은 건물 지붕에 발끝을 걸고 옥상을 박차며 달려서 다시 다음 건물로. 바람을 받으면서 도약을 반복해 가는 곳은 도시를 둘러싼 성곽이다.

비룡 무리가 오고 있는 서쪽 하늘, 그쪽에 우뚝 선 성벽에 착지하고 숨을 고른다.

이미 도시에는 적의 습격을 알리는 경종이 울리고 도시 이곳저곳에 사람들의 혼란과 그것을 진정시키며 피난을 촉구하는 경비병의 노호가 뒤섞이고 있었다.

"아아, 빌어먹을."

공기 냄새가 명백하게 바뀌고 혀 위의 침 맛이 씁쓸해졌다.

전장의, 피와 강철의 기척이 접근함에 따라 하인켈은 귓속에서 킹— 하고 높은 소리가 울리는 환청을 듣는 처지가 되었다.

하인켈 말고도 서쪽 성벽으로 제국병이 달려온다.

지크르의 추측이 맞으면 쳐들어온 것은 『구신장』. 제국 일장의 지위에 있는 상대에게 저들은 어떤 각오로 맞서는 것일까.

같은 깃발 아래에 모이는 입장임에도 거기에 위화감을 느끼지 못하는가. 아니면 싸울 수만 있으면 그걸로 괜찮은가. 싸우고 죽을 수 있으면 그걸로 만족하는가.

"젠장, 젠장, 젠장, 이놈이고 저놈이고 빌어먹을 놈들……."

부글부글, 가슴속에서 끈적끈적하고 거무칙칙한 열이 온몸에 흘러든다.

심장에서 시작되어 내장과 하복부를 둘러싸고, 팔다리 끝에, 손끝에 전해지는 그 어둠색 열을 맛보면서 하인켈은 삐걱거릴 만큼 이를 짓씹었다.

그 손이 천천히, 허리에 찬 검—— '아스트레아'라는 이름이 달린 그것으로 뻗더니, 하인켈은 칼자루를 세게 움켜쥐었다.

그리고――.

"다 뒈져 버려, 망할 놈들아!!"

참기 어려운 분노를 뱉어내듯이 울부짖으면서 하인켈의 검이 번뜩이고, 물어뜯으려 활공하는 비룡의 굵은 목이 피를 뿜고 힘차게 날아갔다.

5

――비룡 무리의 습격에 성곽도시의 평화는 찢어졌다.

울려 퍼지는 경종과 정신없이 도망치는 사람들의 절규, 그것들이 절묘하게 음산히 겹쳐서 과랄은 아비규환이 지배하는 지옥으로 변했다.

서쪽 하늘에서 대거 밀려오는 비룡의 군세, 거뜬히 수백은 될 그것들의 위협은 도시 사방을 지키는 성벽이 지탱해 온 주민의 안심감을 때려 부순다.

강력한 마석포의 파괴력에도 견딜 수 있는 성벽. 그 절대적인 방비에 약점이 있다고 하면, 그것은 곧 큰 벽조차 뛰어넘을 수 있는 적의 존재이다.

성벽을 성큼 넘어오는 존재거나, 혹은 성벽을 날아서 넘는 하늘의 지배자.

그야말로 성곽도시는 이날, 최악의 난적에 습격받았다고 해도 과언이 아니었다.

"——이건, 아주 좋지 않군."

비명이 메아리치는 대로를 피해 골목에서 밖을 엿보던 플롭은 눈썹을 모았다.

하늘 저편에서 비룡의 존재를 발견한 지 몇 분, 사태는 급전하듯 악화되어 성곽도시는 잠시 동안의 평온을 잊고 다시 며칠 전과 같은 전장으로 도로 끌려왔다.

단, 이번 싸움은 이전보다 더 나쁘다.

"남편 군은, 가능한 한 피해를 내지 않게 하려고 했었는데……
아무래도 이번 상대에게는 그런 배려가 없어 보여."

여장이라는 대담한 수단을 사용해 도시의 '무혈입성'을 목표로 한 스바루.

그 목표는 예기치 못한 난입자 때문에 실패로 끝났지만, 그래도 다른 계획보다 피를 적게 흘리며 끝났다. 성곽도시 주민이나 막하에 들어온 제국병들의 감정이 극단적으로 악화되지 않은 것은 틀림없이 스바루의 공적이라고 플롭은 생각했다.

그러나 이번 적에게 그런 신사적인 배려는 일절 기대할 수 없을 것 같다.

"히윽."

어마어마한 굉음과 땅을 흔드는 충격에 플롭 옆에서 슐트가 비명을 질렀다.

무리도 아니다. 그 정도로 비룡을 거느린 적의 공격은 매섭고 효과적이었다.

"비룡이 바위를 나르게 해서 그것을 하늘 위로부터 던지고 있을 뿐인데."

원시적이고 단순명쾌한 공격. 그러나 그 효과는 절대적이다.

주먹 크기의 돌에 맞기만 해도 중상은 모면할 수 없는데, 던져진 것은 한 아름은 되는 큰 바위 종류── 직격당하면 석조 건물이 부서지고 통로 지면에도 구덩이가 뚫리는 상황.

물론 사람이 맞으면 결과는 말할 필요도 없다. 플롭 일행이 몸을 피한 골목도 안전지대하고는 거리가 멀다. 바로 지하로 도망치거나, 믿음직한 상대에게로 가거나 둘 중 하나다.

"미 쪽이, 한복판의 큰 건물에 있다."

"프, 프리실라 님께서 저택에 계시지 말입니다……."

"그래, 그렇고말고. 둘 다 아주 영리하고 나도 같은 의견이야. 문제는 우리가 있는 곳이 마침 어느 장소하고도 중간 정도라는 점이지!"

미젤다와 지크르 같은, 믿음직한 도시의 방위력을 보유한 이들.

어디까지나 개인의 전력이지만, 『구신장』에게도 밀리지 않았던 프리실라의 역량.

어느 쪽으로 가는 것이 상책일까, 고민하는 중에도──.

"사, 살려…… 우와아아아!!"

플롭 일행이 있는 골목 앞, 길거리를 도망쳐다니는 남자가 비명을 지르고, 사라졌다. 아니, 사라진 것이 아니다. 남자의 몸을 날아온 그림자가 낚아채어 하늘로 데려간 것이다.

그렇게 투석이 아니라 지상 직접 공격을 담당하는 비룡도 존재한다. 빈틈이 없다.

"바, 방금 그 사람은⋯⋯."

"구하고 싶지만 무리였어! 그리고 우리도 섣불리 나갈 수 없어. 비룡의 발톱과 이빨에 걸리면 우리 셋 다 한꺼번에 하늘로 끌려가 버려."

"우의 활이 있다! 이걸로 비룡도 떨어뜨릴 거야!"

몸을 굽힌 우타카타가 활과 화살을 들고 콧김을 씩씩대며 주장했다. 만약 여기에 있던 것이 흘리나 쿠나 같이 성인이 된 슈드라크라면 플롭도 생각을 해 봤으리라.

그러나 우타카타의 활 연습에 함께한 적이 있는 플롭은 이 소녀의 역량이 지금의 전장에 걸맞은 것이 아님을 알았다.

"어린이에게 제일 맛있는 것을 주라고 했었지. 알고 있다고."

플롭은 눈을 꽉 감고 자신과 여동생을 시궁창에서 구해 준 은인을 생각했다.

무뚝뚝하고 조야한 태도, 그래도 은인은 그 풋풋한 주의를 굽히지 않았다. 그렇기에 플롭도 그 풋풋함에 부끄럽지 않은 '어른'이고 싶다.

이 골목도 안전지대가 아니다. 슬슬 결단을 내려야 할 때다.

슐트와 우타카타 두 사람을 무사히 피신시키기 위해서——.

"——둘 다, 잘 들어 줘. 지금부터 내가."

작게 숨을 죽이고 플롭이 결의와 함께 두 사람에게 방침을 전하려 했다.

그 말에 어린 두 사람이 플롭을 본, 그 순간이었다.

"오오오오아아아——!!"

"카아——!"

장렬한 노호와 함께 하늘에서 거대한 그림자가 길거리에 떨어졌다.

날카로운 단말마, 그 소리를 터트리며 지면에 처박힌 것은 거무칙칙한 피로 범벅된 비룡이었다.

날개를 펼치면 3미터에서 4미터가량이 되는 커다란 비룡은 떨어진 충격에 부러진 날개를 퍼덕거리며 필사적으로 그 자리에서 달아나려 하지만——.

"도망치지 마라! 이 자식, 도망치지 마!"

그 비룡과 함께 지면에 떨어져서 기세 좋게 구르던 인영이 용의 등에 뛰어올랐다. 그리고 몸부림치는 비룡에게 검을 박아 등 뒤에서 심장을 꿰었다.

높디높은 비명이 길게 이어지고, 비룡이 피눈물을 흘리며 그 자리에 거꾸러졌다.

그렇게 비룡의 숨이 끊어진 것을 지켜보고는——.

"빌어, 먹을……."

붉은 머리 남자가 어깨를 크게 들썩거리며 죽은 비룡의 등에서 내려왔다. 그 모습에 플롭의 품속에 있던 슐트가 "아!" 하고 소리를 질렀다.

"하인켈 님! 무사하셨습니까!"

"아앙?"

슐트의 높은 목소리에 불린 붉은 머리 남자가 불량한 태도로 뒤돌아보았다. 온몸을 새빨갛게 물들인 남자의 모습을 본 순간 슐트의 목이 턱 막혔다.

그리고 눈을 크게 뜬 슐트가 플롭의 팔에서 벗어나 남자에게로 달려갔다. 그러는 슐트를 보자 남자는 소매로 피투성이 얼굴을 닦으면서 말했다.

"뭐냐, 너냐, 꼬마."

"하, 하인켈 님, 새빨갛습니다! 어, 어디 크게 다치셨습니까?!"

"다쳐? 아아, 이 피라면 딴 놈 거야. 다쳤어도 생채기 정도지."

"저, 정말로? 정말입니까……?"

눈이 휘둥그레진 채 슐트가 더듬더듬 피투성이 남자의 몸을 만지며 확인했다. 자기 손이나 옷이 더러워지는 것도 개의치 않는 태도. 그 모습을 내려다보는 남자가 한숨지었다.

그런 두 사람의 대화에 플롭은 직전의 결의로 멈춘 숨을 내뱉고 말했다.

"집사 군, 걱정할 필요 없을 것 같아. 아무래도 허세가 아니라 정말로 다친 곳이 없는 모양이니까."

"너는…… 잘 모르는 남자인가. 네가 이 꼬마들을?"

"잘 모른다는 말은 조금 섭섭하지만, 바로 그렇고말고! 말은 그렇지만 집사 군과 우타카타 양을 데리고 도망 다녔을 뿐이니까. 당신이 와 주어서 한시름 덜었어."

플롭이 그렇게 웃으며 바라보자 피투성이 남자——하인켈이 시선을 피했다.

쑥스러움을 타는 것이 아니라 불쾌하다는 반응이었다. 실제로 혀도 찼다. 하지만 그가 비룡을 해치운 것과 슐트의 안심에 한몫

한 것은 사실이다.

슐트와 마찬가지로 프리실라를 섬기는 시종 중 한 명인 듯한 하인켈. 검을 들고 다니고 있으니 싸울 수 있으리라 생각은 했었지만 예상 이상으로 대단한 실력자였던 모양이다.

실제로 그의 몸을 붉게 물들인 대량의 피는 여러 비룡의 피를 뒤집어쓴 증거였다.

"지금부터 저희는 프리실라 님께 갈 생각이지 말입니다! 하인켈 님은, 어떻게 하실 생각이시지 말입니까?"

"프리실라 양에게로? 너는 그편이 안전하겠군. 하지만."

힐끔, 비룡의 시체와 슐트, 그리고 플롭과 우타카타를 번갈아 보는 하인켈. 그의 시선에 생긴 망설임은 자신의 방침을 어떻게 기울일지 고민한 결과이리라.

그 판단 요소가 되기를 바란 것까지는 아니지만.

"지금, 이 도시 안에서 안전하다고 할 수 있는 장소는 너무나 적어. 다만 보아하니 상대는 비룡뿐…… 그렇다면 지하에 있는 건물이거나, 그게 아니라면 향신료가 도움이 될지도 몰라."

"향신료?"

손가락을 세운 플롭의 의견에 우타카타가 이상하다는 듯이 갸우뚱했다. 바라보니 하인켈도 비슷하게 수상쩍다는 눈으로 플롭을 보고 있었다.

확실히, 지하실은 몰라도 향신료는 비룡의 생태에 해박하지 않으면 감이 잡히지 않으리라.

"비룡은 후각이 아주 뛰어나거든. 꽤 멀리서도 피 냄새를 맡아.

그런 반면, 자극이 강한 냄새는 싫어하는 생물이야. 그러니까 온 몸에 페파를 뿌려 두면 싫어해서 다가오지 않을지도 몰라."

"잘 아는군."

"이래 봬도 각지를 돌아다니는 행상인이라서! 그리고 우연히도 비룡에 관해서 잘 아는 사람이 지인 중에 있었거든. 제국에서 제일 잘 알았을 가능성도 있지!"

그렇다고는 해도 그 인물로부터는 비룡의 좋은 면 이야기를 들을 때가 많았기에 이렇게 위협으로서 비룡과 상대하는 기회는 썩 반갑지 않았다.

다만 가르침 받은 지식에 거짓은 없다. 그것 자체가 틀리지 않는 한, 비룡으로부터 도망치기 위해서 향신료 범벅이 되는 작전도 일고할 여지는 있으리라.

싸울 줄 아는 하인켈과 합류에 성공한 것은 플롭과 두 아이들에게 요행이지만, 이 성곽도시를 둘러싼 싸움에도 요행이라고는 단언할 수 없기 때문이다.

왜냐하면——.

"붉은 머리 선생 쪽에게는 우리를 지켜 주는 게 좋다고 단언할 수 없어."

비룡과 단독으로 겨룰 수 있는 하인켈은 무수한 비룡에게 습격받는 도시의 귀중한 전력이다.

이다음, 싸움이 어떻게 굴러가든 그는 승패의 추세를 좌우할 요인 중 하나가 되리라. 그런 그를 비전투원 세 명과 같이 세워 두는 것은 좋지 않다.

기댈 만한 상대에게 기댈 수 없다니, 참으로 까다로운 선택에 쫓기는 상황이지만.

"우리는 비룡의 눈과 코를 피하며 지하로 향하려고 해. 붉은 머리 선생은 가까운 요리점이나 창고까지 동행해 줄 수 없을까. 거기서 눈속임…… 아니, 코속임이 되나. 그것을 하면 뒷일은 우리끼리 알아서 해 보겠어."

"플롭 님……."

헤어진다는 발상이 머릿속에 전혀 없었는지 플롭의 제안에 슐트가 놀랐다. 그러나 놀라는 슐트를 대신해 우타카타는 "응." 하고 태연히 끄덕였다.

"우도 플이랑 같은 생각. 슈는 우리가 지켜. 걱정할 필요 없다."

"우타카타 님도…… 말입니까."

끄덕끄덕 우타카타가 수긍하자 슐트는 동그란 눈을 내리깔았다. 그 뒤로 몇 초, 그는 결의한 표정으로 고개를 들고 하인켈을 보았다.

"알았지 말입니다. 저도 플롭 님하고 우타카타 님과 힘내겠습니다! 그러니까 하인켈 님도 다치지 않게 조심해서……."

"멋대로 너희끼리 북 치고 장구 치지 마. 왜 내가 너희 말대로 따라야 하는데."

"에엑?!"

그러나 슐트의 결의도 무색하게 하인켈이 얼굴을 찌푸리고 내뱉었다.

그는 자신의 외투로 검에 묻은 피를 닦으면서 주위를 턱으로 가리켰다.

"말해 두지만 나는 이 도시에 아무 의리도 없어. 그보다 이 꼬마를 못 지키는 편이 프리실라 양의 비위가 상할 가능성이 높겠지. 나는 그런 건 사절이야."

"자, 잠깐잠깐잠깐, 붉은 머리 선생! 잠깐만 있어 봐! 그러면, 선생은 그 공주 군의 비위를 지키는 편이 도시를 지키는 것보다 중요하다는 소리야? 그건······."

"그래."

"＿＿＿＿."

딱 자르는 단정적인 대꾸에 플롭은 무심코 머쓱해졌다. 하인켈은 플롭의 얼굴을 바라보며 붉게 더러워진 얼굴에서 파란 눈을 번들거렸다.

그 둔탁한 눈빛에서 플롭은 그가 품은 강하고 강한 집착의 빛깔을 보았다.

"나에게는 이 도시보다, 다른 누군가의 생명보다 중요한 것이 있어. 이 꼬마가 아니다. 이 꼬마를 귀여워하는 프리실라 양에게 양도받아야 할 것이 있다고. 그것을 손에 넣기 위해서라면 누가 몇 명 죽든 알 바 아니지."

"붉은 머리 선생······."

"애당초 나도 너희도 그렇게 대단한 인간이 아니야. 분수를 알라고. 할 수 있는 일은 한정적이야. 그 바깥에 손을 뻗으려 하지 마. 봉변이나 당할 뿐이다."

"＿＿＿＿."

"아무나 검이 될 수 있는 게 아니라고."

내뱉듯이 말한 하인켈의 손이 슐트의 어깨로 뻗었다.

슐트의 여리고 작은 어깨가 그의 손에 잡히고 어린 소년이 물기 어린 눈으로 하인켈을 보았다. 그 눈을 채운 겁이──.

"하인켈 님, 괴로워 보입니다."

──아니, 그것은 겁이 아니라 동정이라 해야 할 것이었다.

어린 소년의 진지한 눈초리를 받은 하인켈의 얼굴이 희미하게 굳었다. 하지만 그것은 그의 결심을 마친 마음을 움직일 만한 것이 아니었다.

"이 꼬마를 프리실라 양에게로 데려간다. 너희는 따라올 거라면 맘대로 해. 단, 내가 지켜 줄 거라는 착각만은 하지 마라."

그렇게 말한 하인켈이 슐트를 잡은 채로 플롭과 우타카타로부터 등을 돌렸다. 바로 길거리에 발을 디디고 프리실라가 있는 저택으로 가려는 것이다.

플롭도 그의 충고대로 따라가야 할지 망설이고──.

"──너냐, 용들을 죽이고 있는 것은."

그때, 그 한마디 말과 함께 드리워진 그림자가 맹렬한 굉음을 수반하며 지면에 내려섰다.

"────."

뭉게뭉게 흙먼지를 피우며 지면에 구덩이를 만들어 낸 갑작스러운 난입자.

그것은 슐트를 데려가려던 하인켈의 눈앞, 도로를 막듯이 그 짧은 팔로 팔짱을 끼고 선 작은 인영이었다.

──언뜻 보아서는 그것이 무엇인지 쉽게 이해할 수 없었다.

여하튼 일어난 사건과 그 인영으로부터 받는 인상이 너무나 동떨어지기 때문이다.

작은 키에 사랑스러운 이목구비, 티 한 점 없는 하얀 살결. 그리고 그것을 꾸미는, 역시 어여쁨을 부각시키는 하늘색 복장. 외견 연령은 슐트 및 우타카타와 그리 다르지 않게 느껴져서 방금 지면을 깨트리는 충격과 함께 나타났다고는 역시 생각할 수 없다.

그러나 일어난 사건이 전부이며, 그것은 누구라도 부정할 수 없다.

나타난 그림자는 그 금빛 눈을 가늘게 뜨고 길 위에 선 플롭 일행 네 명을 깔아보며 끄덕였다.

그리고──.

"용의 피를 본 대가, 그 피가 마를 때까지 흘려서 갚아라. 어리석은 인간아."

제5장 『바보 멍청이 소리를 들어도 상관없어』

1

──먼지구름 속에 서 있는 소녀의 모습을 본 순간, 플롭의 머릿속에 경종이 울렸다.

온 과랄에 울려 퍼지는 현실의 경종이 아니라, 생물로서의 생존 본능이 경종이다. 그것이 요란하게, 두통이 날 만큼 울리고 있다.

분명히 말해서 플롭은 미디엄과 달리 싸울 줄 아는 인간이 아니다.

잠깐 몸을 단련하려 해도 좌절했었고, 오빠의 상처를 어루만지다가 실은 아프게 만들었음을 깨달은 동생의, 동생 딴에 생각해서 선택한 역할을 빼앗으려는 생각도 없었다.

그러므로 전사의 감이나 무인으로서의 안목이란 것은 하나도 없었다.

그런데도──.

"──저 아이는 위험해."

낙하의 충격으로 뚫린 구멍에서 발을 빼낸 소녀의 모습에 쓴

맛의 침을 삼켰다.

　금빛 눈동자의 동공을 좁히며 플롭 일행을 깔아보는 키 작은 소녀.

　슐트와 우타카타보다 두세 살 손위로 보이지만, 두르고 있는 분위기가 미디엄과 미젤다—— 아니, 더 위험한 인물과 비교해 손색이 없다.

　그야말로 미젤다의 다리를 앗아간 『구신장』의 위협에 가깝다 느낄 만큼.

　"붉은 머리 선생, 어떻게든 빈틈을 만들 수 없을까? 두 아이들만이라도 피신시키고 싶어."

　플롭이 작은 소리로 제안한 상대는 유일하게 이 자리에서 전력이 될 만한 하인켈이었다.

　비롱을 베어 죽여 그 무력을 과시한 그라면 플롭이 고기 방패가 되기보다 훨씬 아이들을 지키는 데 도움이 될 수 있으리라.

　이상을 말하자면, 하인켈이 저 소녀를 쓰러트릴 만큼 강하면 최고겠지만.

　"붉은 머리 선생?"

　소녀를 경계하면서, 플롭은 대답이 없는 하인켈에 의구심을 품고 그 옆얼굴을 엿보았다.

　——하인켈은 눈을 부릅뜨고 퍼렇게 질린 얼굴에 어마어마한 비지땀을 흘리고 있었다.

　"하, 하인켈 님? 괜찮습니까?"

　"으, 아……."

플롭과 슐트가 하인켈의 이변을 깨닫는 건 거의 동시였다.

슐트의 염려하는 목소리에 하인켈은 얼굴을 굳히며 말이 되지 않는 목소리로 신음했다.

소녀의 내력을 알고 있다, 라는 반응인지는 옆에서 봐서는 모르겠다. 다만 그 시비를 따지지 않고 명명백백한 사실이 있다 치면, 그것은——.

"뭐냐, 너. 겁먹고 있는 거냐."

눈을 좁힌 소녀의 시선, 그것이 뻣뻣하게 서 있는 하인켈의 하반신을 보고 있었다. 그, 서 있기조차 불안을 느낄 만큼 두 무릎을 떨고 있는 그의 다리를.

거기에 있는 것은 누가 봐도 명백할 정도의 겁과 공포, 다시 말해 절망이다.

"이봐, 안녕! 처음 보는 아가씨, 잠시만 내 얘기를 들어 줄 수 없을까!"

하인켈의 절망을 보자마자 플롭은 즉각 소리쳤다.

그 즉시 하인켈과 슐트의 어깨가 펄쩍 뛰어오르고 정면의 소녀가 수상쩍다는 눈으로 바라본다. 시선으로 죽지야 않지만, 그럴 수 있어도 이상하지 않은 압박감.

그러나 플롭은 마음을 독려하며 얼굴에 힘을 빼고, 두 팔을 펼치며 웃음을 꾸몄다.

"나는 플롭 오코넬, 별 볼 일 없는 행상인이란 신분인데 말이야. 제법 요란한 사태에 말려들어서 곤란한 참이거든. 너는 나보다 사정에 밝아 보이는걸?"

"말려든 신세냐? 그럼, 운이 없군."

"호오, 운이 없다니 신선한 말이야. 부족한 것은 많지만 운만은 있다는 것이 내 자부심이거든. 그런 내가 어째서 불운하다는 말이지?"

"이 도시의 인간은 전원 죽여도 된다. 늙은이에게 그렇게 들었다."

작은 턱으로 주위를 가리키는 소녀의 대답에 플롭은 쓴웃음 지었다. 물론 속으론 쓴웃음 수준이 아니라 크게 허둥대고 있었다.

도시 주민을 전멸시키는 것이 목적이라면, 교섭할 여지는 어디에 있을까.

"내가 듣기로는, 그 늙은이 선생의 도시 전멸이란 말은 실수였다던 것 같은데. 같이 온 친구나 동료에게 다시 물어보면 어떨까."

"친구도 동료도 없다. 용에게 있는 것은 동포와 적뿐이다. 너, 용을 조롱하고 있군. 두려움을 모르는 것으로 보여."

"조롱하다니 당치도 않아! 친해지고 싶은 마음이고말고. 친해지기 위해 너의 이름을 듣고 싶을 정도야. 그렇지?"

"그, 그렇지 말입니다! 성함, 알고 싶습니다! 저는 슐트입니다!"

심기가 불편해지려던 소녀에게 허둥지둥 손을 든 슐트가 자기 이름을 댔다. 이로써 플롭과 슐트, 둘의 이름을 들은 소녀는 미간에 작은 주름을 만들었다가 대꾸했다.

"마델린 에샬트. 용은,『구신장』이다."

"구……."

담담히, 의리 있게 마주 이름 밝힌 소녀―― 마델린의 직함에 하인켈이 말문을 잃었다.

그저 마주하기만 해도 떨리던 무릎은, 그 실력을 뒷받침하는 직함을 듣고 더욱 악화 일로를 걸었다. 물론 플롭도 그런 하인켈을 비웃을 수 없다.

『구신장』만큼 위험하다 여기던 상대가 실제로 『구신장』이었으니까.

심지어──.

"──우타카타 양."

조용히 플롭은 상황에 변화를 초래한 상대의 이름을 불렀다.

플롭에게 불린 소녀, 우타카타는 마델린을 응시하며 활시위에 화살을 메기고 있었다. 피아의 거리는 7, 8미터, 우타카타의 실력이라도 빗나가지 않을 거다.

그렇다고는 해도 유리한 상황이냐 물으면 전혀 그렇지 않다.

"저 적, 날고 있는 용 무리의 대장. 대장을 쓰러뜨리면, 싸우는 거 끝나."

"그, 그런 것입니까?!"

"아마 맞을 거야. 다른 『구신장』이 오지 않았을 때의 얘기이긴 하지만."

플롭이 힐끔 시선을 돌려 확인했지만, 그 이야기에 마델린은 끼어들지 않았다.

지금까지 보인 태도로는, 상대의 말에는 그럭저럭 반응을 보이는 아이다. 명백하게 틀린 말을 하면 어떠한 반응을 하는 편이 자연스러울 터.

즉, 이 성곽도시에 대한 공격은 마델린이 주도하고 있다. 그 인물을 물리치면 비룡을 물러나게 할 수 있다는 우타카타의 견해는 옳겠지.

문제는 그것이 가능하다는 생각이 도저히 들지 않는다는 점뿐.

"너는 전사, 너도 전사, 너도…… 도망치지 않아. 전사다."

"어…… 저, 말입니까?"

"그래. 너도 전사다."

갑자기 손가락질받으며 그렇게 평가되자 슐트의 눈이 동그래졌다.

슐트를 놀라게 한 마델린은 작은 손으로 우타카타와 플롭, 그리고 슐트 세 사람을 가리키며 '전사'라고 평했다.

마델린의 손가락이 마지막 한 명, 하인켈을 가리키고――.

"너는 전사가 아니야. 용을 죽였으면서, 겁쟁이다."

"윽……."

"검을 뽑아라. 용이 때려 주마. 흘린 피의 무게만큼."

마델린이 그렇게 말하면서 천천히 한 걸음 다가왔다.

마델린은 우타카타의 화살이 노리고 있는 것도 개의치 않으며 성큼성큼 거리를 좁혀 비룡을 죽인 하인켈에게 향했다.

"맞아라!"

기개와 동시에 우타카타의 화살이 날아가 마델린의 가슴을 노렸다. 하지만 곧게 날아간 그것은 마델린이 들어 올린 두 손가락 사이에 잡혔다.

마델린은 우타카타 쪽을 쳐다보지도 않았다. 시선은 하인켈

일직선이다.

"붉은 머리 선생!"

"하인켈 님!"

위험을 깨달은 플롭이 외치고 슐트가 하인켈의 팔을 잡아당기려 했다. 하지만 하인켈은 슐트의 손을 뿌리치고 오히려 스스로 멀어졌다.

슐트가 엉덩방아를 찧고 하인켈이 마델린을 노려보며 어금니를 깨물었다.

"오, 오오오앗⋯⋯!"

검을 잡고 있는 하인켈의 손에 더없이 강한 힘이 담긴다. 이를 악문 볼이 벌게지고 자신을 고무하는 혈류가 다리를 떨게 만드는 겁을 정면으로 잡아 뭉개려 했다.

여전히 마델린은 발길을 멈추지 않고 하인켈과의 거리를 좁힌다.

성곽도시를 멸망시키려는 대적, 거기에 하인켈은 자신의 무력을 모두 담은 일격을──.

"──오."

날카로운 소리와 함께 떨리는 하인켈의 손이 흘린 검이 떨어졌다.

"역시, 너는 전사가 아니야."

경멸할 대로 경멸한 마델린의 말이 하인켈의 뺨을 주먹과 함께 후려쳤다.

강풍을 두른 구타 한 방에 하인켈의 눈이 허옇게 뒤집히고 어마어마한 기세로 날아간 몸이 석조 건물에 격돌, 석벽이 그의 인간 모양으로 금이 갔다.

하지만 일격으로 의식을 빼앗을 만한 권타도 마델린의 분노를 가라앉히기에는 부족했다.

"컥."

앞으로 쓰러지는 하인켈의 콧잔등을 마델린이 주먹으로 갈겼다. 뒤통수부터 벽에 처박혔다가 반동으로 튀어나온 몸통에 소녀의 발차기가 꽂혔다.

충격이 관통하여 하인켈의 배후 가옥이 요란하게 무너졌다. 쓰러지는 하인켈의 다리를 잡은 마델린은 힘으로 반대쪽에다 던졌다. 길거리의 지면을 힘차게 구르고, 구르고, 구르다가 벽에 부딪치고, 멈춘다.

지면에 대자로 널브러진 하인켈은 꿈쩍도 하지 않았다.

"_____."

플롭이라면 죽을 만한 공격이었디.

플롭이 아니라도 웬만한 인간은 죽어 버릴 공격이다. 미디엄도 버텨낼 수 있을지 모를 공격에 연타당한 하인켈의 생사는 불명이다.

하지만 싸움을 생업으로 삼은 마델린이 그런 어중간한 결말을 허락할 리는 없다.

"썩어빠진 놈."

모멸을 숨기지 않는 목소리로 중얼거린 마델린의 손이 자신의 등으로 뻗었다. 거기에 짊어진 가방의 걸쇠가 풀린 직후, 수납되어 있던 무장이 소리와 함께 펼쳐졌다.

접힌 날카로운 칼날, 가위를 크게 벌린 것만 같은 형상의 그 무구는 초원에 사는 유목민족이 사냥에 쓰는 『비익인(飛翼刃)』이라 불리는 무기다. 능숙한 자가 던지면 100미터 앞의 사냥감을 조준하여 해치우는 것도 가능하다는 투척구.

단, 마델린이 등에 진 것은 작은 본인 신장만 하며, 던지는 것 말고도 근접무기로서 다루기 위한 손잡이도 달린, 특주품이었다.

그 흉악한 무기를, 마델린은 가차 없이 땅바닥에 널브러진 하인켈에게 겨누었다.

"그만두지 않겠나, 마델린 양. 네 분노는 알겠어. 동료가 살해당해서 자못 분노에 불타고 있겠지. 하지만 습격받은 입장에선 반격도 부득이하다고 말할 수밖에 없어."

입술을 꽉 깨물어 마음을 다잡은 플롭은 마델린의 등에다 말했다. 비익인을 든 그녀는 등을 돌린 채로 "착각하지 마라." 하고 플롭에게 대꾸했다.

"용은 이 세상에서 가장 위대한 생물이다. 그 용에게 너희가 덤벼들면, 너희가 퇴치당하는 것은 당연하다. 그것도."

"그것도?"

"이렇게 썩어빠진 놈의 소행이라니, 용서할 수 있을까 보냐."

마델린의 금빛 눈이 분노에 일렁이는 걸 본 플롭은 그녀가 성이 난 이유를 깨달았다.

당연히 아군 비룡이 살해당한 데도 화내고 있지만 더 큰 이유는 그걸 저지른 하인켈이 검을 흘리고 싸우지 못했다는 사실.

마델린은 동료가, 하찮은 상대에게 살해당한 것에 화내고 있다. 그것은 하인켈뿐만 아니라 그가 죽인 비룡의 생명에 대한 모욕이라고.

"움직이지 마."

"우아!" "우!"

　찰나, 짧게 고한 마델린이 발밑의 돌멩이를 차서 날렸다. 그것은 플롭의 발을, 그리고 다음 화살을 메기려는 우타카타의 팔을 때려 각각의 행동을 방해했다.

　그 틈에 마델린은 비익인을 하인켈에게 내려치려다가──.

"아, 안 되지 말입니다──!"

　돌멩이에 맞은 두 사람과 달리 경계 밖에 있던 슐트가 막무가내로 달려들었다. 그는 그 작은 몸으로 하인켈 위를 덮어 지나치게 덧없는 지붕이 되어 폭풍에 저항하려 했다.

　그러나 소년의 무모함을 보고 손을 멈출 만큼 마델린은 다정하지 않았다.

"어차피 아무도 살려 두지 않아."

　마델린의 눈이 가늘어지고, 비익인이 슐트의 머리에 내리꽂혔다.

2

　──프리실라의 경고. 렘은 그것을 무겁게 받아들였다고 생각했었다.

일이 크게 움직일 때, 그것들은 왜소한 인간 하나하나의 사정일랑 신경 쓰지도 않는다. 말려든 이들은 개의치 않으며 파도 같이 휩쓴다고.

그것을 렘은, 자신의 실제 체험으로 알고 있는 줄 알았었다.

기억을 잃고 깨어나 낯선 곳에서 낯선 냄새가 나는 상대의 팔에 안겨 있던 것이, 렘의 길다고는 못할 나날의 시작이다.

그 소년으로부터 도망쳤다가 다시 마주치고, 그 뒤에는 많은 제국병에게 사로잡히고, 검은 연기와 화염 속에서 구출되고, 흘러 흘러 이 도시에서 하루하루를 보내고.

격동이란 곧 렘이 지금까지 겪어 온 일을 위해서 있던 말이라고 여길 정도다.

그러나 그 인식조차 어설펐음을 렘은 이제야 통감하게 되었다.

"렘! 무사하냐?!"

대문을 열고 저택에 뛰어든 호리호리한 여성이 소리쳤다.

귀에 익은 목소리를 듣고, 현관을 바삐 뛰어다니던 렘은 몸을 돌려서 눈을 크게 떴다.

"쿠나 씨! 홀리 씨도!"

"무사해서 다행이야~! 벌써 도시 안은 여기저기 큰 소동이라 큰일 났어~!"

대답한 렘의 정면, 가볍고 무거운 두 가지 발소리와 함께 달려온 건 도시에 주둔한 『슈드라크의 민족』 2인조, 쿠나와 홀리였다.

구면인 두 사람이 합류하자 렘은 자그마한 안도로 눈매의 힘을 뺐다.

"두 분도 무사해서 다행이에요. 다치지는 않으셨나요?"

"우리는 별일 없어. 현재로서는. 다만……."

"다들…… 꼴이 엉망이야~."

어조를 낮춘 두 사람이 렘이 뛰어다니던 홀을 내다보며 말했다.

세 사람 주위에는 도시 습격으로 피해를 입은 주민이 다수 누워 있으며 유지가 익숙지 않은 치료에 쫓기는 야전 치료원의 양상이다.

상처가 얕으면 붕대나 봉합으로 대처할 수 있지만, 그것이 생명에 관계될 중상이라면——.

"제가, 부응해야 하니까요……."

지팡이를 움켜쥐는 렘, 그 손에는 자기 것이 아닌 피가 눌어붙어 있다. 닦아도 닦아도, 다 닦지 못할 정도로 단단히 굳은 부상자의 피가.

——비룡의 습격이 시작되고 도시는 혼란 한복판으로 내동댕이쳐졌다.

하늘을 제 세상으로 삼는 비룡에게 싸울 방법이 없는 사람들은 딱 좋은 사냥감이다. 저택은 쫓기는 사람들의 피난소 겸 치료원으로 변했으며 렘도 마음을 놓을 겨를이 없다.

당연히 이런 참상에 프리실라는 자못 성이 났으리라 짐작했지만——.

「원래부터 귀중한 치유술사의 거처를 명확하게, 견고하게 두기 위해서 저택을 접수했다. 상처를 입은 자를 저택으로 보내라고 지크르 쪽에도 명령해 두었지.」

「그, 그랬었나요……?」

「무어냐, 너. 설마 소녀가 진심으로 욕실 목적으로 저택을 빼앗은 줄 알았느냐? 정확히는 욕실과, 저택 넓이가 소녀의 목적이니라.」

그런 대화가 있어서 저택은 현재와 같이 이용되고 있었다. 원래부터 그럴 작정이었다는 프리실라의 계산은 관계자들에게 전해졌었다고 한다.

"그런데 어째서, 정작 저에게 말을 해 주지 않았는지 모르겠습니다만……!"

멀쩡한 답변이 돌아올 것 같지 않기에 렘은 그 이유를 추궁하지 않았다.

무엇보다 렘에게 프리실라의 치기나 장난기를 상대할 여유는 없었다. 여하튼 렘의 손길이 필요한 부상자가 끝도 없이 줄줄이 잇따라 실려 오는 중이다.

"그래서, 두 분은 제가 무사한 걸 확인하러?"

"족장…… 아! 이제 아니었지~! 전 족장 미젤다가 말했어~!"

"사망자가 늘면 사기가 떨어진다. 싸울 수 있는 녀석이 줄어도 곤란하니 우리가 렘을 지키는 역할이라 이거지. 비룡이 접근하게 두지 않아. 그리고……."

쿠나가 날카로운 눈매를 좁히고 저택 안에 시선을 내돌렸다.

"네가 신세 지고 있는 공주님은? 설마 이 상황인데 방에서 노닥거리고 있진 않지?"

"만약 그렇다면, 엄청 잠꾸러기야~. 나도 이만큼 시끄러우면 배부르게 자고 있어도 깰걸~."

미묘하게 절박함이 다른 기준으로 질문받자 렘은 둘의 의문에 고개를 가로저었다.

확실히 프리실라는 오만불손, 자기 위주라는 말을 실제로 체현하는 성격의 소유자로, 두 사람이 그 변덕을 염려하는 기분도 아주 잘 알지만.

"그래 봬도 의외로, 프리실라 씨는 믿을 만한 사람이에요."

렘이 모습이 보이지 않는 프리실라를 그리 평한 직후였다.

"카아──!!"

건물 사이를 강풍이 지나는 듯한 높은 소리가 저택 앞마당에 거꾸로 떨어졌다.

어마어마한 흙먼지를 일으키며 잔디를 들어 엎은 그것은 상공에서 착지하는 데 실패한 비룡의 거체였다. 거세게 몸부림치며 형편없는 춤을 선보인 비룡의 기행, 그것도 무리는 아니다.

그것은 이미 머리가 깨진 비룡의, 목숨이 꺼지기 전의 마지막 생리 반응이므로.

그렇게 추락한 비룡의 춤을 거들떠보지 않으며 천공에서 인영이 잔디 위에 착지했다. 붉은 드레스 옷자락을 나부끼며 그 손에 진홍의 보검을 든 미녀──프리실라다.

"주변 청소에 소녀를 부릴 줄이야. 이 빚은 비싸다, 렘."

"감사합니다. 진심으로 감사를 담아 머리카락을 감겨드리겠습니다."

"그걸로 끝내려 하다니 참으로 호담하군. 용서하마. 마음에 들었다."

저택 안팎, 열린 문을 사이에 둔 대화에 끄덕인 프리실라가 렘의 답변을 받아들였다.

조금 전부터 프리실라는 저택으로 날아오는 비룡의 영격을 맡아 주고 있다. 그 상식 외의 실력 일부를 목격하자 천하의 쿠나와 홀리도 놀람을 숨기지 못했다.

둘의 반응에 어째선지 약간 자랑스러운 기분을 느끼는 렘. 그러나 비룡과 상대하는 프리실라에게 전혀 불안이 없는 것은 아니었다.

그 불안의 원인은 프리실라가 든 아름다운 붉은 보검이다.

"프리실라 씨, 양검의 상태는……."

"보다시피 일륜은 그늘이 졌다. 당분간 이것은 검이라고는 못할 고철이니라. 하기야."

『양검』에 생긴 모종의 이상을 밝히던 프리실라가 뒤를 돌아보았다.

찰나, 날갯짓하는 비룡이 프리실라의 등을 노리고 사납게 송곳니를 박으려 입을 벌리고 있었다. 비룡의 구강에 프리실라는 가차 없이 예리함을 잃은 양검을 처박았다.

이빨이 부러지고 양검의 칼끝이 비룡의 목구멍을 관통, 기세대로 용은 절명했다.

"소녀에게 걸리면, 베이지 않는 고철일지인정 익룡 따위야 상대도 되지 않지."

검을 휘둘러 죽인 비룡의 거체를 마당 가장자리로 내던지는 프리실라. 싱겁게 위협을 물리친 다음 렘 옆에 서 있는 쿠나와 홀리의 존재를 알아챘다.

"슈드라크인가. 렘을 지키러 왔으니 맞겠군."

"프리실라 씨, 두 분은 부상자를 도우러⋯⋯."

"겉치레로 본질을 오인하지 마라. 상처를 입은 자가 전장에서 무슨 도움이 되나. 여기서 가장 가치 있는 자는 누구인가. 소녀가 아니라면 너다."

"으."

차가운 반론을 들은 렘의 목이 턱 막혔다. 하지만 프리실라의 냉혹한 견해를 긍정하듯 쿠나가 "그렇지." 하고 끄덕였다.

"렘을 지키는 것이 우리 역할이야. 그리고 렘의 역할이⋯⋯."

"죽어 버릴 사람을, 가능한 한 적게 하는 것이야~!"

조용한 쿠나의 말을 명랑한 홀리의 말이 지원했다.

둘의 말과 프리실라의 시선에 렘은 자신을 깊이 훈계했다. 자신의 가치를 가볍게 보고 가엾어 할 수 있던 것은 어제까지만.

──더 이상 응석 부리지 않겠다고 스스로 바란 것이다.

"저는, 저의 싸움을 하겠습니다. 쿠나 씨, 홀리 씨, 잘 부탁드립니다!"

"그래."

"부탁받았어~!"

결의를 담은 렘의 대답에 쿠나와 홀리가 믿음직한 웃음과 함께 끄덕였다.

그런 두 사람에게 마음의 위안을 얻으며 렘은 프리실라를 돌아보았다.

"가실 거네요."

"아무래도 소녀 없이 굴러가지 않을 국면이 많아 보이는군. 네 보호자도 도착한 이상 소녀도 움직여야겠지. 다른 이들로는 적의 주력과 부딪치기에 부족할 게야."

"적의 주력이라면……."

"물론 『구신장』일 테지."

한쪽 눈을 감은 프리실라의 답변에 렘은 꿀꺽 침을 삼켰다.

『구신장』의 존재는 이 제국의 전황을 좌우하는 중대한 요소. 한 명이라도 많은 그들을 확보하기 위해 스바루와 아벨 일행은 카오스프레임으로 떠났다.

그럼에도 불구하고 이 도시를 『구신장』 중 한 명이 습격한다는 것은――.

"당연히 이것도 상대방에 가담한 한 명이겠지. 더더욱 아벨이 처한 상황이 열세로 보이는군. 참 용케도 허술한 지반을 쌓았어."

"그 점에 관해서, 아벨 씨의 일하는 모습을 잘 모르기에 무어라 말할 수 없겠습니다. 그런 식으로 지내고 있었으면 주위는 고생했겠다 싶습니다만……."

렘은 여러 가지로 스바루에게 감정이 있지만 아벨의 태도도 칭찬할 만한 것이란 생각이 들지 않았다. 나라의 정점에 있었으면 분명히 많은 사람들이 그의 주위에 있었겠지만, 그 전원이 아벨의 현명함을 이해하고 방자한 태도를 허용했다고도 생각하기 어려웠다.

실제로 아벨은 모반도 당했다. 그러나──.

"그것을 이유로, 이렇게 지독한 짓이 허용될 수는……!"

없다고, 피를 흘리는 사람들과 가까이 접한 렘은 분개했다.

렘이 짜낸 한마디에 프리실라는 무슨 생각을 했는지 "후." 하고 웃었다. 그 반응에 렘이 눈을 의심하니 프리실라는 그 웃음이 없었던 것처럼 등을 돌리고 말했다.

"이 비룡 무리, 『비룡 조련』으로는 설명이 가지 않는군. 짐작키로 소녀가 없는 사이에 생긴 일장이 틀림없을 게야. 세리나 고것의 말에 따르면 『비룡장』이라는 놈일 테지."

"아마, 제9위…… 그 사람도 이 도시 어딘가에?"

"도시청사. 적이 어리석지 않으면 거기를 노린다. 여하튼 하늘을 가로지르면 일직선이지. 구태여 지휘소를 보고 넘길 이유가 없다."

당연한 일인 양 하는 말에 렘은 한순간 이해하느라 시간이 필요했다.

"도, 도시청사가 습격받다니, 큰일 아닌가요! 프리실라 씨!"

"멍청한 것. 그토록 토실토실하긴 하지만, 지크르 역시 제국의 『장』이니라. 부족한 전력을 메꿀 방법은 알고 있겠지. 자신이 싸우지 못해도 무의미하게 죽을 만큼 어리석지 않다."

"그건…… 아. 싸, 싸우지 못한다고 하니, 슐트 씨가!"

비룡이 습격하기 직전, 저택을 떠난 소년의 존재가 렘을 초조하게 했다.

열심히 애쓰지만 요령이 없는 슐트는 렘의 도움이 필요한 이들 이상으로 나약한 존재다. 누군가 믿음직한 어른과 같이 있으면 모를까, 만약 그렇지 않다면.

"프리실라 씨! 빨리, 빨리 가 주세요! 우물쭈물하지 말고!"

"하다못해 소녀의 무사를 기특하게 기도하는 것이 네 책무일진 대. 애초에 그리 안달하지 않더라도 슐트는 쉽게 죽지 않는다."

"네……?"

프리실라는 허둥지둥 자신을 보내려는 렘의 모습에 덤덤한 태 도로 대꾸했다.

프리실라가 한 말의 뜻을 알지 못한 렘은 눈썹을 보았다. 당연 히 쿠나와 홀리도 짚이는 데가 없는 표정으로 같은 어린아이의 모습을 떠올리며 곤혹스러워했다.

그, 깜찍함과 기특함이 무기인 슐트를 어디를 두고 무사하다 고 떠드는가.

그런 세 사람의 의문에 프리실라는 핏빛 미모에 고혹적인 웃음 을 띠고 말을 이었다.

"그자는, 그 사랑스러움과 기특함으로 소녀의 총애를 쟁취했 으니 말이다."

3

거세고 둔탁한 소리가 울리고 플롭은 자신의 무력함에 영혼이 깨지는 감각을 맛보았다.

돌멩이의 아픔에 발이 멈추고 손을 뻗지도 못한 플롭 앞에서 어린 소년이 폭력을 일신에 받아 쓰러지는 결말——. 눈을, 피해서는 안 된다고 생각했다.

눈을 피하면 아무것도 할 수 없는 무력한 자신의 책임을 회피하는 꼴이다.

최소한 자신이 무슨 짓을 하고, 무슨 짓을 하지 못했는지, 그것을 지켜보아야 한다.

그런 자그마한 각오가 있었기에 플롭은 눈을 돌리지 않고——.

"넌…… 뭐지?"

비익인을 내리쳐 사냥감을 양단하려던 마델린에게서 놀란 목소리가 흘러나왔다.

마델린은 틀림없이 경멸하는 하인켈과 이를 감싸려던 슐트를 한꺼번에 두 동강 내려고 했다. 도중에 손을 멈추지도 않았다.

그런데도——.

"으으, 으으으……!"

쓰러진 하인켈을 위에서 덮은 슐트가 이를 악물고 신음하고 있다.

마델린의 일격은 확실하게 슐트의 뒤통수를 노렸다. 맞을 때의 둔탁한 소리를 플롭도 그 귀로 들었다. 그런데도 그 몸은 쪼개지지도, 찌부러지지도 않았다.

"——?"

마델린이 이상하다는 듯이 자기 무기와 슐트 머리를 번갈아 보다가 갸우뚱했다. 그리고 기가 막히게도, 그녀는 고개를 갸우뚱한 채로 재차 슐트에게 비익인을 내리쳤다.

한 번, 두 번, 세 번 네 번, 몇 번이고 몇 번이고 연달아서——.

"그, 그만두지그래! 아파하고 있잖아!"

"그게 이상하다! 용은 죽일 생각으로 했다. 왜 죽지 않지?"

"그건…… 어쩌면 너의 사람을 죽이고 싶지 않다는 마음이, 무기가 맞기 직전에 손의 힘을 늦추고 있을지도…… 컥."

"용을 조롱하지 마라!"

불가해한 현상에 성난 마델린이 아까보다 더 큰 돌을 차서 플롭의 입을 막았다.

가슴에 단단한 감촉을 느끼고 뒤로 쓰러진 플롭의 시야가 깜빡 깜빡 명멸했다. 그러나 그걸로는 마델린의 속이 풀리지 않는다. 왜냐하면——.

"아, 아파, 아프지 말입니다……."

아픔을 호소하는 슐트는 몇 번 맞아도 죽지 않았기에. 그 괴이함에 이를 간 마델린이 슐트의 분홍색 머리카락을 거머쥐어 억지로 일으켰다.

그리고——.

"너, 대체 뭘 숨기고……."

"~~~~으."

힘으로 일으켜진 슐트의 목이 비통한 소리를 질렀다. 하지만 분노에 불탄 눈으로 슐트를 노려본 마델린의 반응은 그것을 웃도는 것이었다.

마델린이 금빛 눈을 크게 뜨고 와들와들 입술을 떨었다. 그런 반응을 한 이유를 아파서 울상 지은 플롭도 목격했다.

일으켜진 슐트, 그 모습에 극적인 변화가 발생해 있었다.

그 변화란──.

"──슈, 눈이 불타고 있어."

같은 것을 본 우타카타가 짤막하게 읊은 표현이 정답이었다.

언뜻 의미를 모를 우타카타의 지적이지만 다른 표현이 떠오르지 않는다. 플롭의 눈으로 보아도 말 그대로의 상태였다.

슐트의 아름다운 붉은 눈, 그것이 두 눈 모두 일렁이는 화염을 피우고 있었다.

"어, 어, 어……."

단, 지적받은 슐트 본인은 자각이 없는지 주위 반응을 이해하지 못하는 표정으로 눈을 끔뻑거렸다. 그러나 느린 이해도 금세 해소되었다.

들이댄 비익인, 그 칼날에 비친 자기 얼굴을 보고서, 금세──.

"뭐, 뭐지 말입니까, 이거?! 뜨, 뜨거워! 아! 뜨겁지 않지 말입니다!"

자기 얼굴에 손을 댄 슐트가 불에 실감이 없음을 호소했다.

아무래도 갑자기 얼굴에 불이 붙은 것은 아닌 모양이지만 그 원인은 너무나 불명. 그러나 플롭 일행의 곤혹감과 마델린의 곤혹감은 근본부터 이유가 다르다.

마델린에게는 어린아이의 두 눈을 태우는 불에 대해 짚이는 바가 있었다. 따라서──.

"너, 설마 그 여우 인간의 식구였짜?!"

"여우…….""인간?"

"——?"

동요한 마델린이 외치는 소리에 짚이는 바가 없는 세 사람은 눈을 깜빡거렸다.

방금 마델린의 말투가 갑자기 흐트러진 걸 신경 쓸 여유도 없었다. 거센 놀람과 혼란에 얻어맞은 마델린의 다음에 일으킨 행동에 의식이 강제적으로 끌려갔다.

——지면을 박찬 마델린의 모습이 길거리 상공으로 단숨에 뛰어오른 것이다.

"————."

그 갑작스러움과 기세에 플롭에게는 그녀의 모습이 사라진 것처럼 보이기까지 했다. 하지만 밟힌 지면이 대차게 함몰되고 가속을 얻고자 발판으로 삼은 건물이 무너졌다.

곧장 하늘로 올라간 마델린은 두 팔로 힘껏 비익인을 쳐들었다.

"또, 용의 방해를 할 거냐짜……! 사라져짜, 훼방꾼——!!"

거절의 목소리가 드높이 울리고 내리친 비익인이 사납게 지상에 육박한다.

비룡의 투석과 구조는 동일하지만 담긴 힘의 차원이 다르다. 표적은 당연히 분노의 대상인 슐트. ——플롭의 뇌리에 찰나의 사고가 내달린다.

원리는 알 수 없지만 아주 튼튼한 몸을 손에 넣은 슐트. 그러나 마델린에게 맞아서 아프다고도 말했다. 아무것도 효과가 없는 무적의 몸이 된 것은 아니다.

하물며 설령 몸이 튼튼하더라도 어린아이가 아프다며 울고 있
다면——.

"가지 않아서야 미디엄에게 혼나지!"

플롭은 삐걱거리는 가슴의 통증을 참으며 반사적으로 슐트 쪽
으로 달려갔다.

자신의 몸이 저 공격에 대해 얼마나 방패가 될지 모르겠다. 하지
만 아주 조금이라도 기세가 약해져서 슐트가 살아나면 대박이다.

거기까지 생각할 여유도 없이 플롭이 비익인의 위협에 몸을 드
러내고——.

"——애썼구나."

크지도 않은 그 목소리가 어째선지 뚜렷하게 들리고, 충격과
충격이 맞부딪치는 거센 빛이 플롭의 눈을 태웠다.

"————."

그것은 수직에서 고속으로 회전하며 떨어지는 비익인을 상대
로, 수평에서 충돌한 새빨간 보검이 만들어낸 빛이다.

붉은 빛이 무음으로 작렬하고 플롭은 온몸에 바람을 받은 착각
을 느꼈다.

그것이 수그러들었을 때, 이어서 들린 것은 살이 살을 때리는
둔탁한 소리였다.

"——앗."

올려다보니, 무언가가 신음과 함께 대각선으로 활공하며 지상

의 건물에 처박혔다. 높은 건물을 호쾌하게 무너뜨린 그것이 마델린임을, 플롭은 꽤 뒤늦게 알아차렸다.

그리고 그렇게 만든 것이 숨을 집어삼킨 플롭 일행 앞에 착지한 붉은 미녀──.

"공주 군!" "프리실라 님!!" "프!"

"잘 알고 있지 않느냐. 이러할 때, 외쳐야 할 것이 소녀에 대한 찬사임을."

말하면서 유유히 드레스 옷자락을 턴 것은 프리실라다.

도시가 비룡의 습격을 받아 『구신장』까지 출격한 상황임에도 그 변함없는 태도와 자세는 다른 무엇과도 바꾸기 어려울 정도로 믿음직하다.

실제로 프리실라는 저 마델린에게 일격을 가해 플롭 일행을 생명의 위기에서 구해냈다.

"그나저나 설마 이런 곳에서 발목이 잡혀 있을 줄은 몰랐구나. 당연히 처음에 청사로 향할 줄로 알았는데."

"아아, 우리도 헤매던 참이라서. 공주 군이나 부인 군이 있는 저택일지, 부푼 머리 군이 있는 도시청사로 가야 할지……."

"그것이 아니다. 저, 도시를 습격한 일장의 목표 말이다."

플롭의 말을 막은 프리실라가 마델린의 추락 지점을 턱짓으로 가리켰다.

그 지적에 플롭은 순간 사고가 방황했지만 그 점은 이 순간 중요하지 않다고 깨끗이 팽개친 뒤 "공주 군." 하고 프리실라를 불렀다.

"구해 줘서 고마워. 나는 집사 군이나 우타카타 양을 데리고 피난하겠는데, 어디로 가면 될지 가르쳐 줬으면 좋겠어. 붉은 머리 선생도 데려가야 하거든."

"호오, 제 분수에 맞게 역할을 알고 있나. 그렇다면 저택으로 가 보아라. 공격이 집중되는 청사보다 그쪽이 더 안전할 테지. 그리고."

힐끔, 프리실라의 시선이 플롭에서 떨어져 지면에 쓰러진 하인켈을 보았다.

"그자는 버려 두어도 상관없다. 쓸모가 없다면 그뿐인 얘기다."

"공교롭게도 그럴 수도 없어. 붉은 머리 선생은 정신이 들면 전력이 되고, 무엇보다 너의 소중한 집사 군이 아파하면서까지 지켰거든."

"———."

플롭이 그렇게 전하자 프리실라의 시선이 휙 슐트에게 돌아갔다.

아슬아슬한 궁지에서 주인의 구원을 받아 감동한 슐트의 눈에는 눈물이 가득 고여 있었다. 여전히 그 두 눈은 불타고 있으니 젖었다 불탔다 난리였다.

그러나 슐트는 자신에게 일어난 신기한 현상에 우는소리를 하지 않고 대신 쓰러진 하인켈의 다리를 꽉 잡았다.

"하, 하인켈 님은 제가 데려가지 말입니다……! 프리실라 님께선."

"소녀에게는 해야 할 일이 있다. 너도 알고 있을 텐데."

"알지, 말입니다. 프리실라 님만이 하실 수 있는, 굉장한 일입니다……!"

기특한 슐트의 신뢰는 프리실라에게 어떻게 감명을 주었을까.

표정을 바꾸지 않는 프리실라는 그저 조용히 끄덕여 슐트의 말을 받아들이고, 곧장 골목 쪽에 시선을 주고 말했다.

"큰길을 피해 높은 건물 옆길을 지나가라. 슐트, 길은 기억하고 있으렷다."

"그렇지 말입니다! 시키신 대로, 매일 꼬박꼬박 산책하고 있었습니다!"

"갸륵하구나."

짧은 말로 슐트의 노력을 치하한 프리실라가 뒤돌았다. 더 이상 할 이야기는 없다는 명백한 태도다. 플롭도 오래 머무는 것은 상책이 아니라고 생각했다.

"집사 군, 안내해 줘. 붉은 머리 선생은 어떻게든 내가 메고 가겠어. 그리고 우타카타 양은 길 경계를. 사냥하느라 익숙하지? 의지하도록 할게!"

"아, 알았지 말입니다! 열심히 안내하겠습니다!"

"우도, 알았어."

순간, 도망치는 데 망설임을 보인 우타카타도 역할이 주어지자 끄덕였다.

이로써 역할 분담은 완료했다. 뒷일은——.

"공주 군! 거듭 고마워!"

"감사는 필요 없다. 그저 소녀를 찬미하는 말이면 족하다."

등을 돌린 프리실라는 플롭의 감사에 그리 대꾸했다. 그 딱 부러진 태도에 플롭은 쓴웃음 짓고 쓰러진 하인켈의 몸을 들쳐 메었다.

단련된 장신, 그의 몸은 아주 무겁지만 여차할 때 미디엄을 메고 도망치는 연습을 하던 것이 공을 세웠다. 두 어깨에 짐짝처럼 메고 간신히 움직인다.

"이것도 까먹으면 안 되지 말입니다."

슐트가 하인켈이 떨어뜨린 검을 주워 가녀린 손으로 세게 쥐었다.

그렇게 얼굴을 마주하고 같이 끄덕인 플롭 일행은 골목으로 달려가 저택으로 향한다.

완전히 멀어지기 전에──.

"프리실라 님! 분명히 이 불도…… 감사하지 말입니다!"

불타는 두 눈을 힘껏 부릅뜬 슐트의 감사하는 목소리가 프리실라에게 닿았다.

──그렇게 슐트 일행이 시끌벅적 황급하게 떠난 뒤.

"슐트하고, 그자는 플롭이라 했던가. 쓸 만한 자와 궁지에 같이 있었다면, 그자도 상당히 악운이 강한 놈이로고."

아무도 남지 않은 길 위에서 프리실라는 조용히 뇌까렸다.

그것은 두 눈에 불을 피운 슐트도, 무력함을 재치로 메꾼 플롭도, 분수에 맞지 않은 도량을 지닌 우타카타도 아니라, 마지막 한 명을 평한 말이다.

틀림없이 죽을 상황에서 살아남았다. 악운 말고 아무것도 아니다.

물론──,

"죽어야 할 때 죽지 못한 자가, 운수가 좋다고 할 수 있을지 의문이긴 하지."

연민은 아니고, 그러나 연민에 가까운 것이 말에 담겼다.

그것이 피 내음을 품은 전장의 바람에 녹아들어 아무도 듣지 못한 채로 사라진다.

그 순간──.

"──────."

소리와 함께 프리실라의 주황색 머리카락을 꾸미는 보석 장식이 깨졌다.

보석이 박힌 머리 장식은 약한 부분이 부서진 수준이 아니라, 그 머리 장식 전체가 단숨에 금이 가다가 산산이 부스러졌다.

프리실라가 묶었던 긴 머리카락이 나풀나풀 펼쳐지고, 출렁이던 머리카락이 등에 내려앉았다.

그리고──.

"──너도 죽지 않냐짜."

거칠게 잔해를 걷어차는 소리와 함께 길 위에 그림자가 나타났다.

온몸을 흙먼지로 더럽혔으나 몸 자체는 팔팔한 존재── 그 머리에 두 개의 검은 뿔이 난 모습에 프리실라는 날카로운 눈매를 좁혔다.

"용인족이라니. 그와 같은 옛것, 대체 어디서 끄집어냈지?"

"용을 얕잡아 보냐짜? 너, 몸 성하지 못할 줄 알아라짜."

소녀──마델린이 프리실라의 말에 적의를 보이며 동공을 용처럼 좁혔다. 프리실라는 그 왜소한 몸에서 뿜어내는 귀기를 받으며 풀린 머리카락을 살며시 어루만지고 말했다.

"소녀가 죽지 않는 것이 그토록 마음에 들지 않느냐?"

"그, 부푼 가슴을 터트려 주었을 터짜. 심장이 터져도 죽지 않는 녀석이 여러 명 있으면 배길 노릇이 아니짜."

"──심장이 터져도 말이냐."

마델린의 표현에 한숨을 지은 프리실라는 지적받은 자신의 가슴을 내려다보았다.

허리를 조인 드레스의 사양상 프리실라의 풍만한 가슴이 통상보다 강조되지만 확실히 마델린의 일격은 이 자랑스러운 가슴에 닿았다.

슐트 일행에게는 보이지 않았겠지만 하늘에서의 교차는 한 방씩 주고받은 셈이다.

프리실라의 일격이 마델린을 쳐 날린 것과 마찬가지로, 마델린의 반격 또한 프리실라의 가슴을 강렬하게 가격했다.

현시점에서 프리실라가 아무 일도 없는 것처럼 보인다면 그것은──.

"아무래도 기물조차 소녀가 이 세상에서 사라지는 것을 아쉬워하나 보군."

"──『혼혼술』이구나짜."

생각지 못하게 마델린의 입에서 튀어나온 단어에 프리실라가 눈썹을 까닥거렸다.

마델린은 프리실라를 노려본 채로 길거리의 건물을—— 아니, 그 너머, 훨씬 너머, 아득히 먼 저 너머의 남동쪽을 손가락으로 가리켰다.

"그 여우 인간과 똑같짜. 아는 사이냐짜?"

"모른다. 만약 소녀의 이것과 통하는 것에 짚이는 바가 있으면, 그쪽이 소녀의『짝퉁』일 테지. 소녀야말로『오리지널』이다."

"——?"

"알지 못하겠느냐?"

들은 적 없는 단어가 날아오자 마델린의 얼굴에 혼란이 발생했다. 따라서 프리실라는 그 혼란을 풀어 주려고 일을 간단하게 만들어 주기로 했다.

다시 말해——.

"어려워하는 상대와 마찬가지로, 너로는 소녀에게 이기지 못한다는 뜻이다."

"——큭, 용을 바보 취급할 것이냐짜?!"

"멍청한 것. 누구든 가릴까 보더냐. ——소녀가 위, 그 외가 아래다."

웃음과 함께 그리 대답한 순간, 마델린의 분노가 임계점을 넘어섰다.

얼굴을 붉히고 황금의 눈을 빛낸 용인이 포효하고 그 위협이 눈앞으로 닥쳐들었다.

그것을 정면에 둔 프리실라는 힐끔 하늘을 보았다.

하늘을── 아니, 그 하늘을 칼집으로 삼은, 진홍 보검의 칼자루를 찾으며.

"일조(日照)가 끝났는가. 약간 애를 먹겠군."

4

──성곽도시 일각에서 시작된 충격과 파괴는 일각에서 끝나지 않는다.

"─────."

처음에 도시 남쪽에서 시작된 격전은 밀집된 건물의 연쇄적인 파괴를 부르고 먼지구름을 일으키며 비룡에 의한 재해의 가공함을 웅변한 듯 보였다.

그러나 성곽도시 남방을 괴멸 상태로 빠트린 그것은 비룡의 재해가 아니다.

물론 큰 바위를 상공에서 떨어뜨려 지상을 유린하는 비룡의 수렵은 재앙 그 자체다.

쏟아지는 바위를 두려워하며 도망치는 사람들이 나타나면 활공하는 비룡의 발톱이, 송곳니가 그들을 끔찍하게 찢어발기고 물어 으깨어 길 위에 송장이 양산된다.

저항하는 사람들도 있다. 비룡에 활을 쏘아 지상에 떨어뜨리는 역습을 달성한 자도.

그러나 태반의 사람들은 비룡의 일방적인 공격에 노출되어 구원을 바랄 뿐이었다.

그 정도로 비룡이 초래하는 피해는 절대적이고 어마어마하다.

하지만 그 비룡들조차도 접근하기를 피할 만큼 그 격전은 파괴적이었다.

"츠, 아아아아아아아아——!!"

부르짖으면서 뛰어오른 왜소한 몸, 그것이 온몸을 뒤틀어 강대한 비익인을 투척했다.

굴절된 칼날은 바람 및 공기 저항을 교묘하게 가르고 도중의 모든 것을 휩쓸며 도시 그 자체를 재단한다. 그 파괴 성능은 종래의 비익인과는 비교가 되지 않는다.

일반적으로 쓰이는 비익인이 한손검 정도 크기라면, 그것은 대검 두 자루를 결합한 크기이며, 그 중량은 대검 열 자루를 녹인 것보다도 무겁다.

과거 이 세계에 태어난, 특별한 힘을 가진 열 자루의 성검, 마검들.

그것들을 벼리는 데 사용되었다는 금속으로 만들어진 그 무장은 겉보기보다 훨씬 흉악한 병기로서 그 힘을 유감없이 발휘했다.

한 번 던질 때마다 수십 미터 범위가 한꺼번에 괴멸하고 도시가 평탄해진다. 성난 용인이 날뛰는 모습에 성곽도시 남부가 괴멸할 때까지 몇 분도 걸리지 않았을 정도다.

그것은 이미 비룡이 초래하는 재해와는 다른 종류의, 새로운 재해라고 불러야 할 피해.

한 도시에서 두 천재지변에게 동시에 습격당하다니 악몽일 뿐
이다.

하물며 이 천재지변 중 한쪽은 고작 한 명을 멸하기 위해서 일
으켜졌다니.

"――――."

날뛰는 마델린의 공격을 프리실라는 춤추듯 땅을 박차며 피하
고 또 피했다.

용인족의 신체 능력은 얕보기 어렵지만 마델린의 전투법에는
섬세함이 없다. 무술 종류를 일절 배우지 않은 탓이다. 아마도
인간을 하등하다 얕잡아 보는 까닭에.

"하긴, 소녀도 무술을 배운 적은 없지만."

프리실라가 무언가를 배웠다면, 그건 검을 쓰는 이의 움직임
을 확실하게 보았다는 정도다. 그리고 자기 몸이 어떻게 존재하
며 어떻게 움직이는지를 완벽하게 파악하고 있을 뿐.

달인과 같이 양검을 다루는 데 이유가 있다면, 바로 그것이 이
유라 할 수 있으리라.

단, 양검을 뽑지 못하는 현시점에서는 마델린의 일격 일격이
위협적이기는 했다.

――일조가 끝나고 일륜이 그늘진다.

『양검』을 다루는 데도 그만한 규칙이 있었다. 태양은 항상 빛
나고만 있는 것이 아니다. 하루의 절반은 달과 역할을 나누며 힘
을 비축하는 시간도 있다.

항상 빛나는 태양이 있다면 그것은 바로 프리실라 자신이다.

그렇다고는 해도——.

"오래 걸리면, 그만큼 상처는 깊어지나."

마델린의 공격에 신중하게 대응하는 프리실라. 물론 양검이라는 결정타가 없는 것도 밀어붙이지 못하는 이유지만 용인족의 높은 생명력도 염려된다.

단숨에 죽이지 못하면 마델린의 반격이 프리실라에게 닿을 가능성이 높다.

처음과 같이 주고받는 꼴은 몇 번씩 거듭할 수 있는 것이 아니었다.

그렇게 결말을 뒤로 미루면 성곽도시의 피해만 커질 뿐이다.

직접적인 마델린의 파괴로 도시 남방이 괴멸했듯이, 다른 곳에서는 비룡의 공격이 잇따라 쏟아져 사상자는 지금도 늘고 있다.

게다가——.

"카아——."

날아서 돌아오는 비익인을 받아내고 두 다리를 땅에 디딘 마델린의 전의. 한곳에서 높아지는 용의 패기, 그것이 공기를 타고 도시 하늘에 있는 비룡들을 고무했다.

인간이라면 사기가 높아진다고 할 현상이지만, 야생에서 사는 사나운 종족의 본능을 들끓게 하는 그것은 광분이라 부를 만한 효과를 낳고 있었다.

비룡의 흉포성이 증가하고 공격의 수가 늘면 말 그대로 손을 쓸 수 없어진다.

그리되기 전에 사태에 변화를 주고 싶다. 그러기 위해서——.

"한 수가 더, 필요해."

──이 상황에 변화를 주기 위한, 뭔가 거대한 한 수가.

"_____."

"다음에는, 맞히겠어······."

마델린의 공격을 피해 뒤로 크게 뛴 프리실라가 붕괴한 시가지 위에 섰다. 프리실라를 노려보며 큼직한 공격을 반복하던 마델린이 짐승처럼 으르렁댔다.

하지만 마델린도 맞지 않는 공격을 반복하며 서서히 전술을 수정하고 있다. 배울 의지가 희박한 적이라면 좋지만, 그렇지 않으면 싸움 도중에 상대도 성장한다.

더 이상의 성장을 피하고 싶은 프리실라 앞에서 마델린이 하얀 숨을 뱉었다.

온몸에 용의 피를 내돌려 상승한 체온이 소녀의 작은 몸에서 김을 피워 올렸다.

하얀 숨과 어우러져 그 모습은 마치 하얀 연기에 휩싸인 것으로 보이기까지──.

"──아니."

이상하다고 프리실라는 한쪽 눈을 감고서 마델린을 응시했다.

전투가 오래가면서 용의 피가 활성화된 것은 수긍이 간다. 용인족인 마델린의 감정이 끓어올라 비룡들의 광분을 부른 것도 명백하다.

그러나 이곳 볼라키아 제국의 기후에서 숨결이 하얗게 흐려지다니.

하물며──.

"눈이 내리다니, 있을 수 없는 일이지."

프리실라는 시야 끝자락에 어른거리는, 하늘하늘 떨어지는 하얀 조각을 언급했다.

그것은 조금씩, 그러나 확실하게 늘어나면서 사람들을 지키는 차양 태반을 상실한 성곽도시에 내리는 눈이다.

진귀하다는 말로는 부족한, 일종의 천재지변이라 할 수 있으리라.

볼라키아에는 눈을 본 적 없는 사람도 적지 않다.

한 도시에서 두 개의 천재지변이 동시에 닥치면 악몽이라고 했었다.

하지만 새로운 천재지변, 세 번째가 겹치면 어떤가.

그것은 악몽인가, 아니면──.

"──그만해."

하늘에서 흘린 차가운 것. 그것이 천천히 쌓이는 땅에 울려 퍼지는 목소리.

은방울이 울리는 듯한, 아름답고도 또렷한 소리가.

──세 번째 천재지변, 그것이 겹치면 그것은 악몽일까.

──아니면 거대한 한 수가 될 수 있을까.

"아주 서두르는 상황이긴 해도, 못 본 척할 수 없어. 나, 엄──청 화났거든."

모든 것이 대재해에 휩쓸린 그곳에 은발 소녀가 발소리를 울렸다.

없어진 자신의 기사를 찾아 눈을 대동한 『마녀』가 성곽도시에 들어와 있었다.

5

──나츠키 스바루의 행방을 알 수 없게 된 에밀리아는 인생에서 가장 당황했다.

"부탁해, 스바루. ──제발 렘과 같이 무사히 있어 줘."

플레아데스 감시탑을 엄습한 그림자의 폭위, 거기에 스바루와 렘 두 사람── 아니, 정확히는 그 두 사람만이 아니라 또 한 사람의 불확정 요소가 같이 날아갔음을 알고 있다.

그런데도 에밀리아가 지금 이상으로 평정을 잃지 않고 넘어간 것은 스바루와 렘 두 사람과 연결이 있는 베아트리스와 람이 둘의 생존만은 보증해 주었기 때문이다.

물론 살아는 있어도 위험한 일이나 다칠 상황에 직면했을 가능성은 있다.

오히려 모르는 땅에서 잠자고 있는 렘을 건사해야 하는 판국이니 스바루가 무리할 것은 뻔하고 또 뻔했다. 그런데도 그런 스바루 옆에 에밀리아도, 베아트리스도 있어 줄 수 없으니 아주 황망했다.

"빨리 두 사람을 찾아내야 해……1"

그 결심과 함께, 에밀리아와 플레아데스 감시탑을 공략하러 온 일행은 움직이기 시작했다.

우선 스바루가 날아갔으리라 짐작되는 남쪽 볼라키아 제국——현재 루그니카 왕국과의 왕래가 금지된 그 나라에 어떻게든 잠입할 방법을 찾는 것부터였다.

"우리는 카라라기 쪽에서 두드려 보긋다. 원래 으르렁대던 루그니카캉 볼라키아보다 카라라기 쪽이 경계가 느슨할지도 모르니까네."

이는 스바루의 수색에 협력을 약속해 준 아나스타시아의 말이었다.

아나스타시아 일행도 율리우스와 에키드나를 포함해서 플레아데스 감시탑에서의 강렬한 체험이 있어 결코 여유가 있는 입장은 아니었으리라.

그런데도 스바루와 렘을 위해서 그렇게 제안해 주어 에밀리아는 몹시 기뻤다.

"나, 아나스타시아 씨랑 친구가 되어서 다행이야."

"마, 친구하곤 좀 다르다 본데이. 여전히 내캉 에밀리아 씨 입장은 경합 상대 그대로고. 그래도."

"그래도?"

"나츠키 일도 왕선도, 다 정리되거든 친구가 되까. 에밀리아 씨캉 같이 내도 친구 별로 없는기라."

스스럼없이 그렇게 말한 아나스타시아는 힘이 되겠다 약속해 주었다.

그럴 때가 아님을 알고 있어도 에밀리아는 그 약속── 스바루의 수색도 그렇지만, 아나스타시아와 친구가 될 약속이 이루어질 날이 고대되었다.

　그리고──.

　"아나스타시아 님께서 카라라기를 통해 건너가실 요량이라면, 이쪽은 심플하게 볼라키아와의 국경을 넘을 방법을 찾는 것이 상책이겠지요오──."

　플레아데스 감시탑에서 돌아온 에밀리아 일행과 합류하여 다급한 사태를 이해한 로즈월은 당장에라도 스바루를 찾고 싶다는 에밀리아의 의견을 존중해 주었다.

　단, 로즈월의 지위 및 힘을 구사해도 볼라키아 제국에 들어가는 것은 쉬운 일이 아닌 모양이다. 날아서 들어가려 해도 비룡에 물려 버린다나.

　무엇보다 제국이라고 해도 매우 넓은 곳이다. 겨우 입국에 성공해도 두 사람을 떡하니 찾아낼 수 있을지 없을지는 모를 일이다.

　더더욱 초조해지는 상황 속에서 타개책은 역시 믿음직한 그가 가져왔다.

　"볼라키아 제국에 들어가는 방법 말인데요, 짚이는 구석이 없는 것은 아니에요. 단, 그다지 칭찬받을 방법이 아니고, 위험도 있지만요."

　말을 꺼내기를 망설이면서도 결국 꺼낸 것은 에밀리아 일행의 귀환과 맞추어 저택에 돌아온 오토였다.

　수문도시 프리스텔라에서 요양하던 그는 같이 남은 가필과 함께 돌아와 에밀리아 일행을 크게 고민시키던 난제에 희망의 길을 제시해 준 것이다.

단, 그 방법이라는 것이 요컨대——.

"——밀입국입니다. 픽타트…… 루그니카 남쪽에 있는 5대 도시, 제 친가가 있는 그 도시를 통하면 들어갈 수단을 준비할 수 있을지도 모릅니다."

밀입국이란 정규 수속이나 절차를 밟지 않고 몰래 나라를 넘어간다는 뜻이다.

오토의 말대로 칭찬받을 수단이 아니고 만약 들킬 경우를 고려하면 아주 위험한 선택지임은 부정할 수 없었다.

하지만 달리 방법이 없다면.

"두 사람을 위해서, 우리가 할 수 있는 일을 다 해 봐야지."

굳센 각오로 에밀리아는 자신의 결심을 모두에게 전했다.

에밀리아의 결심에 람과 오토는 여러 가지로 주문을 달긴 했으나 아무도 '그만두자'는 말은 하지 않았다. 다들 스바루가 무사하기를 빌고 있었다.

그것이 에밀리아에게는 무엇보다 가장 자랑스러웠다.

"어떻게 해서든 스바루를 무사히 데리고 돌아오는 거야. 해 보는 것이야."

"응, 내 말이 그 말이야. 힘내자."

스바루와 따로따로 떨어져서 불안해하는 베아트리스. 그 작은 손이 에밀리아의 손을 꼭 잡자, 에밀리아는 다정하게, 힘차게 맞잡아 응답했다.

그리고 오토의 고향에서, 오토의 목숨을 노리는 옛 지인과의 말썽이나, 국경을 넘는 밀입국을 주선하는 집단을 상대로 벌인 페트라의 박력 있는 교섭, 프레데리카의 특별한 체질을 둘러싼 신부 소동 등을 일으키면서도 일행은 스바루와 렘을 찾아 나라를 넘고——.

"——그만해."

광란이 휘몰아치는 성곽도시에 눈을 부른 에밀리아가 그렇게 선언했다.

6

"————."

여러 건물이 붕괴하고 한때 아름답던 시가지가 옛 흔적도 없이 무너진 광경.

그리고 여전히 하늘을 우왕좌왕 나는 커다란 그림자가 날개를 구사해 사람들의 생활을 쳐부수는 모습을 멀리서 보며 에밀리아의 분노는 높아질 따름이다.

어째서 이렇게나 심한 짓을 할 수 있단 말인가.

다른 방식은 없는가, 제대로 찾을 노력을 하긴 했을까.

하지만 그렇게 생각하는 에밀리아 본인도 이 순간에 자신의 힘을 사용하는 것 말고는 싸움을 멈출 방법이 떠오르지 않아서 사실 분했다.

그렇기에 에밀리아는 힘껏 분해하며, 이 분한 마음을 잊지 않겠다고 생각했다.

그러기 위해서──.

"──아이스 에이지."

그렇게 중얼거린 에밀리아의 주위가 맹렬한 기세로 세계로부터 열기를 상실한다.

천천히 공기가 식어가다가 차가워진 하늘에서는 어른어른 하얀 눈송이가 보이기 시작한다. 급속하게, 도망칠 곳 없이, 에밀리아는 도시 주위를 추위로 뒤덮었다.

지나치지 않도록 조심하며 주의 깊게 마법의 힘을 조정한다.

깜빡 조정에 실수해서 이 도시를 에밀리아의 고향, 엘리오르 대삼림처럼 얼음덩이로 만들 수는 없다. 물론 나중에 녹일 수 있을지도 모르더라도 레굴루스의 신부들처럼 가사 상태가 될 만큼 얼리는 것도 엄금이다.

에밀리아가 해야 할 일은 추위를 모르는 제국의 땅에 견디기 어려운 빙계(氷季)를 선사하는 것.

살을 에는 찬바람이, 쌓이는 하얀 눈송이가, 뱉는 숨이 하얗게 물드는 마빙(魔氷)의 계절이, 이 비룡 재해를 맞은 성곽도시를 뒤덮는 것이다.

그렇게 하면──.

"용종은 추위에 약하지. 하물며 얼어붙을 추위를 모르는 비룡 씩이나 되면 그 가혹함은 더욱 현저하게 날개에 드러날 게야."

그렇게 말하며, 에밀리아가 서 있는 반파된 성벽 위에 가벼운 발소리와 함께 인영이 뛰어올랐다.

힐끔 눈길을 준 에밀리아가 "응." 하고 끄덕였다.

"비룡은 추위에 약하다고 뛰쳐나오기 전에 페트라가 가르쳐 줬어. 엄—청 열심히 공부해서 제국에 관해서도 금방 척척박사 가 되더라."

"종복의 지혜에 의존했나. 어쩐지 굴릴 머리도 없는 반마(半魔)치고는 멀쩡한 작전을 썼다 싶더구나."

"우, 그런 식으로 말하면 못 쓰지. 그리고 내가 하프엘프란 걸 어떻게……어라?"

상대의 말투에 입술을 삐죽인 에밀리아가 남보랏빛 눈을 동그 랗게 떴다.

붉은 드레스를 두르고 주황색 긴 머리카락을 찬바람에 나부끼 는 여성. 기억에 있는 모습과는 머리 모양이 달라도 거기에 있던 것은——.

"어, 프리실라? 왜 이런 곳에 있니? 여기, 루그니카가 아니잖 아?"

"너에게 같은 말을 고스란히 돌려주마. 하기야 네가 제국에 발 을 디딘 이유에 짚이는 바는 있지만…… 용케 나라를 넘어왔군 그래."

"아, 방법은 비밀이야. 말하는 거 금지하기로 했거든. 그리고 내 가 누구인지도 꼭 숨겨야 한 대. 그러니까 조심해줘. 나는……."

뜻밖의 재회, 남쪽 이국에서 볼 리 없었을 프리실라의 모습에 에밀리아는 놀라면서도 기묘한 감개를 느끼며 대답했다. 그렇다고는 해도 놀라고만 있을 수 없다. 에밀리아가 제국에 들어온 방법은 반칙, 소위 나쁜 짓이다.

그 점을 제대로 프리실라에게 전해 두어야——.

"——! 프리실라, 위험해!"

하려던 말을 중단하고 에밀리아는 프리실라에게 경고했다.

다음 순간, "쯔." 하고 혀를 찬 프리실라가 뒤로 뛰고, 맹렬한 기세로 회전하는 칼날——비익인이 프리실라가 있던 곳을 도려냈다.

너덜너덜 붕괴 직전이던 성벽은 서슬 퍼런 칼날에 깔끔하게 잘려서 도리어 기적적으로 붕괴를 모면하게 되었다. 그 칼날을 피한 프리실라도 드레스 옷자락을 펄럭이며 이번에는 더욱 에밀리아 가까이, 바로 옆에 착지했다.

그리고——.

"줄줄이 계속, 대체 뭐냐짜, 너희."

돌아온 비익인을 한 손으로 받고 분노를 머금은 소녀의 목소리가 에밀리아에게 닿았다.

내려다보니 파괴된 시가지 안, 길거리에 뿔이 난 소녀가 눈을 빛내며 덩그러니 서서는 나란히 선 에밀리아와 프리실라를 노려보고 있었다.

저쪽도 아주 화난 것 같다. 하지만 에밀리아도 아주 화났다.

따라서 에밀리아는 그 소녀를 손가락으로 척 가리키고 말했다.

"내 이름은 에밀리…… 에밀리! 지나가던 정령술사야!"

하마터면 흥분해서 본명을 말할 뻔했지만, 겨우 가명을 대는
데 성공했다. 에밀리아의 큰소리에 프리실라가 눈을 가늘게 뜨
고, 이름을 들은 소녀는 "정령술사……." 하고 중얼거렸다.

"그 견인족하고 똑같았냐짜……?"

"혹시 네가 생각하는 것이 아라키아라면, 그자는 『정령 포식
자』이지 정령술사가 아니다. 헛짚었다, 마델린 에샬트."

"욱……."

저 소녀──마델린이 속내를 지적한 프리실라의 말에 얼굴을
굳혔다.

다만 방금 이야기는 에밀리아도 도저히 들어 넘기지 못할 소리
같았다.

"저기, 『정령 포식자』가 뭐야? 정령을 어쩌는데?"

"들었다시피 정령을 포식한다. 그 힘을 자기 안에 흡수하여 완
벽하게 사용하는 존재지. 지금은 대부분이 실전되어 제국에도
아라키아 정도밖에 없다."

"정령을 잡아먹어?! 그럴 수가, 너무해……."

정령술사이며 다수의 미정령(微精靈)과도 계약한 에밀리아에
게는 믿기지 않는 이야기다.

만약 팩이나 베아트리스가 그 『정령 포식자』와 만나면 그 둘도
몸이 깨물리거나 그럴까. 울상을 짓는 두 사람을 떠올리니 가슴
이 아프다.

"아니, 지금은 그것보다…… 얘, 마델린이라고 하니?"

"용을 아랫것 취급 마라, 반마."

"그러면 똑바로 마주 보고 대화하자, 마델린. 네가 저 비룡들에게 도시를 공격하게 한 장본인이지? 그걸 그만두었으면 해, 지금 당장."

시선을 먼 곳에 던진 에밀리아는 도시의 상공을 오가는 비룡 무리를 손가락으로 가리켰다.

기온 저하의 영향인지 비룡의 움직임은 살짝 둔하게 보였다. 이대로 기온을 계속 낮추면 비룡들을 족족 지상에 떨어뜨릴 수도 있으리라.

하지만 가능하면 그러고 싶지 않다. 비룡이라도 죽이고 싶지 않으니까.

"네가 비룡을 소중히 여긴다면, 내 소원을 들어주길 바라."

"————."

"마델린?"

에밀리아는 가능한 한 성실하게 자신의 말을 전했다고 여겼다.

어쩌면 오토나 람, 페트라 쪽이 더 능숙하게 말할 수 있었을지도 모른다. 하지만 비룡 무리에 습격받은 도시를 본 순간, 화급하게 달려올 수 있는 것은 에밀리아뿐이었다.

첫 타자인 이상 에밀리아는 전력으로 할 수 있는 일을 다한다.

그 결과——.

"용에게 요구를 하다니, 어지간히도 거만하구나짜, 인간……!"

마델린의 분노를 터트리게 되더라도.

"네가 아니라 그 누구라도 설복시키지 못할 게다. 저것은 용인, 원래부터 땅에 뿌리를 내린 자가 하는 말에 귀를 기울일 만큼 기특한 생물이 아니다."

분노에 찬 마델린과 대답과, 그 말을 듣고 숨을 죽인 에밀리아. 양쪽의 대화를 말없이 듣던 프리실라가 결렬된 교섭에 대한 소견을 논했다.

그것이 자신을 격려해 주는 것 같아서 에밀리아는 눈을 동그랗게 떴다.

"프리실라, 항상 나에게 심술궂은 말만 하는 아이인 줄 알았는데."

"소녀는 걸맞지 않은 자에게 걸맞지 않다 논하는 것을 매정타 여기지 않는다. 자비로운 소녀의 말을 곡해하지 말라. ──자, 어찌 할 테냐."

"응."

끄덕이며 에밀리아는 뻗은 왼손으로 얼음 머리 장식을 만들어냈다. 그 머리 장식을 내밀자 미심쩍은 듯 한쪽 눈을 감는 프리실라에게 끄덕였다.

"같이 저 아이를 막자. 심술부리면 안 돼."

"소녀의 행동을 치기의 발로라고 깎아내리지 마라, 반마 나부랭이가."

못된 말을 하는 프리실라가 받아든 얼음 머리 장식으로 머리카락을 모아 묶었다. 얼음 걸쇠가 맞물리는 소리가 나고 낯익은 분위기로 돌아온 프리실라와 에밀리아는 나란히 섰다.

그리고──.

"──용을 상대로, 두려움을 모르는 녀석들은 지긋지긋하짜."

"나, 얼마 전에 커다란 용(龍)하고 싸운 직후야. 그러니까 네가 겁내 주길 바라도 너를 겁내 줄 수 없어!"

하얀 송곳니를 드러낸 마델린의 위협에 에밀리아가 딱 부러지게 대답했다.

그 즉시 마델린의 눈이 지룡처럼 가늘어졌다. 에밀리아와 프리실라를 노리고 손에 든 비익인을 맹렬하게, 무시무시한 속도와 기세로 던졌다.

회전하며 쇄도하는 칼날을 보자 에밀리아는 두 손에 커다란 얼음 망치를 만들어 냈다.

수직으로 쳐올리는 얼음 망치, 그 일격으로 짓치던 비익인을 때려 위쪽으로 튕겨내려 했다.

"응, 차!!"

두 손에 강렬한 반동이 돌아와 바닥을 밟은 에밀리아가 힘내서 얼음 망치를 쳐올렸다. 일격이 가까스로 비익인의 궤도를 틀어 칼날은 에밀리아와 프리실라 머리 위를 지났다.

그러나 단 한 합 만에 얼음 망치는 깨지고 에밀리아의 양손도 찌르르 저렸다.

"엄청난 힘……. 나보다, 훨씬 장사인가 봐……."

"당연하짜! 용과 사람을, 같은 잣대로 비교하는 게 잘못———."

작은 몸으로 앞에 나서서 아파하는 에밀리아에게 으스대는 마델린. 마델린의 머리 위로 도시청사보다 큰 얼음덩이가 추락했다.

"———앗?!"

갑작스러운 얼음덩이, 그 규모와 무게에 목이 턱 막힌 마델린의 작은 몸이 짓뭉개졌다.

차가운 충격파가 마델린을 중심으로 전방위로 넘쳐나고 하얀 바람이 파편이나 무너져 가던 건물을 날려 버려 심대한 파괴를 초래했다.

"너는 무슨 입으로 도시를 부수지 말라는 게냐?"

"엇! 그래도 방금 거기는 이미 망가졌으니까……."

"사물을 대충대충 보는군. 네 종복은 참으로 마음이 무겁겠어. 그렇다고는 해도 너 또한 슬슬 알겠지."

"슬슬, 안다고?"

얼음덩이가 떨어진 지점을 바라보던 프리실라가 팔짱을 끼고 눈을 가늘게 떴다. 그 옆얼굴에 물어보려던 에밀리아지만 답은 프리실라의 입술과 눈앞의 광경 양쪽에서 동시에 왔다.

마델린을 뭉갰을 얼음덩이, 대지에 박힌 그것이 희미하게 떨며 마치 세상이 금이 가는 듯한 커다란 소리가 얼음덩이 그 자체로부터 울리기 시작했다.

지면에 떨어졌을 얼음 덩어리, 그 착탄점에서 팔을 위로 내지른 소녀를 기점으로.

"──용인이, 얼마나 성가신 존재인지를 말이다."

프리실라의 말이 끝난 직후, 굉음과 함께 장대한 얼음덩이가 두 동강으로 쪼개졌다.

파괴의 충격이 전체로 퍼지고 부서진 얼음이 말단부터 마나의 티끌로 변해간다. 그, 얼음조각이 날리는 광경 한복판에서 포효한, 용(龍)의 화신인 용인이 두 사람에게 달려들었다.

7

──얼어붙을 바람이 미친 듯이 날뛰고 파괴의 충동이 설치는 전장을 미인들이 춤춘다.

멀리서 그 싸움을 보는 이가 있으면 너무나 장엄하여 눈을 의심했으리라.

과연 저것은 현실인가, 아니면 몽환에 속하는가.

"카아──!!"

지면을 밟아 부술 정도의 힘을 담아 작은 용인이 선회하는 '죽음'을 투척했다.

호를 그리며 도중의 모든 것을 휩쓰는 파괴의 비인(飛刃)은 그 포학적인 위협과 정반대로 아름답게 세계를 재단하고 찢어발긴다.

만약 이것이 한 폭의 회화였으면, 어쩌면 보통 사람의 심미안에는 파괴가 아니라 세계를 아름답게 깎아내기 위한 가지치기로까지 비쳤을지 모른다.

그만큼 마델린 에샬트의 분노는 세련된 본질적 폭력이었다.

그러나──.

"프리실라! 줄게!"

얼음 발판을 공중에 만들어내어 던져진 비익인을 피하면서 은발을 찰랑이는 천상의 미모, 그것이 지상을 향해 손을 휘두르자 원형을 잃어버린 도로가 얼어붙었다.

동결된 대지가 융기되어 만들어진 것은 아름다운 장식의 얼음 검이었다.

그것을 내달리는 미희(美姬)가 스치는 순간 대지에서 뽑고——.

"소녀가 아니라면 손가락이 떨어지겠지. ——하나 장식은 나쁘지 않군. 쓰도록 해 주마."

파르스름한 절빙(絕氷)이 내달리고 마델린의 몸을 사선으로 참격한다.

그러나 그 작은 몸에 어떠한 힘을 간직하고 있는지 일격을 맞은 마델린은 가볍게 몸만 젖힐 뿐, 대신에 일격을 가한 얼음 검 쪽이 깨지는 상황.

마델린이 접근한 프리실라에게 그 손을 뻗지만.

"이얍!!"

그 폭거를 용납지 않겠다고 수직으로 떨어지는 에밀리아의 두 다리가 마델린을 때렸다.

회전하며 내리꽂힌 두 발에 얼음 신발을 신은 에밀리아. 소녀의 두 어깨를 으스러뜨리는 무자비한 공격이, 강건한 마델린에게 한 걸음 헛디디게 했다.

찰나——.

"부탁해!"

"지시하지 마라."

착지한 에밀리아가 지면에 두 손을 짚고는 만들어 낸 얼음의 쌍검을 프리실라가 낚아채고, 쭈그린 에밀리아를 뛰어넘어 마델린에게 휘둘렀다.

오른손과 왼손, 프리실라가 잡은 얼음 칼날이 다른 각도로 마델린에게 날아간다. 순간적으로 뻗은 두 손의 손톱으로 막자 쇳소리가 울려 퍼졌다.

"까불지…… 윽?!"

"에이얍!"

쌍검을 쳐내고 반격으로 이행하려던 마델린의 안면에 프리실라 머리 옆을 지난 얼음의 창날이 내질러졌다. 창졸간에 몸을 기울인 마델린, 거기에 프리실라와 교체되어 앞으로 나선 에밀리아가 얼음 창을 눈에도 잡히지 않는 속도로 내질렀다.

"바꾸어라."

그 창을 마델린이 버텨 내면, 이어서 얼음의 검무를 선보이는 것은 프리실라다.

붉은 드레스 옷자락을 나부끼며 파랗게 빛나는 얼음 쌍검을 유려하게 휘둘러 하얗게 얼어붙는 세상에 춤추는 프리실라의 검무가 마델린의 온몸을 가격해 물러나게 만들었다.

"——어째서, 어째서 어째서 어째서, 어째서냐짜?!"

프리실라의 쌍검을 대처하는 데 쫓겨 방어 일변도인 자기 자신에게 마델린이 절규했다.

그 비통한 목소리를 들어도 프리실라의 맹공은 한 점도 느슨해지지 않는다. 마델린에게는 더욱 악몽처럼 프리실라가 검무의 발길을 멈춘다 해도——.

"얍! 차찹! 야야얍!!"

숨 돌릴 틈도 없이 튀어나온 에밀리아가 잇따라 얼음의 무장을 만들어 내어 심상치 않은 대응력을 구사해 힘껏 후려갈긴다.

──프리실라가 기술로, 에밀리아가 힘으로, 마델린의 공방을 완전히 봉하고 있다.

용인족이 타고난 신체 능력은 빈약한 인간 따위와는 비교가 되지 않는다. 인간보다 다소 튼튼한 아인족이라 해도 용인족 앞에서는 마른 나뭇가지나 다름없다.

그것은 가증스럽게도 용인과 비견될 때가 있는 오니족(鬼族)이어도 마찬가지.

용인과 오니, 최강의 종족이라며 나란히 거론할 때도 있지만, 당치도 않은 이야기다.

어차피 오니족 따위 아인족 중에서 뛰어난 피에 불과하다. 용인은 그것들과 근저부터 다르다.

용인은 아인족이 아니다. 인족에 속한 종과는 뿌리부터 다르다.

용인이란 사람이 아닐진저. 그렇건만, 어째서 이토록 막힌단 말인가.

"너희는 뭐냐짜…… 대체 뭐냐짜!"

분노에 맡긴 공격이 연거푸 헛손질하다가 끝내 내뱉을 분노도 동이 난다.

그렇게 용의 분노가 동난 뒤에 남은 것은, 꼴사납게 뒤집힌 용의 설움이다. 거머쥔 비익인을 옆으로 휘둘렀지만 에밀리아가 몸을 숙여서, 프리실라가 뛰어서 피했다.

그리고 상하, 양쪽으로 나뉜 두 사람은 마델린의 설움에 동시에 대답했다.

너는 뭐냐는, 그 물음에──.

"──에밀리!"

"소녀다."

올려치는 얼음의 대형 도끼와 번뜩이는 두 자루 얼음 칼날이 각각 마델린에게 직격했다.

얼음 칼날에 머리의 뿔이 날카롭게 얻어맞고 몸통에 얼음 도끼의 맹격을 맞은 마델린이 낙법도 못 취한 채 뒤로 홱 날아갔다.

싸움 중에 그치지 않은 눈이 엷게 앉은 지면 위를 마델린의 몸이 한 번, 두 번 높이 튕기다가 기세대로 잔해더미로 처박혀 하얀 먼지구름이 큰 소리와 함께 피었다.

에밀리아는 방심하지 않고 마델린이 처박힌 잔해더미를 가만히 바라보며 말했다.

"무찌른, 걸까……."

"그만한 손맛은 있었다. 아쉽게도 맛이 싱겁기는 했다만."

"싱거워……?"

옆에서 나서는 프리실라. 그 손아귀에서 쌍검이 빛으로 화하는 것을 지켜보던 에밀리아는 갸우뚱했다. 왠지 모르게 프리실라의 입가를 보지만 먹는 것은 없다.

에밀리아의 시선에 프리실라는 자그맣게 한숨을 쉬었다.

"용인으로 태어나 『구신장』이란 지위에 있는 녀석이 고작 이 정도인가, 하는 소리다."

"그, 구신장도 그런데, 용인이라는 게 뭐야? 아인족이지?"

"고대에 멸망했다는 종족이니라. 이미 이 세상에서 찾아볼 수 없어진 용(龍)과 소통하는 힘을 가졌다고 하지만, 미신의 부류였나."

"용……. 그거, 볼카니카와도 할 수 있어? 조금 골골대지만."

에밀리아가 쭈뼛쭈뼛 꺼낸 말에 프리실라가 살짝 눈썹을 세웠다. 그리고 입가에 살며시 손가락을 짚고서 말했다.

"설마 네 입에서 그러한 말이 튀어나올 줄이야. 다소 잘못 보았나?"

"──? 아, 혹시 농담이라고 여겨? 하나도 농담 아니야. 실은 얼마 전에 볼카니카하고 만났는데, 줄곧 혼자였던 바람에 말이 별로 통하지 않아서."

믿을 마음이 없는 프리실라의 반응에 에밀리아가 허겁지겁 항변했다. 하지만 에밀리아는 금세 "안 되지." 하고 우선할 일을 떠올렸다.

"무찔렀으면 마델린에게 비룡을 멈추게 해야 되는데!"

"이 추위라면 움직임이 둔해진 비룡쯤이야 머지않아 다 사냥당할 게다."

"그사이에도 위험한 사람은 있어! 스바루와 렘도, 위험할지도 모르는데……."

"흠."

프리실라 옆에서 튀어나간 에밀리아가 마델린이 파묻힌 잔해로 향했다. 그 등 너머로 주고받은 대화에 프리실라가 고운 눈썹을 찌푸렸다.

물론 그 반응은 얼음 막대기를 만들어 내어 잔해에 파묻힌 마델린을 파내려고 애쓰는 에밀리아에게는 닿지 않는다.

어쨌든 그 등을 바라보며 프리실라는 작은 한숨을 쉬었다.

생각지도 못하게 도착한 한 수가 이끈 결과, 그것 자체는 좋다 치겠다. 하지만 마델린과 비롱이 초래한 심대한 피해는 지울 수 없다.

최악의 경우 거점을 마도 카오스프레임으로 옮기는 것이나 협력자인 세리나 드라쿨로이 상급백을 의지하는 것도 고려해 두어야 하리라.

"어쨌든 간에, 우선 날개를 접게 한 다음에 해야겠지."

차후를 염려하기를 잠시 멈춘 프리실라는 하얗게 흐려진 하늘을 쳐다보았다.

한정된 범위라고는 해도 기후 변동조차 가능케 하는 에밀리아의 힘. 차라리 볼라키아에서 살았다면 아낌을 받고 왕선이라는 질 싸움에 시간을 허비하는 우행도 범하지 않고 끝났으리라.

볼라키아에서 존중받는 힘도 루그니카에서 똑같이 대우받는다고는 장담할 수 없으므로.

물론 성질이야 둘째 치고 에밀리아의 성격으로는 볼라키아에서 살지 못할 것이라──.

"──────."

그렇게 하늘에 사고를 그리던 프리실라의 눈동자가 살짝 흔들렸다.

보옥 같은 붉는 눈동자가 흔들린 것은, 쳐다본 너른 하늘에 희미한 위화감을 포착했기 때문이다.

그리고 그 위화감의 정체를 프리실라가 이해한 것과——.

"찾았다! 마델린, 지금 꺼내 줄게. 하지만 얌전하게 우리 얘기를……."

"——아."

"어?"

잔해에 파묻힌 소녀를 찾아낸 에밀리아가 얼음 막대기로 건물 파편을 치웠다. 흙먼지에 찌든 눈으로 옷을 더럽힌 채 위를 보고 누운 용인족 소녀.

그 입술이 움직이고 쉰 목소리가 흘러나와서 에밀리아는 귀를 기울였다.

패배를 인정하고 비룡을 물리겠다는 의미의 말을 기대하고.

그러나 에밀리아의 기대도 헛되이 마델린의 입술에서 나온 것은 패배 선언이 아니었다.

중얼거린 딱 한 마디, 이름이다.

"——메조레이아."

——다음 순간, 구름 위에서 터진 『용(龍)』의 포효가 지상에 파괴를 퍼부었다.

8

천공에서 하얀 빛이 방사된 순간, 에밀리아와 프리실라는 동시에 움직였다.

소리도, 신호도 없이 얼음 탑이 생성되고 하늘로 뻗은 탑 꼭대기에 은빛과 붉은빛의 미모가 올라섰다.

지상 10여 미터로 한순간에 솟구친 탑 정상, 에밀리아는 두 손을 하늘에 들고 하얀 빛의 착탄이 예상되는 범위에 거대한 얼음 덮개를 만들어냈다.

만들어진 덮개는 내부에 다시 작은 덮개를 품어 도합 여섯 겹의 덮개가 하늘을 가렸다.

그리고 에밀리아가 빙설의 방호를 구축하는 뒤편에서 프리실라는 그 매끄러운 손가락을 허공에 뻗어 공간을 칼집 삼는 『양검』을 뽑았다.

벌건 빛과 눈길을 빼앗는 장식들로 꾸며진 주옥의 보검, 그러나 그 내부에서 넘실대는 빛은 만전일 때와 비교할 여지도 없이 약하다.

그럼에도 프리실라는 보검을 잡고 머리 위를 쳐다보았다.

다음 순간, 떨어지는 하얀 빛이 가장 바깥쪽 덮개에 직격했다. 불과 1초도 못 버티며 첫 번째 덮개가, 두 번째, 세 번째 덮개가 관통되어 빛이 지상에 육박한다.

하지만 관통되어 찢어진 덮개가 역할을 전혀 완수하지 못했느냐면, 그것은 아니다.

빛에 맞아 뚫리는 순간, 살짝 빛의 각도가 바뀐다.

첫 번째, 두 번째, 세 번째로 미미한 변화가, 네 번째, 다섯 번째로 자그마한 변화가 되었으며, 그리고 여섯 번째가 찢어진 순간에는 빛이 들어오는 각도가 확실하게 변화했다.

직선으로, 하얀 빛이 얼음 탑으로, 정상에 선 두 사람에게 떨어졌다.

그것을 요격하듯이 진홍의 광채가 아름답고 선명하게, 그리고 저항하는 한 줄기 빛이 되어 솟구치고──.

9

"━━━."

소리가 완전히 사라지고 난생처음 맛보는 고요가 체감상 10초.

아마도 실제로는 1초에도 미치지 못했을 그것이 터졌을 때, 도시 남쪽에서 퍼진 충격파는 성곽도시를 두루두루 집어삼키고 뒤집어엎었다.

지면이, 건물이, 사람이, 비룡이, 가차 없이 구별 없이 바람에 삼켜져 날려간다.

당연히 부상자가 실려 와서 임시 치료원이 된 도시에서 으뜸가는 대저택. 거기서 다친 사람을 치료하느라 뛰어다니던 플롭도 충격에 휩쓸려 벽에 처박혔다.

"━━━으."

몇 초, 혹은 십여 초, 어쩌면 몇 분 단위로 정신을 잃고 있었을지도 모른다.

등에 강렬한 충격을 받아 내장이 몽땅 뒤집히는 감각을 맛보았다. 아픔은 별로 없지만 어쩌면 너무 아파서 느끼지 못하는 부류의 상처를 입었을 가능성도 없지만도 않다.

만약 실제로 그렇다면 이대로 아픔을 깨닫지 못한 채 매일을 보내고, 여동생 미디엄이 무사히 행복하게 누군가에게 시집 가는 모습을 지켜본 뒤, 자신도 세상에 대한 복수를 이룩한 달성감을 맛보고, 늙어서 수명으로 죽기 직전까지 깨닫지 못한 채로 있고 싶다.

거기까지 가면 상처 때문에 죽었는지 수명 때문에 죽었는지 구별은 가지 않으리라.

"좋아, 좋아, 아마, 심각한 상황은 아닌 것 같다구……."

보험에 보험을 더하여 자기 몸 상태를 신중하게 헤아린 뒤에 몸을 일으켰다.

팔다리는 움직이고 손가락도 다 남아 있다. 귀나 코가 빠지거나, 눈이 먼 상황도 다행히 없는 모양이다. 방심은 금물이지만, 지나치게 비관적이어도 좋지 않다.

고개를 저으며 일어난 플롭은 뿌연 시야를 닦고 주위를 둘러보았다.

아무래도 주위 피해도 플롭과 어슷비슷한지 여기저기서 아픔을 호소하는 신음성이 들린다. 치료를 기다리는 이도, 이미 마쳤던 이도, 새로 다친 사람이 된 이도, 좌우지간 돕기 위해 손을 뻗어야 한다.

"집사 군과, 우타카타 양도 무사하려나……."

플롭 일행은 조우한 마델린의 상대를 프리실라에게 맡기고 저택에 있는 렘 집단과 합류하여 할 수 있는 일을 찾아 부상자 대응을 돕고 있었다.

두 눈에 불을 피운 상태의 슐트도 프리실라를 걱정하면서도 이를 도와 어떻게든 마음이 진정되던 참이었다.

　그런데 그 충격 한 방에 산통이 다 깨지다니 답답하기 그지없다.

　"대체, 무슨 일이 있었던 건가요……."

　그렇게 말하며 저택 안에서 모습을 보인 것은 부상자에게 치유 마법을 걸고 있었을 렘이다. 지팡이를 짚은 렘은 정신을 못 차리면서도 무슨 일이 일어났는지 창문을 통해 저택 밖을 엿보았다.

　방금, 도시 전부를 뒤집는 충격은 도저히 예사로운 것이 아니었다.

　어쩌면 비룡이 무리를 지어 쳐들어오는 일이나 『구신장』 중 하나가 힘껏 날뛰는 일보다 더 무시무시한 일이 일어난 것이 아닐까 생각될 만큼.

　그렇게 경계하는 플롭이 렘에게 말을 걸려던 순간——.

　"——세상에."

　눈을 크게 뜨고 표정이 심각해진 렘이 허둥지둥 저택 문 쪽으로 향했다. 밖에서 무엇을 보았는지 황급하게 뛰쳐나가는 등에다 플롭도 "부인 군!" 하고 외쳤다.

　아픈 가슴과 무릎을 억누르며 렘의 뒤를 쫓는다. 그러자 렘은 저택 앞마당에 쓰러져 있는 인영 옆에 쭈그려 앉아 그 용태를 확인하고 있었다.

　방금 충격으로 날려 온 듯한 새로운 부상자. 그 옆의 렘을 쫓아서 밖으로 나온 플롭은 저택 안에서는 알 수 없었던 광경에 눈을 부릅떴다.

"이건……."

아른아른 하얀 눈이 내리는 과랄. 그 남쪽 하늘에 두꺼운 구름이 몇 겹씩 걸려 있으며 그 구름을 태양빛이 꿰뚫듯이 내리쬐고 있다.

완전히 환상적이라고까지 할 수 있는 광경에 하얀 숨을 뱉은 플롭이 몸서리쳤다.

갑자기 주위 기온이 현저히 떨어진 데다가 저런 천재지변 같은 절경까지 전개된 상황이다. 이미 꿈에서도 이런 광경은 좀처럼 실현할 수 없겠지.

즉, 꿈은 아니라고 역설적으로 생각한 플롭은 고개를 가로저었다.

"플롭 씨, 도와주세요! 이 아이를 안으로 옮겨야……."

"응, 알았어. 날씨가 이렇게 희한한 날에도 우리가 할 수 있는 일은 우리에게 가능한 일밖에 없어. 그것을 힘껏——."

해야 한다는 말과 함께 돌아서서 플롭은 렘을 도우려 했다. 그런 플롭의 파란 눈이 벌어지고 말이 도중에 중단되었다.

이유는 명백해서, 도움을 요청한 렘의 등 뒤에 있었다.

렘의 등 뒤. 방금 충격으로 날아와 렘이 치료를 위해 저택으로 옮기자고 제안한 그 인영은 작았다. 작고, 예쁘며, 머리에 검은 뿔이 두 개 있었다.

그리고 의식이 몽롱한지 렘 뒤에서 천천히 몸을 일으킨 소녀는 날카로운 손톱이 달린 팔을 아무렇게나 휘두르려는 중이었다.

"————."

또다시 플롭은 소리가 사라지고 시간 흐름이 실제와 어긋나는 감각을 맛보았다.

자신을 보고 있는 렘은 뒤에 육박하는 위협을 깨닫지 못했다. 그 위협이 된 소녀 역시 렘을 해치려는 의도가 있다기보다는 방위 본능이 앞선 것처럼 보였다.

아마 어지간히 지독한 꼴을 봤으리라. 그 점은 동정하지만 동정해도 상황이 달라지지 않는 것이 곤욕스러우며 난처한 바였다.

"———."

저택과 렘의 호위를 맡고 있는 쿠나와 홀리도 아마 아까 충격에서 회복하느라 시간이 걸리고 있다. 보이는 범위에 사람들은 보이지 않고, 대처도 기대할 수 없다.

두 눈을 불태운 슐트, 투쟁심을 참으며 치료를 돕는 우타카타, 혼절한 채로 깨지 않는 하인켈. 그들을 믿고 있을 수도 없다.

눈을 감으면 눈꺼풀 속에는 터질 것만 같이 환한 웃음을 띤 여동생이 보인다.

오빠가 아프지 않도록 강해지겠다고 맹세하고, 정말로 강해진 자랑스러운 여동생. 그런 여동생과 함께 세상을 뛰쳐나갈 계기를 준 은인, 의형제, 다양한 모습이 스치고.

「——자기 목숨을 소중히 해라, 플롭. 자기희생 같은 건 바보 멍청이나 하는 짓이야.」

언젠가 무모하게 삶을 사는 플롭을 향해 은인이 그렇게 웃은 적이 있었다.

지금 이 순간 플롭은, 문득 떠오른 그때와 똑같은 말을 하겠다.

"나는, 바보 멍청이 소리를 들어도 상관없어."

그런 자신의 대답에 좋아하는 사람들이 모두 손뼉을 치며 웃어 주었기에.

"플롭 씨——."

앞으로 나아가 뻗은 손으로 가녀린 어깨를 밀어 렘을 그 자리에서 밀쳐냈다.

그리고 휘두른 손톱의 궤적에 대신 끼어든 바보 멍청이가 한 명 있었으니——.

피가 튀고, 플롭 오코넬은 차가운 지면에 쓰러졌다.

제6장 『플롭 오코넬』

1

——굴욕이었다.

짓씹은 송곳니가 삐걱거리고 내장이 분노로 끓어오르며 영혼이 비분 때문에 금이 간다.

하등한 인간에게 놀아나며 할 일을 하지 못한 채 내몰리고, 꺼내면 안 될 것을 알던 비장의 수까지 꺼내고서, 자신은 무엇을 하고 있단 말인가.

"이렇게, 꼴불견일 수가쨔."

용인이라는 존재가 쉽사리 보여서는 안 될 경지, 그것을 호락호락 내보인 추태.

만약 다른 용인이 보았으면 꼴이 꼴이라 얼굴을 가리고 용인의 망신이라 욕하며, 자타를 향한 분노 때문에 죽으려는 마델린을 죽여 주리라.

하지만 그런 일은 일어나지 않는다. 다른 용인이라곤 없다. 마델린은 끝까지 혼자다.

——그렇기에 무슨 수를 써서든 반려이기를 바란 존재를 죽인

상대에게 복수해야만 한다.

"플롭 씨, 도와주세요! 이 아이를 안으로 옮겨야⋯⋯."

몽롱한 의식 끄트머리에 누군가의 그런 목소리가 들렸다.

누구고 뭐고 없다. 인간 목소리다. 자신 말고 모두가 그러니까 인간 목소리다. 마델린에게 굴욕을 준 인간, 안내를 받듯이 목소리가 들리는 쪽에다 팔을 뻗었다.

눈앞에 있는 가녀린 등, 그것을 찢어발기고, 그리고──.

"나는, 바보 멍청이라고 불려도 상관없어."

그것과는 별개의, 누군가의 목소리가 들리고, 다음 순간에 살을 가르는 감촉과 함께 피가 튀었다.

해냈다는 생각은 들지 않았다. 용인에게 일격을 당하면 인간의 몸 따위 잠시도 버티지 못한다. 그래도 우선 한 명. 다음의, 다음을, 다음이, 다음으로──.

"다음은, 누가⋯⋯."

자신의 손톱에 찢기고 싶으냐고, 이를 드러내며 포효하려 했다.

다음 사냥감을 탐욕적으로 찾으며 지금 막 쓰러뜨린 상대를 발로 차 굴리고──.

"어⋯⋯?"

하얀 피부를 피로 물들이고 긴 금빛 머리카락을 지면에 흩트린 남자가 쓰러져 있다.

모르는 남자다. 인족(人族)의 얼굴은 어정쩡하게 구별할 수 있지만, 구별할 수 있는 얼굴 중에 이 남자는 없었다. 따라서 눈길이 멎은 곳은 남자 본인이 아니라 그 소지품이었다.

쓰러진 남자의, 갈라져서 드러난 빈약한 가슴팍. 거기에 피로
젖어 있는 것은 남자가 목에 걸고 있던 짐승 이빨을 이용한 장신
구——. 아니, 저것은 짐승 이빨이 아니다.

저것은, 저것은, 저것은저것은저것은저것은저것은——.

2

"———."

달려온 플롭에게 어깨가 떠밀린 렘은 마당 잔디에 쓰러졌다.

예상도 하지 못한 순간에 막무가내로 떠밀렸다. 몸을 가눌 여
유도 없이 렘의 손에서 지팡이가 떨어지고 몸은 풀 위에 옆으로
쓰러졌다.

그러나 그렇게 만든 플롭에게 왜냐고 캐물을 필요는 없었다.

그보다 훨씬 웅변적인 답이 렘 앞에 새빨간 형태로 퍼져 있었
기 때문이다.

"플롭 씨——!"

렘은 잔디에 손을 짚고 그 광경에 째지는 소리를 질렀다.

눈앞, 몇 초 전까지 렘이 있던 곳에 위를 보며 쓰러진 사람은 그
가녀린 몸의 어깨부터 허리까지 깊숙이 베여 처참한 상처에서
피를 흘리는 플롭이다.

칼날 같은 날카로운 상처, 그것이 자신을 감싼 상처임을 렘은
바로 이해했다.

렘이 구하려고 무방비하게 달려간 소녀가 그렇게 만들었다는

사실도.

"_____."

하늘색 머리 소녀는 팔을 휘두른 자세로 뻣뻣이 서서, 플롭을 벤 피를 손톱 끝에서 뚝뚝 흘리고 있다.

"비켜요! 플롭 씨! 상처를 보여…… 꺄아!"

피가 얼어붙는 기분과 함께 렘은 플롭에게 달려들려고 했다. 하지만 그것은 말 없는 소녀에게 방해받아 렘은 다시 잔디에 밀려 넘어졌다.

소녀는 바로 쓰러진 플롭의 목을 잡아 거칠게 그 몸을 일으켰다.

설마 플롭의 숨통을 끊을 셈인가 싶어서, 렘은 비명을 지르려다가──.

"너, 왜 용의 이빨을…… 카리용의 이빨을 걸고 있냐짜?!"

옆으로 보이는 얼굴에 필사적인 기색을 띤 소녀의 비명 같은 질문에 숨을 죽였다.

그 순간, 질문의 의미를 알 수 없어 렘의 사고가 정지했다. 하지만 그사이에도 소녀는 "어째서냐짜!" 하고 눈을 감은 플롭에게 질문을 거듭했다.

플롭의 대답은 없다. 그의 의식은 어둠에 가라앉은 채다. 상처에서 흐르는 피가 멎지 않는 한 의식이 어둠에서 돌아오지 않으리라는 점도 명백하다.

"대답한다짜! 대답해! 그러지 못하면……."

"그, 그만두세요! 의식이 없다고요! 죽어 버려요!"

플롭에게 행패를 부리는 소녀의 팔을 렘이 매달리듯 붙들었다. 그 훼방에 소녀가 금빛 눈에 성을 내며 돌아보지만, 렘도 기백으로 그 안력에 버텼다.

플롭의 목숨이 달려 있는데 압도당하고만 있을 수 있을까.

"당장 치료하게 해 주세요! 그러지 않으면 플롭 씨는……."

"치료한다고 어떻게 되냐짜?! 어차피 죽을 거라면 죽기 전에……."

"치유 마법을 걸겠습니다! 저는, 치유 마법을 쓸 수 있어요!"

렘의 필사적인 호소에 소녀의 팔에서 힘이 살짝 빠졌다.

단순한 치료로는 심하게 다친 플롭을 구할 수가 없다. 하지만 치유 마법씩이나 되면 이야기가 또 달라진다. 소녀의 황금빛 눈동자가 그제야 비로소 렘을 제대로 비추었다.

"구할 수 있냐짜……?"

"하겠습니다. 기필코……!"

"그럼, 빨리 해라짜."

렘의 말을 신용했다기보다는 달리 방법이 없다고 이해했는지.

소녀는 일으킨 플롭의 몸을 렘에게 떠밀고 일방적으로 지시했다. 하지만 그 태도에 반발할 여유는 없다.

"심각해……."

떠넘겨 받은 플롭의 상처를 확인하고, 렘은 그 처참함에 중얼거렸다.

플롭의 하얀 피부에 새겨진 네 가닥의 손톱자국. 여전히 철철 흐르는 피를 플롭이 머리에 감고 있던 천으로 막고 치유 마법을 발동──. 그 직후, 렘의 온몸을 권태감이 덮쳤다.

"──윽."

이미 비룡의 습격 때문에 다친 많은 사람들에게 치유 마법을 걸고 온 다음이다.

꼭 치유술이 필요한 상대만 추려서 소모를 억제했다 여겼어도 치유술이 필요한 상대는 그만큼 중상이라는 뜻이다. 소모는 피할 수 없었다.

더구나 빈사에 빠진 플롭의 치료가 되면 정신적인 부담도 크다.

"그래도, 포기한다는 선택지는……."

없다고 자기 자신에게 타이르며 렘은 플롭의 상처를 치유하는데 집중했다.

하얘지려는 의식을 붙든 렘은 플롭을 구할 수단을 필사적으로 찾아 헤맸다. 여기서 닿지 못하면 이 도시에 남은 의미가 없다. 남아서, 무엇을 배우려고 했는가.

──프리실라는 렘에게 무어라 전해 주었던가.

「상처가 아니라, 생명 그 자체를 보아라. 무릇 생물의 몸에는 피만이 아니라 눈에 보이지 않는 것이 여럿 순환하고 있다. 치유술이 잡아낼 곳은 그다음에 있다.」

「그것이 무엇인지, 치유술을 쓰지 못하는 소녀에게 해명시킬 것이 아니다. 편의상, 소녀는 생명이라 불렀지만 네가 어떻게 파악하고 어떻게 부를지는 마음대로 하여라. 단지──.」

「기억해 두도록, 렘. 기억을 잃고 기댈 곳을 잃은 가엾은 계집 아이야. 모든 것을 잃었을 너에게, 사람을 치유하는 힘이 있는 것은 그것이 너의 본질이기 때문이니라.」

「──아무도 자기 자신에게서는 도망치지 못한다. 결코 소녀의 말을 잊지 말고 정진하여라.」

"생명을, 본다──."

처참한 상처 그 자체가 아니라 플롭에게서 흘러나오는, 잡아 두어야만 하는 생명 그 자체를 막거나 혹은 증폭하여 생명을 부지시킨다.

그저 잘린 살점을 메꾸고 상처를 막으며 아픔을 누그러뜨리는 것이 치유술이 아니다.

보다 본질, 치유술이란 상처를 고치는 마법이 아니라 생명을 구하는 마법이다.

생명에 간섭한다. 그 자각과 방도에 손을 뻗으면── 플롭의, 사라져 가는 생명을 잡아 두어 구해 내는 것도 가능할 터.

"────."

적은 여력의 최선을 요구하며 예리하게 곤두선 렘의 치유술이 진가를 발휘한다.

이어야 할 생명의 실을 잇고, 잡아 두어야 할 생명이 밖으로 흘러나오는 것을 막고, 꺼지려는 생명의 등불이 기세를 되찾게 한다. ──플롭의, 그 생명을 건져 낸다.

"플롭 씨……!"

가냘픈 호흡과 핏기를 잃은 낯빛에 개선의 조짐이 보이기 시작했다. 그 뚜렷한 반응을 렘이 끌어당기니 플롭의 긴 속눈썹이 떨리며 파란 눈이 옅게 뜨였다.

아직 의식이 멍한 눈치인 플롭. 하지만 이대로 치유술을 마저 걸면 그의 생명을 건질 수가──.

"나를…… 다 치료하면 안 돼."

"네?"

귀를 의심할 말에 고막을 얻어맞은 렘은 쉰 목소리를 흘렸다.

너무 놀란 나머지 집중이 흐트러져 치유술의 발동에도 지장을 초래한다. 허둥지둥 치유술에 다시 집중하는 렘 앞에서 플롭은 눈을 감고 의식을 놓았다.

이번에야말로 완전히 의식을 잃은 플롭. 그 상처를 치료하면서 렘은 방금 그가 한 말의 의미를 이해하지 못해 머리 절반이 혼란에 빠져 있었다.

왜 플롭은 그런 소리를. 자신을 치료하면 안 된다니, 어째서.

"의식이 몽롱해져서, 이상한 소리를 했나?"

그럴 가능성은 충분히 있다. 그토록 피를 흘렸는데 한순간이나마 의식이 돌아온 것이 기적이다.

거의 애매한 의식 속에서 의미를 알 수 없는 말을 해도 이상하지는 않다. 그러나 아주 짧은 관계여도 렘의 플롭에 대한 신뢰는 매우 높았다.

플롭은 항상 열심히 생각하며 의견을 말하는 사람이다.

만약 지금 플롭어 한 말도 그런 그가 쥐어짜 낸 것이라면, 어떤가.

한낱 헛소리라고 치부하는 건 너무 불성실하지 않은가.

"———."

왜 치료하면 안 된다고 말했는가. ——아니, 애초에 플롭은 뭐라고 말했었지? 치료해서는 안 된다, 가 아니다. 정확히는 치료해서는 안 된다가 아니라.

"다 치료하면, 안 된다?"

다 치료한다는 표현은 묘하다.

치료는 막지 않는데, 끝까지 치료하는 것은 막으려 한다. 그러나 끝까지 치료하지 않으면 플롭의 생명은 계속 위태롭기에——.

"——아."

거기까지 생각한 렘은 자신이 처한 상황의 인식이 어긋났음을 깨달았다.

플롭의 치료에 필사적인 나머지 주위를 전혀 보지 못했다.

"———."

플롭을 치료하는 렘의 배후에는 이 상황을 만든 장본인인 소녀가 서 있다.

말을 더 보태면 도시 상공에는 비룡 무리가 있으며 곳곳의 격렬한 전투도 속행 중이다.

상황은 하나도 호전되지 않았다. 플롭의 상처가 아물어도 말이다.

그리고 플롭의 그 호소는 렘이 어느 가능성에 생각이 닿도록 했다.

그것은——.

"——당신은, 어디의 누구신가요?"

램은 돌아보지 않고 배후의 소녀에게 질문했다.

얼굴을 보고 한 말은 아니지만 소녀도 램이 질문한 대상이 자신임을 알았으리라. 곧장 소녀는 짜증스러운 듯 이를 딱 부딪쳤다.

"너, 그런 소리나 할 때가 아닐 텐데짜. 다른 곳에 신경 쓸 여유가 있으면 얼른 그 남자를 고쳐짜!"

"저도 고치고 싶어요! 하지만……."

"하지만, 뭐냐짜?!"

"하지만! 당신이 어디의 누구인지 신경 쓰여서 집중할 수 없다고요! 이대로는, 마법이 이어지지 않을지도 모릅니다."

창졸간의 변명이 떠오르지 않아 램은 몹시 유치한 반론을 하고 말았다. 이것이 상대의 분노를 사면 플롭을 가른 손톱이 램을 겨누어도 이상하지는 않다.

하지만 그런 램의 치졸한 반론에 소녀는 거칠게 숨을 내뱉고 대꾸했다.

"마델린짜."

"뭐라고요……?"

"마델린 에샬트! 제국의 일장짜!"

분노인지도 초조감인지도 모를 음색으로 소녀—— 마델린이 램에게 대답했다.

대답해 준 것에 놀라기도 했지만 마델린의 직함은 그 이상으로 충격적이었다. 스스로 제국 일장이라 밝혔고, 그것이 이 나라에서 어떤 지위인지 램은 알고 있었다.

그리고 그 이해는 램 안에서 움튼 가능성과 부합했다.

즉——.

"——? 너, 뭐하고 있짜? 왜…….”

“＿＿＿＿＿.”

“왜 그 남자의 치료를 그만뒀짜?!”

렘은 한 번 심호흡하고 플롭의 상처에 드리운 손을 거두었다.

당연히 플롭의 상처를 고치는 치유술은 중단되고 그 사실에 마델린이 악썼다. 마델린은 렘의 옷깃을 잡아 억지로 자기를 보게 했다.

렘은 금빛 눈동자를 정면으로 마주 보고——.

“대답해짜! 너, 무슨 속셈이짜!”

“——플롭 씨의 치료를 계속할 거라면, 조건이 있습니다.”

“조건……? 너, 갑자기 무슨 소리를…….”

“——도시를 습격하는 비룡 무리를 물려 주세요. 그 조건을 들어주지 않는 한, 이 이상의 치료는 못합니다.”

비룡의 무리를 이끄는 소녀에게 정면으로 교섭을 걸었다.

——자신을 다 치료하면 안 된다.

그 불가해한 플롭의 말을 렘은 이 교섭에 이용하기 위해서라고 해석했다.

이유는 모르겠지만 마델린은 플롭의 생존을 고집하고 있다. 플롭에게는 집착할 이유가 있으며, 그 명줄을 잡아 둘 수 있는 것은 현재 렘밖에 없다.

플롭의 생명을 방패 삼아 도시 공격을 그치게 하는 교섭도 렘밖에 할 수 없다.

이 절체절명의 유혈 사태를 벗어나기 위한 싸움을, 렘도 시작하고 말았다.

"뭣……."

제시한 요구에 마델린이 귀를 의심하듯이 말문을 잃었다.

당연한 노릇이다. 렘도 플롭의 말을 들었을 때는 똑같이 혼란에 빠졌다. 그와 같은 현상이 마델린에게 일어났다. 이해도 간다.

하지만 일절 동정은 하지 않는다. 그럴 여유는 렘에게도 없었다.

"————."

슬금슬금 플롭의 치료를 중단한 것에 대한 초조감이 렘의 가슴을 태웠다.

본심으로는 당장 치유술을 재개하여 플롭의 목숨을 건져 내는 작업을 속행하고 싶다. 이 손끝에 닿은, 꺼져 가는 생명이 돌아올 수 있을지 없을지 백척간두이다.

이러는 중에도 플롭의 가능성은 조금씩 닫혀간다.

"어쩌시겠나요. 빨리 결정해 주세요."

그 초조함을 얼굴을 드러내지 않도록 하면서 렘은 마델린에게 결단을 촉구했다.

궁지에 몰린 것은 자신이 아니라 마델린이라고 오인하게끔 유도한다. 그렇게 하여 플롭의 가능성을 조금이라도 많이 남기고 싶다.

조금 전, 도시 전체를 뒤흔든 하얀 빛의 영향은 아직 커서 저택 경호에 임하던 쿠나와 홀리의 모습은 보이지 않는다. 렘이 혼자서 저항할 수밖에 없다.

"마델린 씨, 시간이—— 아윽."

"용을, 얕잡아 보는 것도 적당히 해짜."

결단을 재촉하는 말을 거듭하자마자 마델린의 손이 렘의 목을 졸랐다.

분노에 불타는 금빛 눈이 교섭이라며 으스댄 렘의 만용을 저주하고 있다.

그 앳된 용모로는 상상도 가지 않는, 무시무시하고 강대한 귀기를 받은 렘의 간담이 쪼그라들었다. 자신의 기세에 맡긴 행위를 당장 취소하고 용서를 청해야 한다고.

하지만——.

"————."

같은 수준의 강대한 상대에게서 렘을 감싸려 앞에 선 스바루의 모습이 떠올랐다.

웃기지도 않은 여장을 하고, 도저히 두고 볼 수 없는 추태를 드러내면서도 스바루는 렘을 지키려 목숨 걸고 섰다. ——아니, 그때만이 아니다.

렘의 눈으로 보아도 스바루는 결코 강하거나 특별하지 않았다.

그런데도 스바루는 위험한 상대를 겁낼지언정 결코 물러나지 않았다.

스바루의 그런 모습을 보고 있던 렘은 겁내며 움츠리는 자기 자신을 질타했다.

——고개 숙이고 포기하고 있을 수는 없다고.

——그런 어설픈 생각과 말랑한 각오로 남아 있기를 결정한 것

은 아니니까.

"저를……."

"뭐냐짜."

"저를, 죽여도…… 당신의 패배, 입니다……."

목이 졸리면서 헐떡이는 렘이 선언하는 말에 마델린이 눈을 부릅떴다.

만약 마델린이 분노에 맡겨 렘을 죽이려고 하면 플롭과 말할 기회를 영원히 잃게 된다.

——결국 마델린에게는 도시를 멸하거나 플롭을 구하거나 두 가지 선택지밖에 없다.

제국의 일장으로서 명령받은 역할을 완수하는 것이 마델린의 사명이리라. 그러나 렘은 마델린의 태도와 언행에 작으나마 승리의 기회를 찾아냈다.

마델린은 플롭과 꼭 나누고 싶은 말이 있다. 확인하고 싶은 무언가가 있다. 그것을 확인하는 것이 마델린에게 얼마나 중요한 일인지.

거기서 렘은 승부에 나설 만한 가치를 보았기에——.

"——어쩌, 시겠습니까."

"_____."

"선택해 주세요. 당신이 사람을 죽일지, 아니면 살릴지를."

3

──하얗게 물든 의식이 서서히 개고 세계가 느릿하게 색을 띠어 간다.

"──으."

의식의 각성에 수반해 온몸이 맛본 것은 지독히 무거운 압박감이었다.

마치 몸 위에 잔해가 얹혀 있는 듯한 무거운 감각, 그것이 온몸을 짓누르고 있어서 숨이 막힌다. 어떻게든 그것을 밀어내려 팔을 움직이고.

"응, 차……."

답답한 자세에서 팔을 뻗으니 큰소리와 함께 압박감이 멀어졌다.

그리하여 비로소 기분 탓이 아니라 진짜 잔해 밑에 깔려 있었음을 알고 숨이 꽉 막히던 이유에 납득이 갔다.

납득하고, 어째서 잔해 밑에 깔려 있었는지를 떠올리며──.

"──맞아. 프리실라랑 같이 마델린하고 싸우다가."

직전의 사건이 떠올라 에밀리아는 주위 경관에 눈길을 돌렸다.

거기에 펼쳐진 것은 너무나도 살풍경해진 폐허의 시가지였다.

건물은 무너지고 그 무너진 잔해도 사방에 흩날려 평평해진 대지.

저 경치를 만들어낸 것은 하늘에서 쏟아진 하얀 빛이었다.

"──볼카니카가 뿜는 숨결하고, 엄─청 비슷했는데."

구름 위에서 사출된 하얀 빛은 마델린의 의지가 방아쇠가 되었으리라 짐작한다.

무엇이 올지 알지 못해도 에밀리아는 반사적으로 프리실라와

발 맞추어 그 하얀 빛을 요격하고자 얼음 방패를 치고, 프리실라도 붉은 보검을 번뜩여서——.

"그 뒤에, 파묻히고…… 세상에! 프리실라는?!"

무슨 일이 있었는지 떠오르자 에밀리아는 모습이 보이지 않는 프리실라를 찾기 시작했다.

에밀리아가 잔해 밑에 깔려 있었으니 바로 옆에 있던 같은 꼴을 당해도 이상하지 않다. 만약 그렇다면 힘이 장사인 에밀리아와 다르게 프리실라는 파묻혀서 나오지 못 가능성도 있었다.

빨리 구해 내야지, 불안함에 떨고 있으면 불쌍하다.

"프리실라! 프리실라, 어디 있니?! 대답해 줘! 바로 꺼내 줄 테니……."

"——빽빽 시끄럽다, 반마."

"프리실라?!"

아픈 몸을 떠밀며 가까운 잔해를 뒤집는 에밀리아에게 대답이 돌아왔다. 허둥지둥 목소리 쪽으로 달려가니 무너진 성벽 잔해로 생긴 산더미 반대쪽에 프리실라가 앉아 있었다.

그녀는 달려오는 에밀리아를 보자 "흥." 하고 작게 콧방귀를 뀌었다.

"끈질기군. 살아 있었느냐."

"응, 걱정해줘서 고마워. 프리실라도, 건강……하지 않겠지. 하지만 아무튼 괜찮아 보여서 다행이야."

안도하며 가슴을 쓸어내린 에밀리아 눈앞에서 프리실라는 말없이 한쪽 눈을 감았다.

천하의 프리실라도 다소 지친 기색이다. 화려한 붉은 드레스도 여기저기 찢어지고 하얀 살결에는 흙먼지가 묻은 곳이 눈에 띈다.

에밀리아가 그 모습을 딱하게 여기자 프리실라는 "만만히 보지 마라." 하고 불만스럽게 말했다.

"네가 소녀를 염려하다니 웃기는군. 애초에 소녀와 너는 왕좌를 두고 다투는 적이다. 소녀가 쓰러지기를 바라는 것이 네 본의여야 마땅치 않겠느냐."

"우, 또 그렇게 심술궂은 소리나 하고. 프리실라가 다쳤으면 좋겠다는 생각, 나는 조금도 하지 않아. 그리고."

"무어냐."

"나를, 제대로 적이라고 여겨 주고 있구나. 약간 놀랐어."

프리실라는 필시 에밀리아가 안중에 없는 줄 알았었다.

크루쉬와 아나스타시아, 펠트 같은 다른 왕선 후보자들보다 출발이 늦었다는 자각이 있는 에밀리아인 만큼 그 평가는 뜻밖이고 기쁘기까지 했다.

대단한 사람들과 나란히 보는 것은 노력이 인정받은 기분이다.

"_____."

"아, 하지만 프리실라가 무사하다면 바로 움직여야 해. 마델린이 어디로 갔는지 모르고, 도시가 위험한 것도 막아야……!"

프리실라의 무사에 기뻐하는 것은 이 도시가 직면한 위기를 벗어난 다음이다.

원래라면 마델린더러 비룡들의 공격을 멈추게 하고 싶었지만,

프리실라를 찾을 때도 마델린은 발견하지 못했기에 도망쳤을 가능성이 높다.

마델린에게 의지할 수 없으면 에밀리아는 자력으로 비룡을 쫓아내야 할 상황이다.

"기다려라, 반마."

"기다려 주고 싶지만 느긋이 굴 수 없어. 서둘러야……."

"그게 아니다. 상황이 변화한다."

황급하게 달리려는 것을 멈추는 말에 뒤돌아본 에밀리아가 "어." 하고 눈을 동그랗게 떴다.

에밀리아를 만류한 프리실라가 잔해에 앉은 자세로 턱짓했다. 그 몸짓에 이끌린 에밀리아는 하얀 눈을 내리는 구름 많은 하늘을 쳐다보았다.

그리하여 프리실라가 한 말의 의미를 이해했다.

"비룡이…… 떠나가네?"

그렇게 중얼거린 에밀리아의 시야, 도시 하늘을 유린하고 사람들을 무차별적으로 습격하던 비룡들이 날개를 펼치고 천천히 도시 상공에서 멀어지는 것이 보였다.

그것이 의미하는 바가 한순간 이해되지 않았다가 곧 에밀리아는 '혹시' 하는 생각에 말했다.

"마델린이, 우리 부탁을 들어준 게……."

"멍청한 것."

"역시 아니야? 하지만 비룡을 돌려보낼 수 있는 것은 마델린뿐이라고 생각하는데……."

가장 기쁜 가능성은 프리실라가 부정해서 에밀리아는 골똘히 생각했다.

그 밖에 비룡이 다 같이 물러날 이유가 있을까. 물론 비룡도 승산이 없어지면 포기할 테고, 무리의 우두머리가 지면 당황하며 도망칠지도 모른다.

다만 저 구름 위의 일격이 마델린의 것이라면 위험했던 것은 에밀리아 쪽이다. 마델린이 무리의 우두머리 입장인지는 몰라도 승패는 아직 완전히 나지 않았다.

그런데도——.

"그렇다면 물러나야만 할 이유가 생겼다는 뜻이겠지."

"물러나야 할, 이유? 그건?"

"소녀 또한 모든 것을 꿰뚫어 보는 것이 아니다. 『운룡(雲龍)』의 존재가 노출된 것을 이유로 마델린에게 퇴각 지시가 떨어졌든가. 아니면……."

입가에 손을 짚고 유추하는 프리실라의 뒷말을 에밀리아가 기다렸다.

에밀리아의 기대를 몇 초 유지하던 프리실라는 멀어지는 비룡을 보면서 말했다.

"제도의 명령보다, 우선할 것을 발견했든가지."

——프리실라의 추론이 맞았는지 틀렸는지는 비룡 무리가 떠난 뒤에 밝혀졌다.

성곽도시를 멸망 직전으로 몰아넣고 다수의 주민과 경비병에게 피해를 낸 비룡 무리와, 그것을 이끈『비룡장』마델린 에샬트의 강습.

거기에 볼라키아 제국에 있을 수 없는 가혹한 빙계의 도래와 도시 전역에 파괴를 초래한 무시무시한 구름 위의 하얀 빛──.

도시의 멸망은 면할 수 없다고 누구나 생각한 절망 속, 그러나 그 위협들은 느닷없이 떠나고 도시는 생각지 못한 구사일생에 흔들린다.

회복을 꾀하려 해도 우선 받은 상처의 깊이와 그 상처가 아물지를 확인해야만 한다. 그것은 흘린 핏방울을 세는 것만 같은, 정신이 아득해질 작업이다.

그 일에 성곽도시의 생존자들이 움직이기 전에, 딱 한 곳 첨언할 사실이 있다.

비룡 무리를 데리고 퇴각한『비룡장』마델린 에샬트.

그녀가 비룡과 함께 날아간 성곽도시에서 때를 같이해 사라진 사람이 두 명.

──플롭 오코넬이라는 상인과 렘이라는 소녀의 모습은 홀연히 사라졌다.

4

「──자기 목숨을 소중히 해라, 플롭. 자기희생 같은 건 바보 멍청이나 하는 짓이야.」

그렇게 플롭에게 충고한 것은 열악한 환경에서 데리고 나와 준 은인 마일즈였다.

플롭과 미디엄, 어린 시절에 두 사람이 몸을 맡긴 양육원이라는 곳은 아무래도 생각하던 것보다 훨씬 질이 좋지 않은 시설이었던 모양이다.

가족도, 갈 곳도 의지할 상대도 없는 고아들을 모아 그 아이들에게 지붕과 벽이 있는 생활을 제공하는 양육원에서 어른들은 입버릇처럼 말했었다.

"먹을 것도 일할 곳도 없는 녀석이 넘치는 와중에, 너희는 복 받았어." 하고.

실제로 그렇다고 생각했었다.

동생 미디엄과 둘이서 가족에게 버림받아 흙탕물을 마시던 생활은 괴로웠다.

먹을 것이라면 풀이나 벌레, 가끔 토끼 같은 것을 잡으면 야단법석이고, 심할 때는 흙이나 이끼를 씹어 굶주림을 달랠 때도 있었다.

그것들과 비교하면 양육원에서의 생활은 훨씬 복 받았다고 할 수 있으리라.

얇고 너덜너덜해도 이불을 주고, 맛이 나지 않는 수프와 빵 한 조각이라도 식사는 제대로 제공되었다. 머릿수가 최고인 단순 작업이라는 일을 얻고, 어른이 변덕으로 폭력을 행사하는 것도 매일은 아니다. 아주 복 받았다.

그렇다고는 해도 미디엄이나 다른 아이들이 어른에게 맞고 차이는 것이 견딜 수 없어서 플롭은 가능한 한 명랑하게, 어른의 눈길이 닿도록 행동하는 요령을 익혔다.

눈에 띈다, 라는 것은 단지 그것만으로도 무기가 된다.

목소리와 거동을 큼직하게, 표정과 몸짓을 호들갑스럽게. 다행히 그런 습관을 들이는 건 별반 어렵지 않았다. 이목을 끄는 데관해서는 천품이 있었던 모양이다.

——손아래 아이를 향한 분노의 방향을 틀어 반죽음당하는 처지가 된 플롭의 상처를 그날 밤 내내 미디엄이 쓰다듬어 주던 날, 그 점을 확신했다.

이것이 이곳에서 자신이 완수해야 할 역할이다.

정신이 아득해지는 아픔 속에서 플롭은 자기 자신에게 그리 타이르고——.

"그럴 리 있겠냐, 이 모지리야."

"어……."

"몇 년 만에 얼굴을 내밀어 보니, 변함없이 빠치는 우리 집에, 심지어 멍청한 애가 멍청한 짓이나 하고 있어. 또라이 꼬마는 발도령만으로도 충분하건만."

역할을 자각하고 양육원의 어두운 측면을 홀로 떠맡을 각오를 다진 플롭.

하지만 그런 플롭의 계획은 어느 날 밤에 갑자기 부서졌다.

비룡에 타고 나타난 그 사람은 좋게 말하려고 해도 잘생긴 인물이 아니었다.

고약한 환경에서 자랐음을 숨기지 않는 태도로 짜증스럽게 회색 머리카락을 쥐어뜯는 그의 모습은 어린 마음에 별로 관계하고 싶지 않은 부류다. 왠지 모르게 비굴한 쥐가 연상되는 생김새도 그 인상을 조장해서 평소라면 맞지 않도록 머리를 낮추고 접했으리라.

　그런 플롭의 실례되는 인상을, 그 사람―― 마일즈는 무척 귀찮은 듯이 배신했다.

　"애초에 나도 너희랑 똑같이 이 시설 출신이다. ――뭐, 나 때도 지독한 곳이었지. 그래서 후딱 내빼고 흙탕물 마시며 살아남았다 이거야."

　밤, 취침 중에 도망치지 않게 아이들 방의 문에는 투박한 자물쇠가 걸려 있었다.

　그 자물쇠를 거칠게 부수고 안을 엿본 마일즈는 좁은 방에 스무 명 가까이나 욱여넣은 아이들을 보고 아주 아주 크게 혀를 찼다.

　그리고 그는 모르는 어른의 등장에 놀라고 겁먹은 아이들을 방 밖으로 꺼내고 "기다리고 있어." 하고 한마디 남긴 채 어른들 방으로 갔다.

　그리고――.

　"죽네 사네, 그런 매일의 반복이었지만 나는 간신히 운을 주웠지. 그리고 몇 년쯤 지나서 문득 지긋지긋한 우리 집을 떠올려 봤더니…… 이 꼬라지네."

　포박한 어른들을 방바닥에 굴리고 배은망덕하다며 욕하는 그들의 얼굴을 발로 차면서, 마일즈는 야비한 웃음과 함께 "꼴좋다.” 하고 침을 뱉었다.

어른들에게 어지간히 힘든 대우를 받았겠지. 그렇다고는 해도 저렇게까지 해도 되는지 플롭은 갸웃거릴 수밖에 없었다.

그런 플롭 쪽을 돌아본 마일즈는 그 얇은 눈썹을 세우고 물었다.

“뭐야, 너도 하고 싶냐? 그럼 복수해 봐. 백 배로.”

“어, 그럴 수가, 저는…….”

“——할래!!”

마일즈의 악마 같은 속삭임에 플롭은 대답을 망설였다.

하지만 플롭 뒤에서 뛰쳐나온 미디엄은 묶인 어른을 주운 나무 막대기로 가차 없이 때리려 했다. ——아니, 미디엄만이 아니다.

어안이 벙벙해진 플롭을 제외하고 모든 아이들이 성난 반역자가 된 것이다.

“만날 아팠어!” “진짜 미워!” “오빠의 원수!”

‘하지 마 하지 마’ 하는, 묶여서 저항하지 못하는 어른의 비명이 아이들의 노성에 삼켜졌다.

그들은 어른의 얼굴에 손톱을 박고 그 뺨을 때리고 끝내 오줌을 싸고 평소에 쌓인 분노를 터트렸다.

“푸하하하하하하하! 봐라, 저놈들 낯짝! 걸작이네!”

멍하니 여동생과 아이들의 반역을 보고 있는 플롭 옆에서 마일즈가 천박하게 폭소했다.

플롭은 도저히 같이 웃을 마음이 들지 않았다. 오로지 어른들을 이런 처지로 내몬 자신들의 내일을 걱정하며 황망해할 뿐이지.

“자, 뒷일은 마음대로 해라…… 하고 말하고 싶지만, 그러고

팽개치면 드라쿨로이 백작에게 뭐라 한 소리 들을지 모르지."

감정대로 반역을 마치고 시설 밖으로 나온 아이들을 둘러보면서 마일즈는 어린 후배들에게 "그러니까." 하고 말을 이었다.

"일단 백작 댁에 데려다주마. 그다음 처신은 자유롭게 해. 나를 따라오지 않아도 딱히 상관없어. 그게 더 편해. 오히려 그렇게 해라."

마일즈의 그 엉성한 권유를 받은 아이들은 얼굴을 마주 보았다.

따라올지 말지, 그조차 자유라고 마일즈는 말했지만 그것은 여태까지 어른의 지시에 따라온 아이들에겐 주어지지 않았던, 처음 겪는 '선택지'다.

그 자유에 곤혹스러워하는 아이들에게 마일즈는 "이 녀석들아." 하고 어깨를 으쓱였다.

"이제 와서 뭐해, 한심하게. ──벌써 저놈들에게 복수한 다음이잖냐. 너희는 뭐든지 선택할 수 있다고."

마일즈의 그 말에 아이들은 비로소 깨달았다.

이미 마일즈의 말대로 자신들은 반역하기를 선택했었다고.

──결국 양육원을 나오지 않는 선택을 한 아이는 한 명도 없었다.

물론 플롭도 가담하지 않았다고는 해도 그만한 짓을 저지른 양육원에 남는다는 소리는 할 수 없었다. 애초에 미디엄은 가장 빨리 "갈래!" 하고 마일즈의 권유에 넘어가 "가자!" 하고 플롭도 불렀다.

미디엄의 소원을 들어주지 않는 것도, 동생과 생이별하는 길을 선택하는 것도 있을 수 없다. 그런, 다소 다른 아이와 비교해서 소극적인 이유로 플롭은 시설을 떠났다.

다만 터무니없는 짓을 하고 말았다. 혹은 터무니없는 짓에 말려들었다는 후회가 마냥 머릿속을 뱅뱅 맴돌아서 플롭은 괴로웠다.

그러나──.

"잘 자, 오빠."

마일즈의 주인이라는 치에게로 가는 도중, 지붕이 없는 곳에서 시설로부터 가져온 이불을 동생과 함께 두르고 잘 때, 처음으로 후회 말고 다른 곳에 눈길을 돌렸다.

안도한 듯이 몸을 맡기는 동생과 차양 및 벽이라는 이름의 감옥이 없는 바깥 경치.

이미 맞을 염려도, 동생을 울릴 불안도 품지 않아도 됨을 깨달았다.

"──후."

깨닫고, 플롭은 울었다.

울고 울고, 흐느끼며, 짭조름한 자유의 맛을 곱씹은 것이었다.

5

──멀리서 비룡이 날갯짓하며 회색 구름에 덮인 하늘을 떠나간다.

그것이 다음 공격의 예비 동작이 아님을, 멀어지는 그림자가 콩알 수준까지 작아질 때까지 경계한 뒤에야 지크르는 몸의 긴장을 풀었다.

이유는 불명이지만 비룡 무리는 퇴각했다. 도시청사가 완전히 함락되지 않은 이상, 퇴각 이유는 두 가지 있을 수 있다──. 작전 목표의 목표를 달성했거나, 달성 곤란하다고 판단했다는 양극단.

저울이 어느 쪽으로 기울어졌는지, 일어난 사태를 정리해도 판단은 어렵게 느껴졌다.

"급격한 기온 저하와, 도시 남부의 괴멸적 피해……."

지크르는 풍성히 우거진 자신의 머리카락에 손을 넣고 판단이 서지 않는 두 이변을 언급했다.

전투 도중, 성곽도시의 기온이 삽시간에 떨어진 끝에 하얀 눈이 어른거리기 시작했을 때는 눈을 의심했다. 높디높은 산 위에서는 눈을 볼 때도 있다나 보지만 볼라키아에서 눈을 보고자 한다면 천재지변 종류에 기대할 수밖에 없다.

즉, 전투 중에 일어난 강설은 곧 천재지변이었다.

물론 그것 자체는 지크르 쪽에 행운으로 작용했다.

비룡은 급격한 기온 변화, 특히 추위에 약하여 성가신 비행 전력이 눈에 띄게 저하했다. 그게 없었으면 피해는 더욱 크고 심각해졌으리라.

"하지만 그 하얀 빛은 대체……."

손을 대지 못할 절망적인 파괴, 그것이 도시 남부를 평탄하게 날려 버렸다.

그것은 천재지변이라는 말조차 가소로운, 일종의 이 세상이 끝장나는 광경 중 하나. 추가 피해는 없었지만 그 한 방으로 충분히 도시는 치명타를 입었다.

지휘 계통도 혼란에 빠지고 전황 판단도 정체. 만약 그대로 비룡이 밀고 들어왔으면 도시는 어영부영 함락되었을지도 모른다.

그런 만큼 비룡 무리가 퇴각한 것은 요행이며, 괴이한 사태였다.

따라서 지크르는 공격자인 적군에게 무슨 일이 있었다고 추측했다.

도시의 방위에 일손을 쪼개는 지크르 쪽을 대신해 누군가가 적에게 치명타를 주었는가. 그 경우, 후보로 오르는 것은 슈드라크를 이끄는 미젤다거나, 일장인 아라키아를 물리친 실적이 있는 프리실라가 유력하다.

그 어느 쪽이 해 주었다고 해도——.

"역시, 여성은 훌륭해. 하지만 여성 뒤에서 보호받는 수치를 당연하다 여기고 싶진 않군."

여성이 뛰어난 존재라는 것은 지크르가 못나도 되는 면죄부가 되지 않는다.

여성의 훌륭함은 경애하면서도 자신의 잘못은 훈계할 것.

어쨌든——.

"이만한 맹공을 받다니, 사전 대비가 적절했군요."

"성곽도시 공략이라면 비룡을 이용하는 것이 정석이지. 그렇다고는 해도 비룡대가 아니라 『비룡장』을 보내는 것은 예상해야마땅했어."

부상당해 머리에서 피를 흘리는 참모관의 말에 지크르는 고개를 가로저었다.

 안목이 어설펐다. 비룡의 대비로 준비한 공룡병기(攻竜兵器). 그것을 제도의 공격을 예측해 서쪽 성벽에 다수 배치했지만, 비룡 무리는 사방에서 덮쳐 왔다.

 일장인 아라키아의 퇴각 후, 다음 일장이 파견되려면 시간이 걸리리라 짐작했지만 이것도 오산. ──상황을 감안하면 그도 당연하다 할 수 있으리라.

 이것은 한 도시의 반란이 아니라 더 큰 대정변의 전조이다.

 그 사정을 파악한 제도의 간신이 보자면 불씨가 작을 동안에 반란의 불을 끄려고 전력을 쏟을 터. 일장의 연속 투입도 시야에 넣어 두었어야 했다.

 "아니지, 반성은 나중에 하지. 성벽이 무너진 이상, 비룡이 아니어도 도시의 공략은 쉬워. 피해 상황을 확인해라. 벽의 수선이 가능한지 확인……."

 "──당장 무기를 내려라! 이것은 명령이다!"

 반성 요인을 신속하게 추출하고 사고 구석에 모아 두는 지크르.

 피해의 확인과 이후 대응에 생각을 쪼개려던 순간, 긴박하고 날카로운 목소리가 싸늘하게 식은 공기를 흔들었다.

 "저건……."

 바라보니 비룡의 습격을 물리친 지휘소 중앙, 경비병들에게 둘러싸인 인영이 하나.

 그때까지 비룡에게 겨누던 무기와 경계를 한 몸에 모은 것은 불량한 태도로 주위 사람들을 깔아보는 남자였다. 그 두 손에는 장검이 잡혀 있으며 칼끝에는 피가 방울방울 떨어졌다.

단, 그것은 인간의 피가 아니라 비룡의 피다.

"비룡 대책으로 지하에서 꺼낸 병사 중 한 명입니다. 쌍검의 고수라……."

"그래, 나도 봤다. 일기당천의 모습이었지. ──이봐, 그만둬!"

참모관의 지적에 끄덕이고 손을 펼친 지크르가 부하들에게 명령했다. 지크르의 지시에 부하 중 한 명이 "이장님!" 하고 언성을 높였다.

"위험합니다! 사태가 사태인 만큼, 할 수 없이 감옥에서 꺼냈습니다만……."

"비룡의 위협이 떠났으니 공장 감옥으로 돌려보내겠다? 그래서는 납득을 못하지. 그 때문에 치를 희생 쪽이 더 문제야."

긴박한 부하에게 그리 대꾸한 지크르는 둘러싸인 남자에게 걸어갔다.

쌍검 고수의 실력은 일반적인 제국병과 비교해도 상당히 뛰어나다. 실제로 그의 용맹한 활약이 없었으면 도시청사를 습격한 비룡 무리를 격퇴했을 확증은 없었다.

그 검이 아군을 겨누면 비룡 이상의 피해를 낼지도 모를 만큼.

"물론 그런 폭거에 나서면 그쪽 목숨도 없다. 그러니……."

"그러니, 뭐야?"

지크르의 말에 남자가 표독한 목소리와 태도로 대꾸했다. 뿐만 아니라 그는 손에 든 두 자루 검 중 한쪽을 지크르에게 겨누고 사납게 "핫." 하고 웃었다.

"나더러 얌전히 투항하란 거냐? 그러면 다른 녀석들하고 하는 말이 다를 게 없잖아, 『호색한』이장 나리."

"네 이놈! 지크르 이장님을 우롱하느냐!"

불명예스럽게 들리는 직함을 긍지로 삼은 지크르지만 방금 남자의 발언에는 직함을 조롱하는 명확한 의도가 느껴졌다. 그 때문에 부하들은 성내며 적의를 더했지만 지크르는 다시 그들을 손으로 제지하면서 말했다.

"투항은 환영하겠지만 그게 아니다. 자네의 활약은 훌륭하더군. 입장은 달라도 도시의 방위에 공헌한 사실은 폄하되지 않아. 따라서 자네를 풀어 주지."

"──진심이냐?"

"신상필벌은 볼라키아의 규정이며, 황제 각하께서 바라신 바다."

그자의 실력과 활약으로 평가하는 볼라키아의 황제. 그 자세는 제국의 실력주의의 규범이자 지크르 또한 존경의 마음을 품는 충절의 근간이다.

그러나 지크르의 답변을 듣자마자 남자의 태도가 노골적으로 표독해졌다.

온몸에서 넘쳐나는 귀기와 그 눈빛──. 안대로 오른쪽 눈을 가린 남자는 왼쪽 눈에 자신의 감정 전부를 담아 지크르를 노려보았다.

"그 황제 각하와 제국을 배신하고, 적에 붙은 반란군 『장』이 염치도 없이 잘도 말하는군……! 나라면 그 몰염치에 견디다 못해 배를 갈랐어."

강렬한 적의, 그 원천이 제국에 대한 충의에 있음이 엿보이는 남자의 발언에 지크르는 살짝 숨을 죽였다가 가만히 남자를 관찰했다.

지하 감옥에 들어간 이 병사는, 빈센트가 과랄을 공략했을 때 투항 지시에 따르지 않고 마지막까지 저항한 한 명일 터다.

다시 말해 제국주의에 대한 유달리 강한 귀속 의식을 가진 인물이라 할 수 있다.

그렇다면——.

"만약 내가 자네와 똑같이 제국과 황제 각하께 변함없는 충의를 맹세했다면, 내 얘기에 귀를 기울일 마음이 들겠는가."

"아앙?"

지크르의 물음에 남자가 왼쪽 눈을 부릅뜨고 불량한 소리를 질렀다. 하지만 그 눈빛에 기죽지 않는 지크르의 모습을 보자 잠시 뜸을 들였다가 검을 바닥에 내던졌다.

쇳소리와 함께 구르는 검, 빈손이 된 남자는 두 손을 들었다.

"얘기를 듣겠다는 의미로 받아들여도 되겠나?"

"일단 옥쇄 각오로 날뛰는 건 관둬 주지. 진심으로 하면 배신자 『장』의 목 정도야 딸 수 있겠는데……."

남자는 도발적으로 주위를 휙 둘러보고 지크르 부하들에게 코웃음 쳤다.

"헷, 관두련다. 단, 시답잖은 얘기라면……."

"그만큼 흥미를 가질 얘기라 본다. ……그런데 자네 이름은?"

무기를 내렸으니 타협의 여지가 있다 싶은 지크르가 남자에게 이름을 물었다. 순간, 남자는 그 질문의 답을 꺼렸지만 곧 얼버무릴 의미도 없다고 마음을 고쳤다.

"──자말 오렐리. 상등병이다."

그리고 이름과 계급을 말했다. 그 자세에 지크르도 깊이 끄덕였다.

"자말인가. 알고 있겠지만 나는 지크르 오스만. 제국 이장 지위를 받아 『호색한』이라고도 불리고 있지. 물론."

"앙?"

"지금의 나는 『겁쟁이』라 불리는 편이 사기가 오르네만."

과거에는 수치라고 여긴 그 별명은 지크르 안에서 특별한 광채를 내는 것이 되었다.

지크르의 답변을 듣자 남자── 자말은 이해하지 못하고 얼굴을 구겼다. 실력은 있지만 머리를 쓰는 것도 굴리는 것도 특기가 아닌 성격으로 보였다.

그렇다면 그런 대로, 의(義)를 설파하면 이야기에 귀를 기울일지도 모른다.

그때──.

"죄송합니다. 이 도시 대표님은 여기 계신 분이 맞을까요?"

자말이 투항해 터질 것 같던 긴박감에서 해방된 도시청사. 거기서 끼어들 기회를 재고 있던 듯한 목소리가 슥 나왔다.

조용하고 부드러운 그 음색은 듣는 이의 안도를 끌어내듯이 고막을 때렸다.

그렇다고는 해도 들은 적 없는 목소리에 지크르는 고개를 돌렸다가 둥그런 눈썹을 찌푸렸다.

목소리 주인이 모습을 보인 곳은 지휘소가 된 최상층과 아래층을 연결하는 계단이다. 거기에 나타난 회색 머리 청년, 그는 적의 없음을 나타내듯 두 손을 들면서 말했다.

"거기 계신 분이, 『장』인 지크르 오스만 씨입니까?"

같은 붉은 제복을 두른 이들 가운데 주저 없이 지크르를 『장』이라고 판단했다.

물론 두른 망토와 어깨의 계급장이 있으니 지크르를 이 자리에서 가장 지위가 높은 사람이라 간파하기는 간단하다. ──문제는 그것을 지적하는 배짱이었다.

직전까지 전투가 있던 지휘소에 얼굴을 내밀고 면식 없는 지휘관을 지명하는 담력. 조심스러우면서도 기죽지 않은 남자, 그 소속을 지크르는 의심했다.

도시 주민 중에 보지 못한 이상, 전투 도중에 숨어들어 왔다고 추측된다.

그 경우, 가장 적당한 것은──.

"제도의 사자……. 우리에게 보내는 전령일까."

"네? 아, 아니아니, 전혀 아니에요! 저희는 뭐랄까 그게, 설명하는 것이 번거롭고 복잡한 입장인데, 제도의 관계자 같은 건 아닙니다."

청년은 당황하며 들어 올린 두 손을 옆으로 흔들어 지크르의

의심을 부정했다. 그 말을 곧이곧대로 듣는다면 더더욱 청년의
입장을 모르겠다.

미간의 주름이 깊어지는 지크르를 대신해 자말이 "이 자식."
하고 이를 갈았다.

"이쪽이 선약 있어! 나중에 들어와서 주절주절…… 패 버린다!"

"그에 관해서는 죄송하게 생각합니다. 저도 현시점에서 차분
하게 대화할 수 있다는 생각은 하지 않습니다. 그러니 허가만 받
을 수 있으면."

"허가? 뭔 허가 말이야."

"부상자 치료와 이다음의 도시 수선…… 말하자면 전후 처리
의 보조가 될까요. 저와 동행자들은 다소나마 도움이 될 터라."

얼굴을 구긴 자말에게 대답한 청년은 "물론." 하고 한숨 쉬었
다. 지친 듯도 하고 기가 막힌 듯도 한, 왠지 모르게 맥이 없는 모
습의 청년은 살짝 얼굴을 펴고 말을 이었다.

"이미 시작되었으니 일부는 사후 승낙인데요."

"──제의 자체는 고맙지만, 그건……."

"어려운 얘기는 아니다, 지크르. 그 남자 말에 거짓은 없다."

지크르가 질문을 거듭하기 전에, 반할 만큼 늠름한 목소리가
그 말을 막았다.

바닥에 지팡이를 짚는 소리가 날카롭게 울리고, 계단을 올라
온 그림자가 청년 옆에 섰다. 온몸에 묻은 피로 용맹하고 사나운
미모를 더 꾸민 미젤다였다.

보기로, 그 아름다운 몸을 더럽힌 피는 전부 적의 것인지 이전

에 다친 다리 말고 두드러진 외상은 없다. 무사히 돌아온 그녀의 모습에 안도했다.

그렇게 돌아온 미젤다는 청년의 가녀린 어깨를 친근하게 두드렸다.

"이 남자의 동행이 이미 일을 시작했다. 나도 보증하지."

"미젤다 양, 무사해서 다행입니다. 그 남자는?"

"모른다. 우리의 적이 아니고 잘생긴 남자라서 통과시켰다."

"미젤다 양……."

다소 지크르와는 견해가 다른 미젤다의 심미안. 확실히 그녀의 말마따나 청년의 외모는 부드러운 인상으로 단정하다 할 수 있으리라.

풍기는 분위기는 왠지 모르게 중성적이지만, 눈빛에는 묘하게 굳센 한 가닥 심지가 느껴진다.

나쁜 사람이 아니라고는 지크르도 생각한다. 단지 꿍꿍이속이 있을 거라고도.

"이 상황에서 보답을 바라지 않는 조력이 있다고는 생각하지 않아. 당신은 누구지?"

"아까도 말했지만 설명하는 것이 번거로운 입장인 사람입니다. 다만 당신들과 적대할 생각은 없어요. ──찾는 사람이 있을 뿐이라."

"찾는 사람……."

그렇게 거듭한 지크르의 한마디에 청년은 "네." 하고 끄덕였다.

그리고 그는 쓰고 있던 녹색 모자를 벗어 가슴에 대고 묵례했다. 제국식 예절은 아니지만 경의를 표하는 자세로.

"오토 스웬이라고 합니다. 친구와── 친구의 여동생분을 찾고 있지요."

방심할 수 없는 하이에나 같은 눈으로 목적을 설명했다.

6

──마일즈의 주인, 세리나 드라쿨로이 상급백은 매서운 여걸이었다.

젊은 나이에 제국 귀족의 상류에서 각축전을 벌이는 그녀는 제국주의의 표명인 철혈의 규정에 따라 능력 있는 자를 발탁하는 실력주의에 무게를 두고 있었다.

그런 한편, 강자가 약자를 뜻대로 욕보이는 짓을 용인하지 않는 고결함도 갖추고 있으며, 그 때문에 마일즈가 데리고 돌아온 아이들은 나쁜 대우를 받지 않았다.

"보고는 받았다. 귀찮은 일을 피하는 마일즈가 데리고 올 정도지. 어지간히 너희의 처우를 딱하게 여겼을 거다. 내 영지에서는 마음대로 지내라."

플롭을 비롯한 아이들을 맞이해 그렇게 응수한 세리나는 대범하게 웃었다.

분수 이상으로 거대한 존재를 앞에 두려니 어린 마음에 엎드려 조아리고 싶어지는 위압감, 그리고 처음 보는 화려하고 커다란 저택의 실내장식에 플롭은 압도되었다.

"백작처럼 여유가 있는 분은 구태여 아랫것들을 괴롭힐 이유가 없어. 결국 애를 패는 어른이란 건 자기가 어릴 적에 맞은 어른인 거지."

뜨거운 물로 씻고 배가 터지도록 식사를 하고 청결하고 좋은 향이 나는 옷으로 갈아입은 아이들에게 마일즈는 평소와 같이 거칠게 대답했다.

보는 것 만지는 것 전부가 신선한 세상에 정신을 못 차리는 미디엄과 다른 아이들과 달리 플롭은 자신이 모르는 세상, 사고방식에 큰 감명을 받았다.

특히 마일즈가 아무 생각 없이 고한 철학에서 받은 영향은 크다.

그가 바깥세상으로 데리고 나와 주지 않았으면 플롭이 생각도 하지 못했던 견해가, 시각이 이 세상에 존재하리란 것을 알 도리가 없었다.

무엇보다——.

"오오, 동기지간 아닙니까. 그쪽 분들도 마일즈 형님이 주워 오셨수?"

자유를 얻어 저택을 뛰어다니는 여동생과 아이들 등을 좇으면서 광대한 부지 안에 있는 아름다운 정원에서 발길을 멈춘 플롭.

커다란 꽃들이 늠름하게 활짝 핀 광경에 압도되는 등에 부드러운 그 목소리가 닿았다.

놀라서 목소리가 들린 방향을 찾아봐도 정원에 상대의 모습은 보이지 않았다. 그 사실에 플롭이 갸우뚱하고 있으려니.

"이쪽입니다요. 죄송하네요, 잠깐 아래에서 실례를."

"우와아!"

"오오, 우당탕."

정원을 엿보느라 플롭이 기댄 울타리 너머, 바로 눈앞에 머리가 쏙 튀어나와 플롭은 무심코 몸을 휙 젖혔다.

몸을 추스르지 못하고 엉덩방아를 찧은 모습에 웃음이 터지자 플롭은 눈을 깜빡였다.

넘어진 플롭을 보고 웃은 것은 다소 손위의 어린 티가 남은 소년이었다. 열두세 살 안팎일까, 애교가 있게 생긴 회갈색 머리의 인물.

그 티 없는 웃음에 잠시 멍해졌다가, 플롭은 입술을 삐죽였다.

"웃다니, 너무하잖아."

"오오, 죄송합니다, 죄송합니다. 보기 좋게 자빠지기에 그만. 부축해드리고 싶은데, 저는 지금 움직이지 못할 상황이라서요."

"움직이지 못한다니…… 아."

엉덩이를 털고 일어난 플롭은 울타리를 돌아서 소년 앞으로. 땅바닥에 책상다리로 주저앉은 소년은 무릎 위에 동그란 덩어리를 싣고 있었다.

그것을 보자 플롭은 눈을 동그랗게 떴다.

"그건 설마, 알?"

"네네, 큰 알이죠? 실은 요거, 비룡의 알이라구요."

"비룡의 알을, 어쩌게?"

"당연히 부화시켜야죠."

한 아름은 될 만한 하얀 알을, 그야말로 몸 전부로 껴안으면서 소년은 플롭에게 활짝 웃었다.

　──그것이 플롭과 미디엄, 오코넬 남매와 평생의 의형제 맹세를 나누게 되는 인물, 발로이 테메글리프와의 만남이었다.

7

　"──────."

　창밖, 바라보는 경치 안에 존재하는 조합에 렘은 조용히 눈을 가늘게 떴다.

　대저택 앞마당, 거기서 날개를 쉬고 있는 비룡 한 마리가 있으며, 옆에는 그 비룡에게 식사를 주는 병사의 모습이 있었다. 무섭도록 사나워야 할 비룡, 그러나 그것은 부드러운 눈매와 응석부리는 소리를 내며 병사의 손으로부터 먹이를 먹고 있다.

　흉포하고 흉악하다 하며 실제로 그 위험성을 목격한 렘이 보자면 저렇게 사람에게 붙임성이 있는 비룡의 모습은 놀라울 뿐이다.

　긍지 높은 용은 사람을 따르지 않는다고 유난히 용에게 해박해 보이는 소녀가 실컷 이르던 말도 있다. 이야기가 다르지 않느냔 생각이 들더라도 할 말 없으리라.

　"울적해 보이십니다."

　갑자기 마당을 바라보는 렘의 등 뒤에서 목소리가 들렸다.

　물론 상대는 발소리를 내며 다가오고 있었기에 누군가가 오고 있음을 깨닫고 있던 렘은 놀라지 않았다.

다만 모르는 상대의 목소리이며, 장소가 장소인 만큼 다소의 긴장은 남긴 채 대답했다.

"울적한지는 모르겠습니다만, 복잡한 심경이긴 합니다. 오고 싶어서 끌려온 곳이 아니니까요."

"후, 꽤나 딱 부러지게 말씀을. 시원하신 분이시군."

"당신은……."

지정된 방, 포로에게 주어진 방조차 호사스러운 건물 안, 고급 감이 넘쳐서 앉기 불편한 의자의 등받이를 삐걱거리며 렘은 나타난 노인의 내력을 물었다.

하얀 머리에 하얀 수염, 그리고 실처럼 가는 눈을 가진 노령의 남자다.

언행과 연령, 그리고 렘을 감시하는 병사들이 자세를 바로하고 고개를 숙인 점을 봐도 그가 모종의 높은 지위에 앉은 인물이란 점만은 예측이 되었다.

렘의 서슴없는 눈초리에 노인은 가볍게 손을 저어 감시병에게 퇴실을 촉구했다. 병사들은 말없이 그에 따라 묵례하고 방에서 나갔다.

그리고 방해할 사람이 없어진 방 안에서 노인은 렘 맞은편 자리를 손가락으로 가리켰다.

"앉아도 되겠습니까?"

"그러세요……."

끄덕인 렘 앞에 노인이 느릿한 동작으로 자리에 앉았다.

정면으로 렘과 마주 본 그는 수염을 손으로 매만지다 말했다.

"이 사람에 대해서는 아무 말도 듣지 못하셨습니까."

"네. 치료해라, 쉬어라, 멋대로 굴면 죽이겠다 말고는 아무 말도."

사람 말을 듣는 척도 하지 않는 저택의 주인—— 마델린의 지시를 되새기며 렘은 고개를 가로저었다.

감시를 두고 도망치지 말라고 엄명을 받은 연금 상태. 렘도 도망칠 생각은 없지만 그건 그렇다 치고 이 대우는 탐탁지 않다.

"과연. 그건 다소, 손님에 대한 태도에 문제가 있었군요. 이 사람도 마델린 일장에게는 주의를 주도록 하지요."

"그 소녀에게 주의를 줄 수가 있나요?"

정체 모를 노인의 말에 렘은 무심코 눈을 크게 떴다.

성곽도시에서 이 저택까지, 비룡 위에서 길다고도 짧다고도 못할 시간을 마델린과 함께 보낸 렘은 소통 불능인 그녀 때문에 실컷 골머리를 썩인 뒤다.

그 인상은 완고하고 고집불통, 다소나마 말로 구워삶을 만한 고분고분함이 있어서 다행이었지만.

"남에게 지시받는 것을 싫어하는 사람이라고 여겼습니다. 무슨 말을 들으면 금세 화내며 폭력을 휘두르는……."

거기까지 소감을 고했을 때, 렘은 자신의 손에 손을 포갰다.

침착하게 생각하니 무슨 낯으로 이런 소리를 하는지 자신이 부끄럽게 느껴졌다. 남의 말을 듣지 않고 상대의 손가락을 부러뜨린 적도 있는 몸으로서는.

그러나 자기 반성하는 렘의 모습에 노인은 "후." 하고 작게 웃었다.

"생각 외로 틀린 말이라고는 못하겠습니다. 이 사람으로서도 귀가 따가운 말이지요. 실제로 이번에도 지시에 똑바로 따르지 않았습니다. 물론——."

"————."

"이번에는 마델린 일장의 변덕이 아니라 다른 요인이 컸던 모양입니다만."

입술에는 미소를 띤 채, 그러나 음색에는 웃음기를 지운 노인.

눈동자가 보이지 않는 실눈으로 품평하는 눈빛에 관통된 렘은 희미하게 숨을 죽였다. 그 시선은 웅변적으로 렘이야말로 그 '다른 요인'이라 간주하고 있다.

그리고 그것은 눈앞의 노인에게 바람직하지 않은 결과를 부른 것이라고도.

"당신은, 누구인가요."

"소개기 늦었습니다. 이 사람은 이 신성 볼라키아 제국에서 황제 각하로부터 재상 역할을 맡은 벨스테츠 폰달폰이라는 자."

"재상, 벨스테츠……."

물음에 예의 바르게 허리를 굽힌 노인—— 벨스테츠 폰달폰.

그 이름과 직위를 듣자마자 렘의 뺨은 더욱 굳어지며 어깨의 힘도 강해졌다.

이름이든 직위든, 둘 다 들은 기억이 있었다.

"그러면, 당신이……."

"네. 이 사람이 빈센트 아벨쿠스 각하의 적입니다."

"_____."

조금도 주저하지 않는 단언에 렘은 또다시 말을 잇지 못했다.

이토록 뚜렷하게 모반을 긍정할 줄은 몰랐다. 그와 동시에 사건에 가장 가까운 곳에 자신이 들어선 것이, 지독하게 어울리지 않게 느껴질 따름이다.

본래 이곳에 있어야 할 것은 자신이 아니라 아벨이나 프리실라, 그리고 스바루이리라.

거기까지 생각했다가 렘은 이곳에 스바루가 없어서 다행이라 여겼다.

"있으면 있는 대로, 분명히 혼자서 무리를 했을 테니까……."

흑발 소년의 과감함과 상상을 엉뚱하게 벗어나는 점은 의심할 여지가 없다. 이런 상황에서도 렘은 상상하지도 못할 황당한 사태를 일으키리라.

그런 의미로는 비룡이 습격한 도시에 그가 없어서 정답이었다. 그것을 그가 어떻게든 할 수 있다는 생각도 들지 않고, 괜한 상처만 늘어났을 것이다.

단지——.

"_____."

단지 자신이 마델린에게 끌려갔음을 알면, 그는 어떻게 여길까.

그 상상이 렘의 가슴을 날카로운 칼날의 아픔으로 지독하게 괴롭히는 것이었다.

"아벨 씨가, 진짜 황제임을 알고 계시네요."

렘은 가슴속을 저미는 아픔을 억지로 무시하고 벨스테츠에게

캐물었다. 그 질문에 벨스테츠는 "네." 하고 담담히 대답했다.

"물론이지요. 도주를 허용한 것은 실수였습니다만, 그 뒤에는 계획대로 일을 진행하고 있습니다. 아니, 있었다고 해야겠지요. 실제로 과랄의 괴멸은 도중에 끝났습니다."

"왜, 아벨 씨를? 모반, 이라는 걸 결의하는 게 어느 정도 일인지 저는 상상도 가지 않습니다만……. 아벨 씨의 인품 탓인가요?"

"일국의 정상, 황제에게 인격 따위 바라지 않습니다. 개인의 감정이나 애착은 국가의 운영이라는 시점에서 보면 사소한 사항입니다. 바라는 것이 있다면 그것은 능력과 책임을 다한다는 신뢰와 실적뿐."

벨스테츠는 느릿느릿 고개를 가로젓고 감정을 엿볼 수 없는 목소리와 표정으로 대답했다.

흔들림 없는 음색, 털끝만큼도 변하지 않는 표정. 그것은 렘의 희박한 인생 경험과는 별개로, 벨스테츠의 뛰어난 교섭 기능 덕분이라 전혀 속마음을 읽지 못했다.

다만 아벨의 인간성이 모반의 이유는 아니다, 그것은 믿고 싶어지는 답변이었다.

성곽도시에서 많은 사람들의 피와 죽음을 목격한 판이다. 그 계기가 아벨의 고약한 성격이라니, 죽은 사람은 물론 렘도 납득할 수 없다.

"그렇다면 아벨 씨가 황제 실격이라서 추방했단 말씀인가요?"

"추방은 본의가 아니었어요. 그 부분은 결과론입니다."

"아벨 씨는, 우수한 사람……이라고는 생각합니다. 그래도 황제라는 입장에 요구받는 신뢰와 실적에는 부족했다는 뜻일까요."

어째서 아벨을 옹호해야만 하는지 스스로도 이상하지만 렘은 자기 안에 있는 껄끄러움을 납득시키기 위해서 말을 가렸다.

실제로 아벨은 전투 능력은 몰라도 사고력과 깊은 지식에서 남달랐다.

미젤다와 지크르, 그리고 스바루까지도 그의 주장에 따르려 생각하는 것은 그런 의견을 타인에게 납득시키는 통솔력도 있다는 증거다.

그것이 있어도 황제에는 부족한가. 그러면 대체 누구여야 황제를 맡을 수 있는가.

"아직 성함을 여쭙지 못했군요, 치유자님."

"렘, 이라더군요."

"흠."

벨스테츠에 대한 반감도 있어서 남에게 들었다는 투로 가르쳐 주고 말았다.

아무리 렘이라도 이미 자기 이름이 '렘' 이라는 사실은 받아들였다. 프리실라에게 굳게 선언했을 때부터── 어쩌면 스바루에게 그렇게 불리는 것을 허락했을 때부터.

어쨌든 렘의 이름을 혀에 싣고 굴리던 벨스테츠는 작게 한숨을 쉬었다.

"──렘 님, 현재 황제 각하께는 후계자가 몇 분 계시리라 생각하십니까?"

"후, 계자……. 으음, 그건 자식, 말씀인가요?"

"네."

벨스테츠가 조용히 끄덕이자 렘은 뇌리에 아벨을 떠올렸다.

기억이 없는 렘이지만 이를 상실하기 전에 얻은 지식들을 잃어버린 것은 아니다. 인간이 어떻게 번식하는지도 지식으로 멀쩡하게 기억하고 있었다.

단, 아벨이 그런 인간관계를 타인과 멀쩡히 성립시킬 수 있을지는 의심스럽다. 애초에 아벨과 나란히 설 여성이라는 것이, 렘은 도통 떠오르지 않았다.

"상상이 가지 않습니다. 없으신 것 아닌가요?"

"잘 아시는군요. 말씀대로 계시지 않지요."

"아, 역시 그랬나요. 이렇게 말하면 아벨 씨께 실례일지도――."

모른다, 하고 이으려던 렘은 말을 중단했다.

벨스테츠에게 무슨 말을 들은 것도, 입을 다물라 지시받은 것도 아니다. 그저 침묵한 노인의 가늘어진 눈이 살짝 뜨이며 안의 눈동자가 보이는 표정, 그것을 정면에 둔 렘의 목이 믿기 어려운 귀기 때문에 턱 막힌 것이다.

조용히 둘 사이에 있는 탁자 위에 손을 올려놓고 있는 벨스테츠. 침묵한 그의 온몸에서 넘실대는 것은 상상을 초월하는 강렬한 분노였다.

"계시지 않는단 말입니다, 후계자가. 그것은, 문제지요."

"아――."

"제국은 정강해야만 합니다. 그러지 않으면, 이 나라는."

갈라진 숨을 내뱉은 렘. 거기서 말을 끊은 벨스테츠는 탁자 위에 놓인 주먹을 펴고 숨을 내뱉었다.

그리고 노인은 다시 눈동자를 눈꺼풀 뒤로 숨기고 렘을 보았다.

"실례했습니다. 이 사람도 모반자가 된 것은 처음 있는 일이라 영 불안불안하다 할 수밖에 없군요."

"어째서, 방금 얘기를, 저에게."

"—————."

"굳이 할 필요가, 없는 얘기였을 텐데요."

벨스테츠의, 감정이 아니라 더 무겁고 또렷한 것이 담긴 말.

그것을 거짓말이라고는 느끼지 못했지만 어째서 들려주었는지 렘은 알 수 없었다.

렘은 우연히 아벨과 프리실라하고 접점이 있어, 형편상 이곳으로 끌려왔을 뿐인 사소한 존재다. 특별한 입장도, 중요한 역할도 주어지지 않았다.

"그런데, 어째서."

"당신은 치유자고, 또한 오니족입니다. 가능하면 포섭해 두고 싶은 귀중한 존재입니다."

그것은 거짓말이 아니지만 전부 진실 같지는 않은 대답이었다.

그러나 그 뒤의 답을 바라는 렘에게 벨스테츠는 그 이상의 시간을 내주기를 그만둔 모양이다. 노인이 천천히 몸을 일으켜 의자에서 일어났다.

"조금 더 당신과 대화하고 싶습니다만 이 사람에게도 할 일이 있습니다. 당분간 불편을 끼치겠습니다만 저택 사람에게는 가능한 한 편의를 봐드리도록 말을 전해 두지요."

"벨스테츠 씨는, 마델린 씨하고 어떤 관계이신가요."

"협력자라는 말이 가장 적당하겠지요. 물론 그쪽이 보자면 영리한 인간을 부려 먹고 있다는 인상이겠습니다만. 이 저택도 이사람의 저택이에요."

의외로 다부진 어깨를 으쓱인 벨스테츠의 답변에 렘은 방과 마당을 보았다.

마델린이 제집인 양 지내고 있기에 틀림없이 그녀의 저택이라고 여겼지만, 그조차도 착오였던 모양이다. 다만 건물 및 실내장식이 고상한 데는 납득이 갔다.

"하지만 불편 없이 지낼 수 있다고도, 지내고 싶다고도 생각하지 않습니다."

"솔직한 말씀, 참으로 통쾌합니다. 그러면 다시 인사를, 렘 님, 건강하시길."

작게 웃은 벨스테츠는 재차 그 자리에서 허리를 굽히고 방을 떠났다.

그 등을 불러 세우려는 생각도 했지만 할 말도 없으며 필시 발길을 멈추기도 불가능하리란 생각에 렘은 아무 말도 하지 않았다.

방을 나간 벨스테츠와 교대해 밖에 나갔던 감시병도 돌아왔다.

렘은 그들의 엄격한 눈길을 받으며 다시 한번 밖을 바라보았다.

마침 먹이 주기를 마친 비룡이 먹이를 준 남자를 등에다 태우고 천천히 홰를 치다가 하늘로 오르는 중이었다.

"＿＿＿＿＿."

사납고 무시무시한 비룡이지만 그 등에 타서 비행하는 것은 상쾌했다.

물론 상황이 상황인 만큼 그것을 즐길 여유는 없지만 과랄에서 하루도 걸리지 않고 목적지로 운반되니, 여태까지의 여행길은 뭐였느냐고 통감할 뿐이다.

부상당한 플롭을 치료하면서 마델린에게 끌려온 장소——.

"——제도, 루프가나."

아벨이 옥좌에서 쫓겨나고, 또한 귀환해야 한다고 뜻한 도시.

그 도시 중심에 있는 수정궁을 멀찍이 바라보는 렘은 감금당한 몸이 되었다. 열리지 않는 창문을 만지며 손끝으로 유리의 감촉을 확인하다가 문득 생각했다.

"그 사람이……."

렘이 없어졌다고 알면, 그 가슴에 아픔이 퍼질까.

가슴속을 칼날이 후빈 것처럼 아픈 렘과 마찬가지로, 그의 가슴에도 아픔이.

그게 자신의 어떤 마음에서 오가는 생각인지 렘은 알지 못했다.

8

——천천히 플롭이 눈을 뜨자 낯선 방의 천장이 있었다.

"————."

순간, 사고 정리에 시간을 쓰다가 금세 상황 파악을 위해 주위를 관찰했다.

야영이 많은 행상인의 습관이다. 물론 경계는 자신보다 훨씬 감각이 날카로운 여동생이 담당해 주지만 그것은 게으름 피우고만 있을 이유는 못 된다.

자신의 반응이 둔해서 생사를 가를 경우도 있을 수 있다. 그러니까 바짝 잘 일어나게 해 두는 것은 살아가는 방편으로서 당연히 습득한 기능이었는데——.

"여기는…… 으그윽!"

주의 깊게 주위를 둘러보려던 순간, 엄청난 통증에 가슴이 오므라들어 비명을 터트렸다.

"조, 조금도 몸이 안 움직여……!"

아픔에 신음하며 플롭은 전혀 뜻대로 되지 않는 몸에 충격을 받았다. 버르적대는 몸은 푹신한 침대에 가라앉기만 할 뿐이라, 이래서는 침대가 아니라 부드러운 감옥이었다.

그래도 어떻게든 탈출하려고 몸을 꾸물꾸물 뒤틀어 필사적으로 버둥거렸지만.

"이게, 이게……! 이거 꽤 벅찬데!"

"——너, 꽤 이상한 인간이군."

"엇?! 누가 있었어?!"

침대와 씨름 중인 배후, 높은 목소리가 들려 플롭은 돌아보려고 했다. 하지만 헛된 노력일 뿐 부자유한 몸은 돌아보는 것도 제대로 못 하고 있다.

뭍에 오른 물고기처럼 버둥거리는 플롭, 그 모습에 깊은 한숨이 들렸다.

"용이다. 너의 상처는 고치고 있는 중이니까 무의미하게 날뛰지 마.”

말하면서 침대 옆으로 걸어온 상대를 보자 플롭은 “아.” 하고 숨을 흘렸다.

하늘색 머리와 금색 눈동자, 그 머리에 검은 뿔 두 개가 난 소녀 —— 마델린이다. 제국 일장이자 성곽도시를 습격한 『비룡장』이라는 존재.

그리고 플롭의 마지막 기억으로는——.

“분명, 너의 손톱에 긁혀서 아파했던 것 같은데…….”

“맞다. 용의 손톱이 너의 생명을 베었다……. 그 계집애가 치유했짜.”

“그 계집애…… 아아.”

시선을 돌리고 겸연쩍은 표정으로 중얼거린 마델린. 그녀의 말로 떠오른 얼굴이 있어서 플롭은 자기 몸에 일어난 사건에 납득이 갔다.

그와 동시에 흐려지는 의식 중에 자신이 그녀에게—— 램에게 꽤 지독한 부탁을 했던 기억도 떠올랐다.

“마델린 양이라 부르면 될까. 묻고 싶은데, 과랄은 어떻게 됐어? 아주 큰 폭발이 일어나고 네 친구들 공격을 받던 도시 말이야.”

“————.”

“이렇게 내가 가까스로 목숨을 건진 것을 보건대, 나와 부인 군은 살아남았다고 봐. 다만 그것뿐이라면 내 안에서는 두 번째로 좋지 않은 결과야. 물론 제일 좋지 않은 결과는 나도 부인 군도 죽어 버리는 일이지만.”

손가락을 세운 플롭이 쏟아낸 말에 마델린의 겸연쩍은 표정은 지속 중이다. 플롭은 그걸 그녀가 원치 않던 흐름을 따른 증거로 여기면서 더욱 말을 이었다.

　"어때, 마델린 양. 너의 그 얼굴은 불만스럽거나, 삐친 표정으로 보이거든. 우리 동생도 자주 그렇게 우물쭈물 삐친 때가 있어서. 몸이 큰 만큼 우물쭈물거려도 전혀 소심하게 보이지 않는 면이 귀여운데, 너도 그런 부류야?"

　"……짜."

　"응? 뭐라고?"

　"도시는 무사짜! 다 부수지 못했짜! 이러면 만족하냐짜?!"

　날카로운 송곳니를 보이며 마델린이 플롭의 말에 벼락같은 고함으로 대꾸했다. 맹렬한 숨결을 온몸에 받는 착각을 맛보며 플롭은 긴 안도의 숨을 내쉬었다.

　무사, 하다는 것은 플롭의 기억 속의 과랄 상황을 보건대, 도저히 적당한 답변이라고는 할 수 없지만 마델린은 다 부수지 못했다고 말했다.

　"아무래도 부인 군은 내 목숨을 잘 써먹어 줬구나……."

　몽롱한 의식과 귀울림 속에서 플롭은 끊어지기 직전의 자기 행동을 돌아보았다.

　피를 흘리고 목숨까지 잃어 가던 플롭의 모습을 보고, 마델린이 크게 동요하는 모습을 시야 끝자락에서 잡아냈다. 그녀는 플롭에게 무언가를 캐묻고 그에 매달리는 것 같았다.

　그렇기에 써먹을 수 있겠다 싶었다. 플롭의 목숨을 구하고 마델린이 원하는 답을 줄 수 있다고 약속함으로써 습격당한 과랄의 궁지를 벗어나는 게 가능하다고.

평화주의인 렘에게 그런 비정한 결단이 가능할지 알 수 없었고, 성공했다 짐작되는 현 상황이라도 어마어마하게 부담을 끼쳤다고 생각하지만.

"내 상처를 고쳐 준 부인 군은, 어디에?"

"같이 데리고 돌아왔짜……. 그것이 용의 조건이고, 그 계집애는 받아들였어. 용은 약속을 지킨다. 용과의 약속도, 지켜 줘야겠짜."

"약속……."

"이거짜."

렘이 무사하단 소식을 들어 안도하는 플롭. 그런 플롭의 눈앞에 마델린이 내민 것은 붉게 칠해진 짐승 이빨 장식품——아니, 용 이빨 장식품이다.

평소 플롭이 목에 걸고 몸에서 떼지 않으며 갖고 다니는 소중한 물건.

그것이 침대에 엎어진 플롭의 코끝에 들이밀어졌다.

"아아, 주워 준 거야? 그건 정말 고마워. 아주, 아주 소중한 물건이야. 잃어버리면, 도저히 멀쩡한 얼굴로 살아갈 수 없을 만큼. 그러니까……."

"카리용."

"————."

플롭은 손을 뻗어 그 이빨을 돌려받으려 했다. 하지만 마델린

은 플롭의 손을 가볍게 피하더니 돌려주는 대신에 어느 이름을
언급했다.

그 이름에 플롭이 숨을 죽이고, 마델린이 재차 말했다.

"이것은, 카리용의 이빨짜. 어째서 네가 가지고 있짜?"

카리용이라고, 잘못 들은 것이 아닌 이름을 마델린은 두 번이
나 언급했다.

잘못 들었을 리 없다. 왜냐하면, 그 이름은──.

"대답해짜! 왜 네가 카리용의 이빨을……."

"카리용이 태어날 때, 나도 그 자리에 같이 있었어. 그 아이의
이름은 나도 같이 생각했거든. 마일즈 형하고, 발로이랑 같이."

"──으."

"그 아이의 이빨이 다시 났을 때, 그 기념으로 받은 거야. 의형
제의…… 가족의 증거라며. 그러니까 나랑 여동생은 카리용의
이빨을 가지고 있어."

조용히, 가슴속에 있는 소중한 보물 상자를 여는 기분으로 플
롭은 대답했다.

마델린의 손에서 흔들리는 비룡의 이빨, 그 출처는 그것이 답
이다. 소중한 가족── 은인과 의형제, 이미 이 세상에 없는 두
사람의 유품.

그 답을 들은 마델린이 말문을 잃고 입술을 와들거리며 눈을
부릅떴다.

그 반응과 카리용의 이름을 알고 있다는 점에서 플롭도 몇 가
지 추측을 세우면서 "알겠어?" 하고 운을 뗐다.

"너는, 어디서 카리용의 이름을 들었어? 한눈에 그 아이의 이빨이라고 알아볼 정도잖아. 작은 관계 같지는 않아. 게다가 너는……."

"―――."

"너는, 발로이의 후임으로 제9위가 된 아이야. 혹시 너는 발로이나 카리용을 이전부터 알던 것 아니야?"

마델린의 반응은 애처로워 어리게 보이는 그녀를 몰아세우는 것 같아 가슴이 아팠다.

그러나 플롭의 가슴은 이전에도 같은 화제 때문에 상처 입은 마델린을 보는 것 이상의 격통에 시달렸다. 흐느끼는 여동생의 얼굴보다 극약이 될 것은 이 세상에 없다.

그렇기에 마델린을 몰아세워 그녀의 비밀을 캐내는 데 망설임은 없었다.

――발로이 테메글리프.

볼라키아 제국의 전 『구신장』이며, 플롭과 미디엄의 의형제이고, 황제에게 반기를 들고 목숨을 잃은 모반자이자 애룡인 카리용과 자신의 은인이기도 한 마일즈를 진심으로 사랑한, 다정하고 사랑스러운 남자.

그와 마델린 사이에 어떤 관계가 있었는가.

그리고――.

"너는 어째서, 『구신장』이 된 거지?"

"――복수, 짜."

한 박자, 답을 돌려줄 때까지 망설임이 있었으나 뱉은 말은 명료했다.

입술을 달싹이며 눈을 부릅뜨던 마델린, 그 표정이 천천히 변화하여 금색 눈동자에도 그 표정 변화와 같은 격정이—— 격노가 서렸다.

용을 거느린 소녀의 거센 분노에 플롭은 온몸이 불타는 착각에 습격당했다.

"————."

복수라는 단어에는 플롭도 생각하는 바가 있다. ——그것은 플롭에게 인생의 목표이기 때문이다. 단, 플롭의 복수 대상은 개인이 아니라, 세계.

누군가가 무릎을 굽히는 것이 필연적인 세계, 그 자체에 대한 복수다.

그러나 마델린의 눈에 서린 분노는 그것과는 전혀 다르다.

그녀의 금색 눈동자를 태우는 격정은 그 창끝을 겨눌 상대를 알고 있다.

"누구의, 복수를 바라지?"

"발로이의, 용의 반려가 되어야 했을 남자의, 복수짜."

"————."

"용의 남편을 죽인 상대를, 용은 절대로 용서하지 않는짜. 그 때문에——."

죽은 발로이의 복수를 이루겠다고, 마델린이 그 작은 몸에 분노를 솟구치며 대답했다.

발로이와 마델린, 두 사람이 어떻게 만나고 어떤 경험을 거쳐서, 어떤 형태의 유대를 맺었는지 플롭은 모른다.

다만 마델린이 진심으로 그의 죽음을 억울해하며 슬퍼하는 것은 알 수 있었다.

그래서, 그래서, 그래서——.

"——누가 발로이의 원수라고? 어떡해야 복수는 이루어지는 거야?"

이 자리에 있던 것이 미디엄이라면 마델린을 정면으로 끌어안았으리라.

발로이와 마일즈, 두 사람의 죽음에 폭포수처럼 눈물을 흘리고 큰 소리로 엉엉 울던 미디엄이라면, 분명히 마델린에게 우는 법을 가르쳐 줄 수 있었겠지.

소중한 사람이 살해당했다는 사실 때문에 마델린은 분노에 미쳤다.

슬퍼하는 법을 모르는 것이다. 비룡을 거느리는 재주를 가지고 터무니없는 힘을 간직한 건은 뿔이 난 존재. 그녀는 슬퍼하는 법을, 화내는 것밖에 떠올리지 못한다.

그리고 그것은 우는 법을 잊어버린 플롭과 마찬가지였다.

그래서——.

"발로이를, 죽게 한 것은——."

플롭의 물음에 작은 손을 움켜쥔 마델린이 대답했다.

남편을 빼앗겨 둘 곳을 잃은 사랑을 그 작은 몸에 담은 마델린은, 눈물을 흘리는 대신에 분노의 불길을 지펴 복수를 이루겠다고 결심한 것이다.

"_____."

그리고 마델린의 입으로 이름을 들은 플롭은, 눈을 감았다.

눈을 감고 가만히 침묵했다. 이때만은 마델린의 손톱에 베여 치료 도중인 상처의 통증도 잊고 꽉 감은 눈꺼풀 속 어둠에 몸을 내맡겼다.

눈을 감으면 지금도 소중한 사람들의 얼굴이 떠오른다.

「너도 미디엄도 생각이 짧아. 백작 슬하에 있으면 될 것을. 돌봐 줄 것도 못 돌봐 주겠다, 이것들아.」

「이건 마일즈 형님 딴에 걱정하고 있는 거죠. 여기에 남아 있으면 언제까지라도 돌봐 줄 수 있는데 하고. 솔직하지가 않죠?」

「시끄럼마, 발 도령! 출세한 놈이 뻔질나게 돌아오지 마!!」

「아이고, 저한테는 안 맞아요. 여기서 마일즈 형님하고 플롭, 미디랑 같이 지내는 게 훨씬 저한테 맞다구요. 안 그래요?」

여행을 떠나는 날, 구태여 먼 곳에서 와 준 발로이와 전날에는 늦게 돌아왔을 마일즈와의 대화, 그런 그리운 추억이 되살아난다.

손을 크게 흔들며 미디엄과 둘이서 오래도록 신세를 진 땅을 떠나서, 그리고──.

그리고 플롭 오코넬은 제도에 도착해 파란 눈에 빛을 켰다.

그 빛나는 눈 그대로 입술이 말을 엮었다.

그것은──.

"──네가, 발로이의 원수구나. 촌장 군…… 아니, 황제 빈센트 볼라키아."

막간 『제국 광소곡 : 서곡』

1

　──닫힌 어두운 공간에서 하얀 빛으로 손을 뻗은 감각이었다.

　새까만, 새까만 곳에 있다가 아무것도 자유롭게 할 수 없는 곳에서 자유를 갈구하며, 자신은 어떻게 할 수 없는 것을 어떻게든 하기 위해서 도움을 청하고 있었다.

　그렇지만 마지막 순간, 결사적인 표정으로 뛰어드는 소녀에게로 손을 뻗은 것은 구원을 바랐기 때문이 아니라, 구해야만 한다고 생각했던 것만 같아서.

　그러니까, 이기적인 주장을 하는 그림자를 닥치게 하고, 다름아닌 자신의 손을──.

　자신의, 이 손을──.

　"──조그매."

　뿌예진 시야에 어렴풋이 보이는 자신의 손을 확인하고, 스바루는 그리 중얼거렸다.

　천장에 손바닥을 향한 그 손은 스바루의 어깨 연장선상에 있는 자신의 손이다. 의도한 대로 쥐었다 폈다 할 수도 있는, 의심할 여지 없는 자신의 손.

단, 스바루의 기대보다 한 사이즈 작은, 어린이의 손이었다.

즉——.

"못 돌아왔어……."

고생에 고생을 거듭하며 가까스로 거머쥐었을 기사회생의 찬스. 말 그대로 죽을 각오로 얻은 결과건만, 그건 이 손을 떠나갔다.

손에서 흘린 그것을 위해서 대체 얼마나 큰 희생을 치렀단 말인가.

대체, 얼마나 큰 희생을——.

"——헉?! 맞아, 나는 뭐 하고 있지?!"

그 순간, 뿌예진 의식에 반동이 와서 스바루는 바라보던 손을 얼굴에 대었다.

되살아나는 기억은 마도의 홍유리성에서 오르바르트 상대로 벌인 치열한 술래잡기와, 그 뒤의 대이변으로 이어졌다.

오르바르트가 가슴을 만져 스바루의『유아화』를 풀려던 직후의 사건.

단 한 마디, 귓전에 사랑의 언령이 속삭였다 싶었더니——.

"갑자기 의식이 날아가고, 그다음에…… 그다음?"

무슨 일이 있었는지, 스바루는 애매모호한 자신의 기억을 더듬으려 했다. 하지만 밀어도 당겨도 기억을 가둔 문은 꿈쩍도 하지 않는다.

그 문의 단단함에 스바루가 어금니를 세게 깨물고 있으려니.

"——자자, 그렇게 초조해하지 말고 대범하게 굽시다. 다행히 목숨은 건졌고, 뭘 하려면 같이 오신 아가씨가 깬 다음이라도 늦지 않다고요."

"——아?"

갑자기, 바로 옆에서 목소리가 들려서 스바루는 아연히 그쪽을 보았다. 그러자 스바루가 누워 있는 허름한 침대, 거기에 두 손으로 턱을 괸 인물과 눈이 마주쳤다.

그 인물은 싱글벙글 환한 웃음을 띠며 스바루의 얼굴을 들여다보고 있었다.

"으와악?!"

"어이쿠야. 좋은 반응이지만 삼가는 편이 좋아요. 너무 시끄러우면 운영 쪽에게 찍혀서 귀찮은 사투에 끌려가니까요. 하긴."

"————."

"저는 그런 악취미적인 취향도 싫어하지 않아요. 오히려 좋아."

무심코 펄쩍 일어난 스바루를 바라보며 표표하게 장담한 것은 파란 머리의 인물이었다.

긴 머리카락을 머리 뒤로 묶고 좀처럼 볼 수 없는 일본풍 복식을 입고 있다. 낯선 얼굴에 놀라면서 스바루는 침을 삼키고 말과 질문을 가렸다.

"너는, 누구지? 여기는 어디야?"

"아아, 실로 좋네요! 그 질문, 최고예요! 기대한 그대로예요!"

"으엥?"

신중하게 어조를 낮춘 스바루의 물음에 그 인물은 좋아하며 눈을 빛냈다. 재빠르게 뻗는 손에 손이 잡힌 스바루는 놀라서 눈이 휘둥그레졌다.

그런 스바루 앞에서 상대는 빙글 한 바퀴 돌더니.

"대답해드리죠! 검은 호수를 건너, 이 섬—— 검노고도(劍奴孤島) 기눈하이브에 다다른, 근사한 예감이 휘몰아치는 눈매 고약한 당신에게!"

연극조의 어조와 몸짓에, 초면치고는 몹시 실례되는 말을 하는 인물. 하지만 상대는 그런 스바루의 인상에 개의치 않으며 당당히 그 태도를, 연극을 관철했다.

마치 자신이 우레 같은 박수를 받은 무대 연극의 배우인 것처럼——.

"——세실스 세그문트."

가슴에 손을 짚고 묵례한 인물이 자신의 이름을 밝혔다.

그 어감을, 스바루는 들은 적이 있었다. 어디서 들었는지 떠올리려다가, 그것을 떠올리자마자 스바루는 얼굴을 찌푸렸다.

들은 것은 아벨의 입에서다. 그 이름은 분명히 『구신장』 중 한 명으로——.

"저야말로, 볼라키아의 『푸른 뇌광(雷光)』. ——이세계의, 주연 배우입니다."

그렇게 당당하게 주장하는 상대에게 스바루는 숨을 집어삼켰다.

선언한 이름과 직함, 그것은 양쪽 다 스바루의 기억과 일치하지만, 딱 한 부분, 매우 큰 문제가 있었다. 그것은——.

"——볼라키아 최강이란 게, 어린아이야?"

──눈앞에서 웃는 세실스 세그문트가, 줄어든 스바루와 비슷한 또래의 악동 분위기를 띤 어린이였다는 점이다.

2

──같은 시간, 어느 저택의 한 방에서.

"이, 거짓말쟁이 자식! 너 따윈 죽어 버려!"

그 여자는 찢어지는, 귀에 찌르르한 쇳소리로 눈물을 머금고 외쳤다.

외치기만 하는 게 아니다. 분노에는 행동이 뒤따른다. 던진 꽃병이 융단 위에서 요란하게 깨졌다. 그 파편을 발에 맞으며 남자는 조용히 한숨지었다.

"카츄아, 나도 미안하다 생각 중이야. 이런 건 진심으로 예상 밖이었어."

"시끄러워! 뭐가 예상 밖이야⋯⋯. 알 게 뭐야! 그런 건 나하곤 관계없잖아!"

도리질하며 격렬하게 발작을 일으키는 것은 오빠와 닮아 삐죽삐죽한 머리를 양쪽으로 묶은 여자였다.

불편한 몸을 바퀴 달린 의자에 실은 여자── 카츄아는 그 파란 눈을 눈물로 가득 채우며 부족한 생명력과 반대되는 안력으로 노려보았다.

그 날이 선 시선에 사랑을 느끼고, 남자── 토드는 한쪽 눈을

감으며 걸어갔다.

"오지 마!"

"무리야. 1초라도 같이 있고 싶고, 1초라도 네 가까이에 있고 싶으니까."

거절하는 카츄아에게 하는 대답은 에누리 없는 토드의 본심이었다.

토드가 성큼성큼 거부를 무시하고 전진하자 카츄아는 얇은 입술을 깨물었다. 그러나 그녀는 두 손을 뻗어 밀어내는 척 이상의 저항이 불가능하다.

다리가 불편하고 몸도 약하며, 사랑받는 데도 약하다. 그것이 토드의 사랑스러운 약혼자다.

그, 무신경하고 무슨 일에든 대충대충인 자말과 혈연이라고는 믿기 어렵다.

"잡았다."

"――으."

내지른 손을 부드럽게 잡으며 맞닿은 토드에게 카츄아가 볼을 일그러뜨렸다. 최소한의 저항으로 그녀는 의자를 빙글 돌려 토드에게 억지로 등을 보였다.

그 고집스러운 태도에 어깨를 으쓱인 토드는 사랑하는 여자를 등 쪽에서 껴안았다.

"만지지 마, 거짓말쟁이. 너는 항상 거짓말만…… 오빠도 데려오지 않았어. 그 뒤에도, 어디에도 가지 않는다 해놓고."

"끽소리도 못하겠네. 나는 약속 못 지키고 몹쓸 거짓말쟁이야."

토드에게 얼굴을 돌린 채로 타박하는 카츄아의 머리카락에 볼을 대었다.

그녀의 말대로 토드는 거짓말에 거짓말을 거듭했다. 무사히 데려오겠다고 약속한 자말은 성곽도시에서 죽도록 놔두고, 돌아온 제도에서 맹세한 떠나지 않는다는 약속도 지킬 수 없다.

물론 그 양쪽 모두 토드 입장에서는 불가항력이라고 변명하고 싶다.

자말을 미끼로 이용하지 않았으면 토드는 이렇게 살아 돌아오지 못했다. 자말 대신에 건진 상대——구한 여자가 되레 화가 된 것은 얄궂은 이야기지만.

"아라키아 일장의 눈에 들었어. 나에게, 자말의 원수를 갚게 해 준다는 모양이야."

"——오빠, 의."

"단, 제대로 도움이 되는 구석을 증명할 수 있으면 말이야."

갈라진 목소리로 중얼거린 카츄아에게 대답한 토드는 속으로 못마땅한 기분에 뺨을 일그러뜨렸다.

솔직히 자말의 복수 따위야 정말 아무래도 좋다. 그냥 듣기 좋은 구실로 들려준 거짓 이야기가, 생각했던 것 이상으로 아라키아에게 감명을 준 것은 오산이었다.

덕분에 그녀는 절친한 친구를 잃은 토드를 자신의 부하로 들이겠다고 재상과 직접 담판을 지었다고 한다.

그 결과, 토드는 그녀의 유일한 부하가 되었고 그 바람에 제도를 떠나야 한다. 주어진 입장에 걸맞은 실력이 있는지를 증명하기 위해서.

그걸 위한 시금석으로, 지금부터 아라키아와 동행할 곳이──.

"──검노고도, 기눈하이브."

"하나만, 약속해 줘."

토드에게 뒤에서 안긴 카츄아가 떨리는 목소리로 말했다.

실컷 약속을 어겼는데도 불구하고 약속을 바라는 카츄아에게 토드는 말없이 끄덕였다.

"부탁이니, 너는…… 너는, 무사히 돌아와 줘……."

꼬옥, 뒤에서 안은 토드의 팔에 허약한 카츄아의 손이 포개졌다.

그 감촉을 확인하면서 토드는 "응." 하고 사랑하는 여자의 머리카락에 입을 맞추었다.

그리고 결심했다. ──설령, 어떤 희생을 치르더라도 이 여자 곁으로 돌아오겠다고.

《끝》

후기

네, 안녕하세요! 나가츠키 탓페이입니다! 네즈미이로네코입니다! 둘이 아닙니다, 한 명입니다!

리제로 30권에 함께해 주셔서 감사합니다! 30권이래!

작가가 말하기도 뭐하지만 무지막지 긴 시리즈인데 여기까지 함께해 주시는 여러분께는 고개를 들지 못하겠습니다. 제가 일개 독자였을 적에는 10권이면 장편이고 15권씩 되면 대장편. 20권짜리 시리즈는 좀처럼 보지도 못했으니까, 30권 도달 같은 건 정말이지 정말, 응원 덕분에 가능했다고 늘 생각 중입니다.

작가 입장으로는 진심으로 쓰는 것이 즐거웠던 30권 내용입니다만, 응원해 주시는 독자 여러분의 기대에 부응할 수 있으면 좋겠습니다!

이번 권, 주인공 스바루가 진짜로 진짜 거의 나오지 않는, 번외편 말고는 있을 수 없는 편성이 되었습니다. 다만 7장에서 렘과 별개 행동을 취하게 된 뒤로, 렘&프리실라 사이드의 이야기는 하고 싶다고 계속 생각 중이었기에 드디어 그럴 수 있어 감개무량합니다.

아무튼 동행 멤버가 얽히고설키는 제국편인데요, 마침내 에밀리아를 필두로 루그니카 왕국 멤버들도 속속 합류하여 더더욱 종잡을 수 없게 되어 갑니다.

이번 권, 맥거핀에 전념한 스바루의 동향도 설명되므로 꼭 다음 회, 31권의 내용도 기대하며 기다려 주시면 고맙겠습니다!

자, 언제나 부족한 지면이기에 지금부터는 늘 하는 감사의 말로 옮기겠습니다.

담당자 I 님, 매번 아슬아슬한 진행이라 폐를 끼치면서, 이번에도 이렇게 꾸역꾸역 간행할 수 있게 해 주셔서 감사합니다! 다음에야말로, 더 여유 있는 진행을!

일러스트의 오츠카 선생님, 이번에는 표지 일러스트 방향에서 기쁜 취향을 보여 주셔서 감사합니다! 삽화는 물론이거니와 배리에이션이 딸린 표지 일러스트는 획기적이라 제안이 무지무지 기뻤어요! 멋진 작업, 감사합니다!

디자인의 쿠사노 선생님, 30권이란 고지에 돌입해도 아직도 새로운 가능성을 보여 주시는 작업, 정말 감사합니다! 눈 호강, 아직도 끊이지 않습니다!

아토리 선생님&아이카와 선생님의 만화판, 월간 코믹 얼라이브에서 4장이 연재 중! 이쪽도 복잡한 4장의 재구성과 압도적 화력, 매달 즐겁게 보고 있습니다!

그리고 MF 문고 J 편집부 여러분, 교열 담당님 및 각 서점의 담당자님, 영업 담당님과 여러분의 진력에는 고개를 들지 못하겠습니다. 항상 정말 감사합니다!

마지막으로, 30권을 즐겨 주신 독자 여러분께 최대의 사랑과 감사를!

　리제로에서 가장 큰 싸움이 그려지는 제국편, 이 동란도 고비에 돌입하여 서서히 종막으로 가므로 앞으로도 꼭 눈을 떼지 마시길!

　다음 31권, 새로운 고지를 목표로 진행하는 이야기에서 만나뵙지요!

2022년 5월

《30권 도달! 다음 목표를 기세등등하게 바라보면서》

마일즈

Ex.1

Ex.5

발로이

Ex.4

Rem

렘

"으음, 여기면 될까요? 예고 업무라고 하던데요."

"음, 상관없다. 열심히 소녀를 지루하지 않게 애쓰도록, 렘."

"프리실라 씨와 함께인가요……."

"무어냐, 불만이더냐?"

"아뇨, 이전의 짝과 비교하면, 전혀요."

"소녀와 다른 자를 비교하면, 그 자체가 불경이지만…… 뭐 됐다. 자, 시간은 한정되어 있다. '템포' 좋게 얘기해 보아라."

"알겠습니다. 우선 이번 30권과 함께 단편집 제7권이 발매된다고 합니다. 어쩌면 가게에는 30권 옆에 놓여 있을지도 모르지요."

"호오, 그쪽도 소녀가 표지를 장식하고 있구나. 백 권 사도록."

"되는 말씀을 하세요. 그리고 다음 31권 얘기입니다만 그쪽은 9월 발매를 예정하고 있다고 합니다. 어디까지나 예정입니다만."

"분위기 식는 소리를 하지 말거라. 예고한 이상 지키게 만든다. 소녀 앞에서 약속을 어기다니, 어리석은 짓은 하지 말도록?"

"저도 그래 주기를 바라네요. 저는 물론, 그 사람이 다음 회 이후에 어떻게 될지 신경 쓰여서 못 견디겠으니."

"흥, 꽤 귀여운 맛 나는 소리를 하는군. 보아하니 너도 마음이 약해졌나?"

"그, 그렇지 않습니다! 저기, 다음 얘기를! 그래요, 『극장판 이세계 콰르텟 ~어나더 월드~』가 절

Re: Life in a different world from zero

프리실라

Priscilla

찬 상영 중이라고 해요!"

"다른 작품과의 '콜래버레이션'이라고 하는데, 광대에 반마 같은 놈들이 무슨 짓을 저지를지, 극장으로 발길을 옮겨 보아라. 자못 유쾌한 구경을 할 수 있으렸다."

"그 밖에는, 매년 늘 열리는 생일 이벤트로 『Re:제로부터 시작하는 에밀리아의 생일 생활 2022』의 개최도 결정됐다고 합니다. 올해는 신주쿠에서의 개최에 더해 나고야와 군마, 가고시마에서도 개최된다고 하네요."

"반마의 기념일에 으리으리하기도 하지. 하긴 어차피 왕선에서 승리하는 건 반마에겐 도저히 무리한 얘기……. 그렇다면 그나마 자비를 보여주는 것도 관용인가. 좋다. 개최를 허락하마."

"프리실라 씨가 허락하지 않아도 축하할 받을 거라 생각하는데요……."

"맹랑한 소리를 하는군. 무어냐, 예고의 내용은 끝이냐?"

"네, 이것으로 전부입니다. ……생각보다 방해하지 않으시네요?"

"소녀가 누구인 줄 아느냐. 끝까지 불경을 거듭하는 계집애로고. ……놓아주기엔 아깝군."

"그런, 가요. ……그렇다면 부디 제도까지 맞으러 와 주시면 고맙겠습니다."

"후, 소녀더러 발길을 옮기라 하느냐. ──정말로 두려운 줄 모르는 계집애구나."

"잃을 것이, 생명 정도밖에 없는지라."

"담대하군. 하나 용서하마. 제도에서 느긋이 기다리도록. 소녀의 당당한 개선을 말이다."

※일본어판 발매 당시 내용입니다.

Re:제로부터 시작하는 이세계 생활 30

2022년 10월 25일 제1판 인쇄
2024년 12월 30일 제2쇄 발행

지음 나가츠키 탓페이 | **일러스트** 오츠카 신이치로

옮김 정홍식

제작 · 편집 노블엔진 편집부

발행 데이즈엔터(주)
등록번호 제 2023-000035호
주소 07551 서울특별시 강서구 양천로 570 NH서울타워 19층
대표전화 02-2013-5665

ISBN 979-11-380-1822-7
ISBN 979-11-319-0097-0 (세트)

Re : ZERO KARA HAJIMERU ISEKAI SEIKATSU volume 30
ⒸTappei Nagatsuki 2022
First published in Japan in 2022 by KADOKAWA CORPORATION, Tokyo.
Korean translation rights arranged with KADOKAWA CORPORATION, Tokyo.